The Great Switcheroonie
copyright © Alex Shearer 2005, 2007
All rights reserved.

Korean translation copyright © 2012 by Mirae Media & Books, Co.
Korean translation rights arranged with Hodder and Stoughton Limited
through EYA(Eric Yang Agency).

이 책의 한국어판 저작권은 EYA(Eric Yang Agency)를 통한 Hodder and Stoughton Limited 사와의
독점계약으로 한국어 판권을 '도서출판 미래M&B'가 소유합니다.
저작권법에 의하여 한국 내에서 보호를 받는 저작물이므로 무단전재와 복제를 금합니다.

알렉스 쉬어러 지음 :: 정현정 옮김

미래인

# 두근두근 체인지

**1판 1쇄 발행** 2012년 5월 15일
**1판 6쇄 발행** 2021년 12월 10일

**지은이** 알렉스 쉬어러 **옮긴이** 정현정 **펴낸이** 김민지 **펴낸곳** 미래M&B
**책임편집** 황인석 **디자인** 서정민 **영업관리** 장동환, 김하연
**등록** 1993년 1월 8일(제10-772호) **주소** 서울시 마포구 동교로 134(서교동 464-41) 미진빌딩 2층
**전화** (02) 562-1800(대표) **팩스** (02) 562-1885(대표) **전자우편** mirae@miraemnb.com
**홈페이지** www.miraeinbooks.com **인스타그램** @mirae_inbooks

ISBN 978-89-8394-705-5 03840

* 잘못 만들어진 책은 구입처에서 바꾸어 드립니다.
* 미래인은 미래M&B가 만든 단행본 브랜드입니다.

나에 대한 사람들의 평가는 내가 스스로를
어떻게 평가하느냐에 달려 있다.
 - 어니스트 헤밍웨이

## 차례

1장  축구에 대해 내가 아는 20가지 … 9
2장  헤어드라이기의 마법 … 19
3장  못난이 주식회사 … 32
4장  머그 씨의 전화 … 51
5장  베니 2호와 나카나카 초콜릿 … 65
6장  유유낭종 … 90
7장  왕자와 거지 대작전 … 101
8장  빌 해리스 작동 매뉴얼 … 114
9장  베니 스핑크스 작동 매뉴얼 … 126
10장  준비 끝, 침착해라 빌 해리스 … 139

11장 　왕자가 된 거지 … 149

12장 　베니 스핑크스의 방 … 164

13장 　거지가 된 왕자 … 180

14장 　러시아어 수업 … 194

15장 　터치다운 … 204

16장 　귀걸이 … 221

17장 　리트머스 시험지 … 240

18장 　진짜 베니 스핑크스를 풀어주시죠 … 257

19장 　탈출 … 273

20장 　나는 나 … 291

옮긴이의 말 … 301

## 축구에 대해 내가 아는 20가지

베니 스핑크스와 같은 날에 유괴를 당한 건 단순한 우연이라 기엔 심히 유감스러운 일이다.

베니 스핑크스가 군침 도는 인질이라는 건 누구나 다 아는 사실이다. 몸값이 어마어마하게 높을 테니까. 그에 비해, 나를 유괴한 사람들에겐 미안한 일이지만, 나는 겨우 50펜스(영국의 화폐 단위. 100펜스가 1파운드인데, 1파운드는 우리 돈으로 1,800원 정도다-옮긴이) 정도 값어치밖에 되지 않는다.

이쯤 되면 도대체 왜 내가 유괴를 당했는지 의문이 들 거다. 간단하다. 유괴범들이 나를 베니 스핑크스로 착각했기 때문이다. 물론 나는 베니가 아니다. 진짜 베니가 멀쩡히 돌아다니는 걸 봤다면 그 사람들도 알았을 테지만, 베니도 같은 날 또 다른 유괴범들에게 유괴를 당한 탓에 착각은 바로잡을 수 없었다.

여기서 또 고개를 갸웃하는 사람들이 있을 거다. 도대체 어떤 새대가리 같은 유괴범이 나 따위를 베니 스핑크스로 착각했냐는 거다. 일이 이렇게 꼬인 건 바로 그 착각 때문이다.

사건의 발단은 헤어드라이기였다. 내 생각에, 역사는 두 시대로 나뉜다. 헤어드라이기 전과 헤어드라이기 후. 그 망할 헤어드라이기만 아니었다면 이런 일은 절대 일어나지 않았을 거다.

본격적으로 이야기를 시작하기 전에 여러분이 미리 알아둬야 할 사실이 있다. 내가 축구에 관해 아는 것들. 뒷부분에 가서 중요해질 거다.

솔직히 말하자면, 난 축구에 대해 전혀 모른다.

축구에 대해 그나마 아는 사실을 꼽자면 이런 것들이다.

1 공을 사용한다. (발도.)
2 축구장이 필요하다. (골대도.)
3 22명이 필요하고, 그중 2명은 골키퍼다. (심판들까지 합하면 더 늘어날지도.)
4 오프사이드라는 이상한 규칙이 있다.
5 아무도 이해하지 못한다.
6 축구 팬들이 끔찍하게 많다. 그중 대부분은 심심할 때마다 파이를 집어 먹는 뚱뚱한 아저씨들이고, 심지어 몇몇은 머리까지 벗겨졌다.
7 아저씨들이 집어 먹는 파이는 주로 돼지고기 파이다. 가끔씩

케밥도 먹긴 하더군.

8 축구를 하면, 이기거나 지거나 무승부가 된다. 하지만 무승부가 되더라도 골 득실이나 원정 다득점이라는 걸로 이기거나 질 수 있다.

9 그런 건 오프사이드와 마찬가지로 아무도 이해하지 못한다.

10 어떤 축구선수들은 엄청난 돈을 벌어서 연예인과 결혼한다. 물론 그런 부류는 일부에 불과하고 대부분은 그러지 못한다.

11 축구선수가 장래 희망인 사람들이 넘쳐난다. 모두가 돈을 많이 벌어서 연예인과 결혼하는 부류가 되기를 소망한다. 그 반대 부류가 되고 싶어 하는 사람은 아무도 없다. 하긴, 그렇게 되고 싶어 하는 게 멍청한 거지.

12 자기 팀 선수 중 하나가 골을 넣으면 그 사람에게 키스를 퍼붓는다.

13 상대 팀 선수가 골을 넣으면 아무도 안 볼 때 발길질을 해댄다.

14 전반전과 후반전이 있고 각각 45분씩이다. 지치거나 부상을 당하면 선수를 교체할 수 있다.

15 자신이 맡은 팀이 경기에서 지면, 감독은 심사가 뒤틀린다. 반대로 이기면 신나서 날아다닌다. 물론 경기가 완전히 끝난 다음에야 가능하지만.

16 심판은 주머니에 카드 게임 하기 좋아 보이는 빨간색 카드

와 노란색 카드를 넣고 다닌다. 그러다가 기분 내킬 때마다 하나씩 꺼내 선수들에게 보이며 호루라기를 분다.

**17** 축구는 간단히 말해서 상대 팀의 골대에 공을 넣는 게임이다. 더 많은 골을 넣는 팀이 이긴다. (물론 이건 경기가 끝날 때까지 오프사이드나 이상한 규칙들이 적용되지 않을 때의 이야기다.)

**18** 감독은 멋있는 코트를 입을 수 있다.

**19** 경기에서 부상자를 담당하는 녀석은 노란 스펀지가 담긴 양동이를 가지고 다닌다. 하지만 코트는 입지 못한다.

**20** 이게 내가 축구에 대해 아는 바다. (동시에 내가 축구에 대해 잘 모르는 이유이기도 하다.)

여기까지가 내가 축구에 대해 아는 20가지 사실이다. 많아 보일 수도 있는데, 그렇지 않다. 축구 팬 한 명을 앉혀놓고 이런 비슷한 목록을 하나 작성해보라고 한다면 적어도 20개는 넘게 나올 거다. 앞에 나열한 항목들은 그저 내가 무지하다는 사실을 증명할 뿐이다. 쉽게 말해 난 축구에 대해 아무것도 모른다는 소리다.

축구 때문에 가끔씩 소외감이 든다. 예를 들어 월요일 아침 학교에서 애들이 "주말에 뭐 했냐, 빌? 토요일 매치(경기) 봤냐?" 하고 물으면, 축구에 대해 전혀 모르는 나는 "아, 물론 봤지. 집에 성냥(match)이 한 상자 있거든. 시리얼 꺼내다가 봤지" 하고 대답할 수밖에 없다.

그러면 아이들은 질린다는 표정으로 슬금슬금 자리를 뜬다.

또 어떨 때는 누가 와서 "넌 어떤 팀 좋아하냐? 맨체스터, 첼시, 아니면 아스널?" 하고 물어보기도 한다.

나는 그 셋 중 어느 팀에 대해서도 잘 알지 못하기 때문에, 대강 이런 식으로 얼버무린다.

"아, 맨체스터. 난 맨체스터 원더러스(맨체스터 유나이티드) 팬이야. 예전에는 아스널 시티 올스타스(아스널 FC)도 좋아했었는데, 저번에 버밍엄 다이너모스(그런 팀 없음)한테 진 뒤론 별로 안 좋아해. 버밍엄은 목요일 리그에서 꼴찌 팀이잖아?"

이쯤 되면 아이들은 슬금슬금 뒷걸음질을 치고는 무슨 바보 구경이라도 하듯(하긴, 아니라고 할 수도 없지) 나를 쳐다본다. 양손 검지로 자기들 관자놀이를 가리키며 빙글빙글 돌린다. 주위에 미친 사람은 한 명도 보이지 않는데 말이다.

한번은 애들이 월드컵에서 영국이 우승할 가능성에 대해 열띤 토론을 벌이고 있었다. 소외당하는 게 싫어서 얼른 그 사이에 껴서 한다는 말이 이거였다.

"내 생각에 이번 월드컵은 해볼 만해. 우리 팀에 앤디 머레이가 있는 한 우승은 따놓은 거나 마찬가지지."

물론 앤디 머레이가 테니스 선수란 걸 모르고 한 소리였다. 하지만 어떻게 모든 걸 알 수 있겠는가. 나는 아무래도 스포츠와는 인연이 없는 것 같다. 그냥 방구석에서 혼자 노는 게 나랑 가장 잘 맞는다.

아, 내가 잘하는 게 한 가지 있다면 일직선으로 달리는 거다. 직선으로 달리는 것만큼은 우리 반 누구도 나를 따라올 아이가 없다. 커브를 돌 때 조금 느려지긴 하지만, 일자로 뻗은 길이 나오면 금세 다시 빨라진다. 수영, 자전거 타기, 원반던지기도 곧잘 한다. 하지만 팀으로 하는 게임은 정말 싫다. 이런 사람이 나만 있는 건 아닐 거다. 그래, 나는 스포츠가 아니라 '팀플레이'와 인연이 없다. 밥 먹는 것처럼 혼자서도 할 수 있는 일이나, 공과 골대를 사용하지 않는 스포츠라면 나도 좋다. 난 그저 골대가 싫고, 팀이 싫은 것뿐이다. 체육을 담당하는 바스터 선생님이 나를 억지로 한 팀에 끼워 넣으면, 그 팀 아이들은 일제히 "맙소사, 또 재야!" 혹은 "하느님, 살려주세요!", "이번 판은 망했다!" 따위의 소리를 지르곤 한다.

일주일에 한 번 우리 반은 체육 시간에 축구 경기를 한다. 하기 싫어도 무조건 참가해야 한다. 팀을 정할 때는 주장 두 명이 번갈아 자기 쪽으로 데려갈 아이를 뽑는다. 그러면 항상 마지막에 남는 사람이 누구인 줄 아는가?

그래, 맞다. 생각대로다.

대충 이런 식으로 진행된다.

주장 두 명을 정하고 나면, 둘은 번갈아서 선수를 고른다.

첫 번째로는 가장 잘하는 애가 뽑힌다.

그 다음엔, 첫 번째만큼은 아니지만, 그럭저럭 잘하는 애.

그 다음엔 한 명쯤 팀에 있으면 좋을 만한 애.

그 다음엔 뚱뚱한 축구광.

그 다음엔 천식 걸린 애.

그 다음엔 시력이 안 좋은 애.

그 다음엔 맥박이 뛰는 애.

그 다음엔 살아 있는 애.

병에 걸린 애들과 곧 죽을 것 같은 애들까지 모두 뽑히면, 둘은 누가 남아 있나 한참을 두리번거린다. 보통 로메마리 코틴스와 내가 남는다. 로즈메리 코틴스가 할 줄 아는 거라곤 꽃꽂이밖에 없다. 그런데도 선택되는 건 로즈메리다.

이런 식으로 찌꺼기 인원까지 모두 뽑히면 항상 나 혼자 덩그러니 남게 된다. 그럼 마지막 차례가 걸린 불행한 팀이 마지못해 나를 데려가야 한다.

체육대회를 하는 여름에는 그나마 살 만하다. 이어달리기를 할 때 다들 나를 데려가려고 난리니까. 하지만 겨울은 축구의 계절이고 축구는 나에게 곧 비참함을 뜻한다.

그런데 어느 날 모든 것이 바뀌어버렸다.

그 헤어드라이기 때문에.

요즘 같은 겨울에는 날씨가 습하고 차갑다. 한 경기에서 우리 팀은 7대 0으로 지고 말았다. 더 끔찍한 것은 그중 여섯 골이 내가 넣은 자살골이란 거다.

탈의실로 가는 길에 잡아먹을 듯 노려보던 아이들 눈빛은 정말 볼 만했다. 몇몇은 심지어 "참을 만큼 참았어", "죽여버릴 거야" 하고 중얼거렸다. 무엇을 참고 누구를 죽이겠다는 소리인지 알 수 없었지만 그 '누군가'에게 화가 단단히 난 건 분명했다. 설마 그게 나는 아니겠지.

평소에는 학교에서 샤워 하는 걸 되도록 피한다. 다리에 흙이나 얼룩이 조금 묻어 있어도 사는 데 별 지장은 없으니까. 하지만 그날은 유난히 젖은 데다 추워서 몸도 덥힐 겸 씻기로 했다.

학교 샤워 시설은 거의 개방되어 있다고 보면 된다. 칸막이 비슷한 것도 없이, 샤워기가 벽에 한 줄로 죽 달려 있다. 누가 보든 말든 상관없이 알몸으로 샤워를 하는 대담한 녀석들이 있는가 하면, 나처럼 도저히 그럴 수 없어서 집에서 가져온 수영복이나 심지어 잠수복을 입는 소심하고 예민한 애들도 있다.

어쨌든, 오랜만에 학교에서 샤워를 한 그날 오후, 나는 머리 위로 쏟아지는 뜨끈한 물을 느끼며 가만히 서 있었다. 그러면서 조금 전 기록한 여섯 골을 기억에서 지우려고 애썼다. 자살골이지만, 뭐, 기록이라면 기록 아닌가.

밖에서 바스터 선생님이 빨리 씻으라고 소리쳤다. 그래서 서둘러 샤워를 끝내고 옷을 갈아입었는데, 머리카락이 여전히 푹 젖어 있었다. 두피에 자국이 날 정도로 수건을 비벼댔지만 별로 효과가 없었다. 그 추위에 젖은 머리로 밖에 나가고 싶지 않아서 나는 헤어드라이기 밑에 가서 섰다.

사실, 탈의실 천장에 붙어 있는 '헤어드라이기'는 그렇게 부르기도 뭣한 기계다. 그냥 여름에는 찬 바람, 겨울에는 더운 바람이 나오는 커다란 선풍기다. 꼴에 체육 시간이 끝날 때마다 엄청난 인기를 누리는 기계라, 보통 때 같으면 다른 아이들이 자리를 다 차지해버려서 그 아래 서기가 쉽지 않다. 하지만 그날은 조금 달랐다. 탈의실에 남은 사람이 나밖에 없었기 때문이다.

바스터 선생님이 밖에서 출석을 부르고 있었다. 아무래도 곧 자리에 없는 아이가 누구냐고 소리치거나 탈의실 안에 들어와 확인할 것 같았지만, 그때만큼은 그냥 방해받지 않고 머리를 말리고 싶었다. 그래서 나는 따뜻한 바람을 맞으며 계속 서 있었다. 되도록 빨리 말리려고 손으로 머리를 막 털었는데, 아무래도 그 때문에 머리가 부스스 서게 된 것 같았다.

"거기 안에 있는 학생, 빨리 나오지 못해!"

"나가요, 선생님!"

"당장! 지금 당장!"

나는 허겁지겁 물건을 챙겨 들고 밖으로 나갔다.

탈의실 문을 열자 바깥에 아이들이 모두 모여 있었다. 여자애고 남자애고 모두 기다리고 있었다. 떠들고 웃고, 서로 쿡쿡 찔러대고 농담하면서 기다리고 있었는데…….

내가 나타나자, 갑자기 하나둘 입을 다물었다. 그러더니 일제히 나를 쳐다봤다. 데릭 스풋이 말문이 막힌 듯 입을 커다랗게 벌렸다. 로즈메리 코틴스도 마찬가지였다.

"베니 스핑크스! 베니 스핑크스야! 저것 봐, 베니 스핑크스!"

다른 아이들도 서로를 찔러대며 같은 이름을 불렀다. 신난 표정으로 웃으면서 하나같이 "베니 스핑크스! 베니 스핑크스다!" 하고 외쳤다.

욕하는 게 아니었다. 비웃는 게 아니었다. 유명 인사라도 발견한 듯한 말투였다. 내가 무슨 연예인이라도 된다는 듯. 아까까지만 해도 축구팀에서 시체들과 로즈메리 다음으로 뽑혔던 내가.

다들 침을 흘리며 나를 바라봤다. 한번 말을 걸어보고 싶어 안달이 난 표정으로. 내가 무슨 대단한 녀석이라도 된다는 듯.

"베니 스핑크스!"

지겨울 정도로 그 이름만 외쳐댔다.

"베니 스핑크스! 베니 스핑크스 판박이잖아!"

정말 신기하고 기분도 좋아서, 애들이 언제 또 갑자기 변해버리는 거 아닐까 걱정되었다.

아, 그리고 한 가지 더.

'대체 베니 스핑크스가 뭐 하는 자식이야?'

한순간 머릿속이 백지가 되었기 때문에 당시엔 그게 누구인지 떠올리지 못했다. 분명 어디선가 들어본 이름 같은데, 뭔가 확신이 안 섰다. 그러다가 갑자기 기억이 났다. 베니 스핑크스. 맞다, 베니 스핑크스. 베니 스핑크스를 모를 리 없지.

세상에서 가장 유명한 아이가 아닌가.

## 헤어드라이기의 마법

 딱히 돈 많고 궁전같이 으리으리한 집에서 사는 부자들을 싫어하는 건 아니지만, 그런 사람들이 화장실이 몇 개씩 되는 대저택에서 살 때 난 고작 방 하나를 엘비스라는 돼지와 나눠 써야 한다는 현실이 아무래도 부조리하다고 생각한다. 엄밀히 말해서 엘비스는 내 형이다. 하지만 이렇게 엄밀히 말할 때를 제외하면 엘비스는 어느 모로 보나 돼지다.
 엄마가 당시 엘비스 프레슬리의 팬이었기 때문에 형 이름은 엘비스가 되었다. 엘비스 프레슬리 해리스. '케빈'은 좀처럼 집에 들어오는 날이 없는 큰형 이름인데, 우습게도 우리 집에 늘 오던 우유 배달원과 이름이 같다. 나는 가스 요금 고지서(bill)가 오는 날 태어나는 바람에 '빌'이 되었다. 그래도 '가스'가 아니고 '빌'이라는 멀쩡한 이름을 붙여준 게 얼마나 다행인가. 엘비스 형은 '가스'나 '가스 공사'가 훨씬 나았을 거라지만 말이다.

엘비스 형은 요즘 케빈 형이 독립하기만 간절히 기다리고 있다. 케빈 형 방을 쓰려고 말이다. 아빠는 엘비스 형이 얼른 독립해서 지금 케빈 형이 쓰는 방을 서재로 쓸 수 있기를 바라고 있다.

우리 집에는 방을 쓰려고 다른 사람의 출가를 기다리는 사람이 한둘이 아니다.

방뿐 아니다. 나는 엘비스 형의 산악자전거를 물려받으려고 형이 빨리 자라기를 기다린다. 엘비스 형은 케빈 형 오토바이를 타고 싶어서 큰형이 언제 차를 살지 손꼽아 기다린다. 엄마는 아빠가 욕실 타일을 갈아주기만 기다리고, 아빠는 짬을 내서 갈려고 하지만 시간이 없다는 핑계로 무기한 보류 중이다. 고양이 먼스터는 개집이 탐나 개가 죽기를 기다린다. 아니, 사실 그건 알 길이 없지만, 묘한 눈빛으로 개를 쳐다보는 게 마치 심장마비로 쓰러져 죽었으면 하고 바라는 모양새다. 아빠는 로또에 당첨되기를 기다리고 있다. 로또만 당첨되면 당장 욕실 타일을 갈 거라고 한다. 여동생은 뭘 기다리는지 모르겠지만, 하찮은 거라도 분명 뭔가 기다리는 게 있긴 할 거다.

이 정도면 우리 집이 얼마나 무서운 곳인지 대충 감이 올 거다. 서로의 방과 개집을 호시탐탐 노리는 이들과 같이 살다니. 이러니까 갑부들이 대저택에 사는 게 불공평하다는 거다. 나는 엘비스 프레슬리 따위와 이층 침대에 틀어박혀 자야 하는데.

그나저나 이런 하소연이 베니 스핑크스와 대체 무슨 관련이 있는지 궁금할 거다. 내가 정말 하고 싶은 말은 이런 거다. 베니 스핑크스는 나와 달리 모든 걸 가지고 있다.

잘 모르는 사람을 위해 간단히 설명하자면, 베니 스핑크스는 엄청나게 넓은 정원이 딸린 궁전 같은 집에 산다. 내가 난방도 안 되고 빗물이나 새는 낡아빠진 학교에 다니는 동안 베니는 귀족 사립학교에 다닌다. 입학 이래로 우리 학교가 따뜻했던 적은 딱 한 번뿐이다. 어떤 애가 책상에 불을 냈을 때다.

베니 스핑크스가 이렇게 잘난 이유는 아주 단순하다. 데리 패컴 스핑크스의 아들이기 때문이다. 설마 데리 스핑크스가 누군지 모르는 건 아니겠지? 그 사람을 모른다면 간첩이거나 외계인이거나 둘 중 하나다.

데리는 우리나라에서 가장 유명한 축구선수다. 아마 세계를 통틀어서도 그럴 거다. 축구의 '축' 자라도 들어본 사람이라면 대부분이 데리를 안다. 너무나도 유명해서, 사막에 사는 유목민들이나 먼 우주에 사는 외계 생명체라도 이름쯤은 들어봤을 거다. 데리가 축구선수인 걸 감안하면, 꽤 잘 풀린 축 아닌가? 축구 경기가 뇌수술처럼 엄청난 일도 아닌데 말이다. 솔직히 말해서, 맥주 이름이 인쇄된 유니폼이나 입고 축구화를 신고 뛰어다니는 녀석들보다는 뇌과학자가 더 훌륭하지 않나?

어쨌든 데리 스핑크스를 모르는 사람은 간첩이 분명하다. 그만큼 데리는 유명한 축구선수다. 게다가 그냥 유명하기만 한 게 아니라, 엄청난 부자이기까지 하다. 아빠가 데리처럼 돈을 벌려면 매주 복권에 당첨되어야 한다는 얘기다.

"참 좋겠군!"

텔레비전에 데리가 나올 때마다 아빠가 하는 소리다.

"공 좀 차고 돌아다닌다고 몇백만 파운드씩 벌고, 신발 회사에서는 자기들 축구화 좀 신어준다고 1년에 200만 파운드씩 갖다 바치니!"

"아빠는 작업복 입는 걸로 얼마씩 받아요?"

"한 푼도 못 받지. 은퇴할 때 다시 뺏어 가지 않는 것만도 황송하지."

아빠는 인터넷 회사에서 광대역 공유기 설치하는 일을 한다. 회사에서 작업복과 밴을 제공했는데, 엄마가 품격이 떨어진다며 밴을 달가워하지 않았다. 그러자 아빠는 이렇게 대답했다.

"품격? 언제 우리가 품격이 있었나?"

엄마는 작업복도 싫어한다. 그래도 공짜인데. 하긴 밴도 공짜이긴 하지. 아빠는 주말마다 엄마를 슈퍼마켓까지 태워다 준다. 그러면 엄마는 창피하다며 입구에서 한참 떨어진 곳에 차를 세우라고 한다. 밴에 파란색과 흰색으로 커다랗게 '인터네티'라고 쓰여 있기 때문이다. 그런데 그게 왜 부끄럽다는 건지를 모르겠다. '인터네티'가 옆집 밴보다 훨씬 낫기 때문이다. 이동식 애견 미용실을 하는 옆집 밴에는 '도기독', '전신 미용, 이, 벼룩 제거'라고 쓰여 있다.

내 생각에는 '인터네티'가 '이, 벼룩 제거'보다 훨씬 낫다. 어디까지나 내 생각이다. 어차피 나는 어딜 가나 주목받지 못하는 평범한 꼬맹이에 불과하니까. 어쩌다 내 의견을 말할라치면 "쉿!"이나, "넌 몰라", "언젠가는 알게 될 거야" 같은 대꾸가 돌아올 뿐이다. 그래서 나는 평소에 별말 없이 가만히 있다가, 일기에나 자유롭게 생각을 풀어놓는 편이다.

하여간, 우리 가족은 그렇게 산다. 그리고 불과 몇 킬로 떨어지지 않은 곳에 우리와는 정반대인 세계가 있다. 거기에는 데리 스핑크스와 부인 스노시 케첩이 살고 있다.

데리와 결혼했으니 '스핑크스 부인'이라고 부르는 게 맞지만, 스노시 케첩은 예전에 '케첩걸'이라는 유명한 6인조 팝 그룹에서 활동했다(지금은 '밈시 토시'라는 예명으로 솔로 활동을 하고 있다). 그래서 신문이나 뉴스에 스핑크스 가족에 대한 기사가 나올 때는, 보통 스핑크스 부인이라는 호칭 대신 '스노시'라는 본명이 쓰인다.

부모님 세대라면 케첩걸을 잘 알고 있을 거다. 노래를 들어본 적이 있거나, 아니면 집에 음반을 갖고 있을지도 모른다.

엄마는 케첩걸을 엄청 좋아했다고 한다. 반대로 아빠는 매우 싫어했고. 엄마는 케첩걸이 노래도 잘하고 자매애로 똘똘 뭉친 그룹이라고 주장했다. 하지만 아빠 말에 따르자면 케첩걸의 노래는 양철 지붕에 작업 공구 떨어지는 소리처럼 끔찍하다고 했다. 덧붙여 자매애 같은 건 뜨기 위해서 꾸며냈을 뿐이며 모조리 거짓이라는 거다.

엄마는 아직도 케첩걸 음반을 1집부터 마지막 앨범까지 모두 갖고 있다. 가끔씩 기분이 내킬 때면 꺼내서 틀기도 한다. 내 생각에는 그게 케빈 형이 집을 나가려고 하고, 고양이 먼스터가 개 집을 노리는 이유인 것 같다.

스노시와 데리의 결혼식장은 카메라 밭이었다고 한다. 내가 태어나기 전 일이다. 난 베니 스핑크스와 같은 해에 태어났으니까. 엄마가 그러는데, 내 생일이 베니와 비슷하다는 걸 알고 내가 엄청 신이 났던 모양이다. 아빠는 뭐 그런 걸 갖고 좋아하냐고 핀잔을 줬다고 한다.

베니는 태어난 지 얼마 안 돼서 데리와 스노시만큼 유명해졌다. 세례를 받고, 첫돌을 지내고, '베니 스핑크스, 걸음마를 떼다', '베니 스핑크스, 옹알이를 하다'가 신문을 장식했다. 그러는 동안, 내 걸음마와 옹알이에는 아무도 관심을 갖지 않았다.

베니 스핑크스가 이걸 했네, 베니 스핑크스가 저걸 했네. 베니가 첫 축구 레슨을 받았네. 아빠랑 축구 필드에 나와서 어린이용 유니폼을 입고 조그만 축구화를 신고 자기 덩치만 한 축구공을 차면서 돌아다니고 있네.

베니가 처음 어린이집에 간 날은, 기사가 운전하는 차를 타고 엄마와 함께 고급 어린이집에 가는 베니 사진이 신문을 가득 채웠다. 베니가 가족들과 카리브 해로 여행을 떠났을 때는, 새파란 바다로 둘러싸인 아름다운 섬 일류 호텔에서 휴가를 즐기는 스핑크스 가족의 모습이 신문에 실렸다. 난 그 사진을 아직까지도 기억한다. 그때 나는 레인스톰 해변에서 아빠의 고물 밴 안에 틀어박혀 있었다. 바닷바람을 타고 온 진눈깨비가 창문을 마구 두드리던 날이었다. 바로 어제 일처럼 생생하다. 그 지역 주민들 말로는 8월에 이렇게 날씨가 나쁜 건 아주 드문 일이라고 했다. 1972년 이후론 그렇게 큰 파도는 본 적도 없다고 했다. 아마 당나귀 세 마리가 허리케인에 날아갔던 게 그해일 거다. 2.5킬로나 떨어진 어떤 집 뒷마당에서 발견되었다지. 게다가 그중 한 마리는 나무에 걸려 있었단다.

내가 정말 이해 못 하겠는 건, 도대체 베니 스핑크스가 뭐 그리 대단한 일을 했냐는 거다. 그래, 아빠가 유명한 축구선수고, 좋아, 엄마는 유명한 가수다. 그런데 그게 뭐? 그렇다고 베니가 한 게 뭐가 있는데? 나보다 나을 게 없잖은가.

그런데 난 왜 유명하지 않지? 내가 레인스톰 해변에서 가족들과 함께 밴에 앉아서 뗏목을 저으며 지나가는 집배원을 바라보는 모습은 왜 〈주간 오키도키〉 같은 곳에 실리지 않는 거지?

이유를 알 수 없었다. 한번은 아빠한테 물어보기까지 했다.

"아빠, 누구는 돈방석에 앉아서 걱정 없이 잘 사는데, 왜 우리는 방도 몇 개 없는 좁은 집에서 개집이나 노리는 고양이를 데리고 사는 거예요?"

"우리보다 더 못사는 사람들도 있어, 빌. 진흙 집에서 사는 사람들도 있다고."

"진흙집이 더 낫지 않아요? 방도 많을 거고 진흙 차고도 있고 진흙 다락방에 진흙 당구대까지 있으면."

"아들아, 내 말뜻은 이 세상엔 우리보다 훨씬 나쁜 조건에서 살아가는 사람들이 셀 수 없을 정도로 많다는 거야. 적어도 우리 집엔 지붕이 있잖니? 굶을 일도 없고, 주말이면 밴도 탈 수 있고, 매년 여름 2주 동안 레인스톰 해변으로 피서도 가잖아. 사실 올해는 해외로 휴가를 가보는 게 어떤가 생각 중이었다. 스페인 코스타 델 솔에 괜찮은 곳이 있다는 소리를 들었는데, 꽤 싸더라고. 짓다 만 건물인데 가격이 아주 합리적이야. 거기서 2주 보내도 될 것 같아. 어쨌든, 우리도 가진 게 꽤 많단 말이야. 건강하지, 튼튼하지, 직장에, 휴가에······."

"엘비스라는 형도 있고요."

"다 연관되어 있는 거야. 우리보다 잘난 사람도 많지만, 우리를 보면서 부러워할 사람들도 아주 많다는 거지. 바지 한 벌 없는 사람도 있다고."

"그런 사람들도 있어요?"

"일명 '바지 없는 사람들'이라고 하는데, 세계의 각종 오지에 가면 볼 수 있어. 속옷만 입고 사는 사람들이지. 그래도 그 차림으로 식당이나 그런 데는 많이 안 돌아다니는 것 같아. 하여튼 우린 가진 것에 감사하면서 살아야 돼."

"네, 무슨 말씀인지 알겠어요. 그런데 같은 이치로 보면, 데리 스핑크스는 공 차는 걸로 돈을 그렇게 많이 벌고, 그 스노시인가 케첩인가 하는 아줌마는 양철 지붕에 공구 떨어지는 소리로 부자가 됐잖아요. 그런데 왜 엄마랑 아빠는 매일 일하는 걸로도 모자라서 할아버지한테 돈까지 빌리는 거예요?"

"빌리는 게 아니라 선물이야, 선물."

"하여튼 왜 그런 거예요? 왜 데리 스핑크스는 공만 차도 돈을 벌어요?"

"나야 모르지. 사람들이 돈을 주니까 그렇지."

"아빠도 그렇게 공을 차면 수백만씩 벌 수 있을까요?"

"아니, 별로 그럴 것 같진 않구나."

아빠는 잠시 동안 생각하고는 덧붙였다.

"아마 공을 먹으면 몇 파운드쯤은 줄 거야."

물론 농담으로 한 소리였다.

아직 하나도 모르겠는 걸 보면 나도 그렇게 똑똑한 편은 아닌가 보다. 내가 보기에 이 세상은 쓸데없는 일에 더 많은 보상을 주는 것 같다. 솔직히, 공을 차거나 양철 지붕에 공구 떨어지는 목소리로 노래 부르는 게 뭐 그리 대수란 말인가. 차라리 의사나 구급차 운전기사가 몇 배는 더 필요하고 중요한 직업이다. 그런데 그중에서 데리 스핑크스만큼 돈을 버는 사람은 없다.

어른이 되면 이해할 수 있을까? 잘 모르겠다.

이층 침대에 누워서, 엘비스 형이 코 고는 소리를 들으며, 가끔씩 상상하곤 한다. 내가 베니 스핑크스라면 어떨까? 베니 스핑크스처럼 부자 엄마 아빠가 있어서, 버킹엄 궁전만 한 집에서 마음대로 돈을 펑펑 쓰면서 사는 거다.

한 며칠 그렇게 살라고 하면 잠시 동안은 좋을 것 같다. 어차피 금방 우리 가족이 그리워질 테고(어쩌면 엘비스 형조차도!) 결국엔 다시 돌아오게 되겠지. 하지만 정말 며칠만 그러라면, 마다할 이유가 없다.

상상해보라. 내가 그 유명한 아이가 되는 거다. 〈하이!〉 잡지에 사진이 실리고, 모두가 친해지고 싶어 하는 그 유명 인사가 바로 나라니.

지금과는 모든 게 달라질 거다. 지금의 난 똑바로 달리는 것 말고는 할 줄 아는 게 아무것도 없다. 교우 관계에 딱히 큰 문제는 없지만 인기남과는 거리가 멀다.

하지만 그날 오후 머리를 말리고 탈의실에서 나왔을 때, 나는 잠시나마 유명 인사가 된 기분을 만끽할 수 있었다. 평소처럼 "빨리 와, 해리스. 또 꼴찌야!"나 "더럽게 못하잖아?", "자살골 여섯 개 축하해!" 같은 비아냥 대신에 "어이, 멋쟁이!", "머리 하나 달라졌다고 사람이 이렇게 바뀌냐. 완전 베니 스핑크스잖아!", "베니, 하이파이브!" 같은 소리를 듣다니!

난생처음으로 사람들이 나를 반겨줬다.

여자애들도, 비키 펀스도……. 비키 펀스는 교정기 떼고 얼굴에 점을 뺀 뒤로 전교에서 가장 예쁜 애다.

비키는 내 머리를 보더니 콧잔등을 찡그리고 가지런한 이를 보이며 활짝 웃어주었다.

"우와, 빌. 이렇게 보니까 그렇게 못생기지 않았는데?"

아, 이 얼마나 대단한 칭찬인가!

바스터 선생님조차도 나를 보고 입을 다물지 못했다.

아이들 시선을 좇아 뒤를 돌아본 나는, 복도 벽에 붙어 있는 낡은 거울 속에서 또 다른 나와 마주했다. 그런데 그건 내가 아니었다. 베니 스핑크스였다. 눈, 코, 입, 이, 머리까지 완벽한 베니 스핑크스!

무엇보다도 머리가 그랬다. 머리 모양이 그렇게 인상을 좌우할 줄은 몰랐다. 쌍둥이라고 해도 믿길 정도로 베니와 똑같았다. 내가 명품으로 치장하지 않았다는 점만 빼면……. 아마 진짜 베니는 구찌 같은 걸 입고 다니겠지. 내 옷은 엄마가 동네 가게에서 산 거다.

나는 거울 속의 베니를 보며 크게 웃었다. 단짝 친구를 오랜만에 만난 듯한 기분이었다.

"어이, 베니!"

누군가가 불렀다.

"네 얼굴 그만 감상하고 빨리 교실로 돌아가자!"

우리는 탈의실 천막에서 나와 운동장을 가로질러 학교 본관 건물로 돌아갔다.

가는 길에 꽤 많은 아이들이 나한테 말을 걸어보려고 내 주위를 얼쩡거렸다. 몇몇은 토요일에 시간 있냐고 물어보기까지 했다. 이전에는 한 번도 그런 소리 한 적 없던 것들이! 별일 없다고 했더니 같이 놀지 않겠냐는 거다. 옆에서 다른 애들은 "그래, 그러자!", "좋다! 어때, 어때?" 하면서 맞장구를 쳤다. 그러면서 토요일에 어디 어디서 놀 것이니, 원하면 나오라고 했다.

"기다릴게, 베니!"

버스를 타려고 교실에서 나가는데 데이브 포터가 말했다.

"나중에 봐, 베니! 그때 나올 수 있으면 좋겠다!"

비키 펀스가 말했다.

당연히 나갈 수 있지! 이제 그 아이들이 시내에서 스케이트보드, 인라인스케이트, 자전거를 탈 때 나도 끼어서 같이 놀게 될 거다.

집에 가 보니, 엄마와 엘비스 형은 벌써 와 있었다. 케빈 형은 늘 그렇듯 집에 없었다.

"머리에 뭐 했냐?"

엘비스 형이 다가와서 나를 째려봤다.

"누구 닮았는데. 뭘 따라 한 거야? 어쨌든 기억나기만 해봐. 그땐……."

말꼬리를 흐리긴 했지만 형 기분이 별로 좋지 않다는 건 확실했다.

"난 그 머리 괜찮은 것 같은데."

엘비스 형이 사라지자 엄마가 말했다.

"근데 진짜 누구 닮았어. 많이 본 사람인데, 기억이 안 나네."

그때 아빠가 '인터네티'라고 쓰인 작업복을 입고 들어왔는데, 나를 보더니 놀라 소리쳤다.

"맙소사! 베니 스핑크스잖아! 우리 집에 베니 스핑크스가 있다니!"

"아, 그래! 베니 스핑크스였어! 〈주간 오키도키〉에 나오는 개! 웬일이니, 빌! 머리 그렇게 세우니까 똑같다, 똑같아!"

엄마가 호들갑을 떨었다.

"빨리 씻고 다시 머리 내려. 난 젖은 생쥐 같은 원래 머리가 훨씬 맘에 든다."

"왜, 어때요? 훨씬 괜찮은데. 이웃들한테 자랑 좀 해야지. 우리 집에 베니 스핑크스가 있는 걸 보면 어떻게 생각할까?"

"데리 스핑크스가 우리 집을 별장으로 산 줄 알겠지. 아니면 신발 보관소로 샀거나."

아빠가 비꼬았다.

그래도 난 머리를 다시 내릴 생각이 없었다. 그냥 그대로 놔둘 생각이었다. 태어나서 이렇게 인기를 모은 적이 한 번도 없었는데, 행복한 순간을 금방 끝내버리고 싶지 않았다. 오랫동안 황홀한 기분을 즐길 생각이었다.

## 못난이 주식회사

재미있는 것도 잠깐이었다. 그래, 처음에는 정말 좋았다. 베니 스핑크스 얼굴을 하고 돌아다니면, 아이들이 "안녕, 베니", "베니, 이번 주말 경기에 아빠한테 한 골만 넣어달라고 그래" 하며 말을 걸었다. 하지만 그것도 금방 피곤해졌다.

일단 빌 해리스라는 아이는 아예 기억에서 사라진 듯했다. 이 지역 사람들에게 나는 '베니 스핑크스 대용'이었다. 내 진짜 이름은 사라지고, 여기서도 베니, 저기서도 베니, 온통 베니뿐이었다. 한번은 아빠 말대로 다시 머리를 내릴까 생각했다. 그런데 몇 주가 지나니까, 감히 그럴 용기가 나지 않았다. 다들 가짜 베니 스핑크스에 익숙해져서, 만약 내가 원래대로 돌아간다면 사람들이 나를 죽이려 달려들 것만 같았다.

나는 각종 잔치, 바비큐, 가든파티, 심지어는 꼬마들 축구 경기에까지 초대를 받았다. 그러면 나는 차마 거절을 못 하고 "베니! 베니!" 하며 열광하는 꼬마들 앞에서 시축을 해야 했다.

심지어 그 아이들은 내가 진짜 베니가 아니라는 사실을 모르는 듯했다. 어떨 때는 사인을 해달라고 찾아오는 꼬마들도 있어서, '베니 스핑크스' 이름으로 사인을 해줘야 했다. 한번은 내 이름을 썼다가 꼬마가 울고불고 난리를 치는 바람에 그 애 아빠가 찾아온 적도 있었다. '빌 해리스'라고 쓴 걸 보더니, 아이 아빠는 사인을 다시 하고 애한테 사과하라고 말했다.

"전 베니 스핑크스가 아닌데요. 그냥 닮은꼴이에요."

"내가 베니 스핑크스라면 베니 스핑크스인 거야. 괜히 우리 저스틴 울리지 말고 하라는 대로 해."

어쩔 수 없이 '베니 스핑크스'라고 다시 써줬다. 안 그랬다면 아저씨한테 맞았을지도 모른다. 이러니까 내가 피곤하지.

이렇게 몇 주가 지나는 동안, 점점 베니 스핑크스의 삶에 대한 환상이 깨지면서 원래대로 돌아가야겠다는 결심이 굳어갔다. 그러던 무렵, 하루는 엘비스 형이 지역 신문을 (읽는 게 아니라 감자 칩 그릇 대신에) 들고 돌아와서는 나한테 던져주며 말했다.

"야, 여기 이거 어떠냐? 돈도 벌고."

신문을 펼쳐보니, (감자 칩 기름얼룩들 사이로) 연예인 닮은꼴을 찾는다는 광고 기사와 함께, 유명 인사, 왕족들, 가수들을 닮은 사람들 사진이 실려 있었다.

보아하니 모두 이 회사를 통해 짭짤하게 버는 사람들이었다.

광고 촬영이나 의류 모델 같은 일에 연예인 대타로 나서서 돈을 버는 거다. 우리 집에서는 돈이 항상 부족하니, 돈을 벌 수 있다면 뭐라도 할 마음이 있었다.

연예인을 닮으셨나요?
만약 그렇다면, 그건 바로 돈을 버는 지름길입니다.
저희 회사에서는 연예인 닮은꼴을 찾고 있습니다.
자신이 닮았다고 생각한다면 아래 주소로 사진을 보내보세요!

하지만 곧바로 결정을 내릴 수 없었다. 회사 이름 때문이었다.
'못난이 주식회사.'
내가 잘생겼다는 건 아니다. 그런데 '못난이'는 좀 심하지 않은가. 좋아, 다시 말하지만 난 잘생기지 않았고 (날이 맑지 않을 때는) 나도 그 사실을 인정한다. 하지만 바람이 적당히 불고 햇빛이 좀 심하게 눈부신 날에는 나도 괜찮은 편에 속한다는 말이다. 게다가 사람들은 내가 베니 스핑크스인 줄 아는데, 베니는 결코 못생긴 게 아니다. 우리 학교 여자애들 몇 명은 심지어 베니가 잘생겼다고 생각한다. 그건 아마 베니가 유명하기 때문일 거다. 웃기게도, 유명하면 유명할수록 평범한 얼굴도 잘나 보이나 보다. 아무리 포댓자루같이 생긴 면상이라도 인기만 많으면 사람들은 별로 신경을 쓰지 않는다.

닮은꼴 말고도, '못난이 주식회사'에서는 갖가지 희한한 사람들을 취급하는 모양이었다. 수염 난 여자, 말도 안 되게 뚱뚱한 녀석들, 말도 안 되게 마른 인간들, 앵무새 닮은꼴, 울타리 닮은 꼴까지. 그런 사람들은 아마도 모델을 돋보이게 하거나 드라마에 나오는 악당 소굴 장면에서 단역을 맡을 테지.

어쨌든 난 '못난이 주식회사'가 그다지 마음에 들지 않았다. 사람들이 어디서 일하냐고 물었을 때 '못난이 주식회사요' 하고 대답하는 모습은 썩 좋은 그림이 아니다. 하지만 앞서 말했듯 돈은 돈이고, 돈만 있으면 무엇이든 살 수 있다.

딱히 내가 뭘 막 사들이고 싶어서 환장한 사람은 아니다. 그저 지금보다는 뭐라도 조금 더 가졌으면 좋겠다고 바랄 뿐이다. 남자 형제 중 막내인 탓에, 난 항상 형들이 쓰던 물건만 물려받았다. 나도 새것을 가져보고 싶다. 엘비스 형 이름이 쓰여 있거나, 형들이 가지고 놀아서 더러워지고 망가진 것이 아닌 새 물건.

어떤 사람들은 이렇게 말한다. 행복은 물질에서 찾을 수 있는 게 아니라고. 세속적인 것은 신기루에 불과하고, 진정한 평화와 내면의 고요는 기도와 명상을 통해서만 얻을 수 있다고. 목사님은 우리 가족을 볼 때마다 교회를 열심히 다녀야 한다고 말한다. 물론 우리가 자주 예배를 가는 건 아니다. 하긴 그러니까 그렇게 오라고 하는 거겠지.

물질로 모든 걸 해결할 수 없다는 주장은 아무래도 좋다. 하지만 형 이름이 쓰인 속옷을 입다 보면, 아무리 삶은 것이라고 해도, 어쩔 수 없이 새것을 사고 싶게 마련이다.

어쨌든 이런저런 생각 끝에 나는 못난이 주식회사에 사진을 보내기로 마음먹었다. 일 좀 하고, 돈을 받으면 나도 새것을 살 수 있겠지, 하는 생각에.

엘비스 형이 크리스마스에 선물받은 디지털 카메라로 내 사진을 찍어줬다. (이상하게 형은 항상 별걸 다 받는다. 나와 달리 모든 게 넘친다.) 나는 정성을 다해 편지를 써서 사진과 함께 못난이 주식회사로 부쳤다. 편지에는 내가 베니 스핑크스를 닮았으며, 소량의 일당을 받고 파티, 전시회, 사진 촬영, 웨딩, 세례식, 이외에도 각종 법인 활동(뭔지는 모르지만 신문 기사에서 많이 본 단어라서 그냥 써봤다)에 참여할 의사가 있다고 적었다.

답장이 오기를 기다리는 동안, 비키 펀스와 데이트를 했다. 놀랐다고? 아무리 그래도 나만큼 놀랐을라고. 비키 펀스는, 교정하고 점을 빼서 그렇긴 하지만, 학교에서 제일 예쁘고 잘나가는 아이 아닌가.

새로운 내 모습을 발견한 그 주 토요일 오후, 초대받은 대로 시내로 나가 아이들과 놀았다. 내가 빌 해리스일 때는 단 한 번도 살갑게 굴지 않던 그 아이들과 말이다.

난 스케이트보드를 타기보다는, 보드에서 떨어져 복합골절을 입는 데 더 소질이 있다. 그런데 다행히도 아이들이 모두 스케이트보드를 가지고 온 건 아니었다. 더러는 가만히 서서 남들 타는 걸 구경만 하는 애들이 있었다. 그래서 나도 그 무리에 끼기로 했다. 뻘쭘하거나 머쓱해질 때 전화하는 척하려고 휴대폰도 챙겼다. 휴대폰에는 유니언잭 폰 커버를 씌웠다. 엘비스 형 거다. 통화 중간중간 던질 '오, 좋은데' 또는 '웃기지 마, 새끼야', '에이, 놀고 있네!' 같은 말도 생각해놓았다. 티가 나지 않으려면 때때로 가볍게 웃어야 한다는 사실도 잊지 않았다. 엘비스 형의 선글라스와 은도금한 이쑤시개도 가져왔다.

가는 길에는 조금 거북하고 찝찝하기도 했다. 하지만 막상 도착하니 그런 생각은 싹 사라졌다. 아이들이 "여기야, 베니!", "이리 와, 베니! 멋진데?" 하고 외치는 거였다.

내 모습을 알아보고 뚫어져라 쳐다보는 사람들도 있었다. 내가 진짜 베니 스핑크스이고, 주위에 있는 아이들이 정말 베니 친구인 줄 아는 것 같았다. 나를 선망의 눈길로 바라보다니!

얼마 후에 비키 펀스가 친구들과 함께 나타났다. 내 쪽으로 걸어오기에 빌린 선글라스를 쓰고 폼을 잡고 섰는데, 때마침 휴대폰도 울렸다. 마치 여기저기서 연락이 오는 인기인 같아 보이지 않는가! 불행히도 엘비스 형한테 온 전화였다. 휴대폰 커버와 은도금 이쑤시개의 행방을 찾고 있었다. 내가 멋대로 들고 나온 걸 알고는 형은 당장 가서 혼쭐을 내겠다고 했다. 물론 내가 어디 있는지 밝히지 않았으니 그건 불가능했다. 그러자 형은 집에 돌아오면 죽을 줄 알라며 으르렁댔지만, 그땐 그런 걸 신경 쓸 때가 아니었다. 비키 펀스가 내 쪽으로 걸어오고 있었다.

"안녕, 베니."

"안녕."

딱히 좋은 인사말이 떠오르지를 않았다.

"재미있게 놀고 있었어?"

비키가 물었다.

"어, 넌?"

"나도."

그때 옆에서 우리의 대화를 듣고 있던 비키 친구들이 까르르 웃음을 터뜨렸다. 뭐가 그렇게 재미있다는 건지.

"선글라스 잘 어울린다."

비키가 말했다.

"너도."

비키도 선글라스를 썼다.

"휴대폰 케이스 예쁜데?"

비키가 엘비스 형의 폰 커버를 보며 말했다.

"너도."

비키의 휴대폰 커버도 예뻤다.

까르르거리던 비키의 친구들 중 한 명이 불쑥 끼어들었다.

"아 근데, 오늘은 영화관에서 뭐 재미있는 거 안 하나?"

"그거 있잖아. 내가 전부터 보고 싶다고 했던 거. 근데 같이 볼 사람이 없네."

비키가 말했다.

웃기는 소리였다. 옆에 있는 아이들 놔두고 웬 생뚱맞은 소리란 말인가? 친구들과 보러 가면 되지 않느냐고 말하려는 찰나, 뭔가가 머리를 스치고 지나갔다. 아, 어쩌면…….

"그래? 나도 그거 보러 가려고 했는데."

"정말, 베니? 정말로……?"

비키가 말꼬리를 흐렸다.

"같이 갈래?"

그렇게 말해놓고, 순간적으로 비키의 표까지 사게 되는 불상사가 생기는 건 아닌가 걱정이 됐다. 난 돈이 없었으니까. 영화표를 두 장 사려면 적어도 엘비스 형의 폰 커버를 팔아야 할 텐데, 그랬다가는 난 정말 죽을지도 몰랐다.

"어머, 그래. 잘됐다."

비키는 마치 자신이야 상관없지만 원한다면 같이 가주겠다는 투였다.

그런데 단둘이 보게 될 거라는 생각은 큰 오산이었다. 비키가 내 옆에 앉긴 했지만, 그 친구들도 줄줄이 따라왔다. 표를 사려고 줄을 서는데, 사람들이 우리를 가리키면서 수군거리고 속닥대는 게 난리도 아니었다. "저거 베니 스핑크스, 그 축구선수 아들 맞지?"라든가 "저기 봐, 베니 스핑크스야! 여자친구랑 왔나 봐!"라며.

비키 펀스는 주목을 받게 되어 신이 난 모양이었다. 평소보다 좀 큰 목소리로 끝도 없이 "베니! 베니!" 하고 불러댔다. 영화가 끝나고, 콜라를 마시러 햄버거 가게로 몰려갔다. 가게에 들어서는데 사람들 시선이 모두 우리에게 꽂혔다. 내가 베니 스핑크스고, 옆에 있는 비키 펀스는 여자친구일 거라고 추측하는 거겠지. 콜라를 마시는 내내 비키와 친구들은 뭐 그리 할 말이 많은지 쉴 새 없이 속닥거리고 까르르 웃어댔다. 이상했다. 난 분명 그 자리에 있는데, 마치 없는 사람 취급을 받고 있었다.

다시 광장으로 돌아온 다음, 나는 중요한 전화가 올 거라서 휴대폰을 충전하러 집에 가야 한다고 둘러댔다. 사실 엘비스 형이 '평범한 분노'에서 '격노'로 넘어가기 전에 빨리 수습해야 했다.

"안녕, 베니! 월요일에 보자!"

'베니' 소리를 듣자 사람들은 또 약속이나 한 듯 동시에 우리를 쳐다봤다.

나는 손을 흔들어주고 완전히 넋이 나간 채 집으로 향했다. 이게 다 무슨 난리람. 주머니에서 야구 모자를 꺼내 눈까지 푹 눌러 썼다. 너무 지쳤던 터라, 베니 스핑크스에서 벗어나 아무도 돌아보지 않는 본연의 '나'로 돌아가고 싶었다. 솔직히 난 비키가 '빌 해리스'를 좋아해주길 바랐다. 동시에, 그게 말도 안 된다는 걸 알고 있었다. 비키는 내가 베니처럼 생겨서 좋아하는 거다. 베니와 함께 다니는 걸 다른 사람들한테 자랑하고 싶어서. 만약 비라도 와서 머리가 가라앉았다면, 비키는 뒤도 돌아보지 않고 무지개처럼 사라졌을 테지.

다른 사람을 닮았다는 이유로 관심과 인기를 끌게 되다니, 마치 도둑이 된 듯한 기분이었다. 가짜, 사기꾼……. 꼭 빌린 옷을 입고 돌아다니는 느낌이랄까.

 토요일 오후, 그렇게 나는 야구 모자로 베니 스핑크스 머리를 숨기고, 엘비스 형 이름이 새겨진 속옷을 입은 채 터덜터덜 집으로 돌아왔다. 자기 본연의 모습으로 사는 것도 쉬운 일이 아니다. 가끔씩은 내가 누군지조차 제대로 알 수 없을 때도 있다.

 그로부터 일주일 후, 편지가 왔다. 봉투에는 '못난이 주식회사' 로고가 찍혀 있었다. 엘비스 형이 편지를 가져와 내 침대로 던졌다.

 "네 거다. 널 알아보네, 이 사람들. 그래, 사실 너 아니면 누가 여기서 일하겠냐? 이 '못난이'야."

 뭐 하자고 쓸데없이 시비를 거는 걸까? 하긴, 엘비스 형 하면 시비지. 정말 여러모로 잉여 인간이다. 분명 자기가 뚱뚱한 시궁쥐처럼 생긴 걸 알고 베니 스핑크스를 닮은 나를 질투하는 거다. 하지만 형한테 이 말을 한 적은 없다. 나보다 훨씬 덩치가 큰 형하고 괜히 싸움이 붙어봤자, 적어도 코뼈가 부러지거나, 아니면 나중에 후회할 일만 생길 게 분명하기 때문이다.

 나는 봉투를 열어 편지를 읽었다.


 친애하는 해리스 씨.
 보내주신 편지와 사진은 잘 받았습니다. 검토 결과 베니 스핑크스 닮은꼴로 적합하다고 판단되어, 해리스 씨의 사진과 정보를 저희 회사 명부에 추가하게 되었습니다. 고객들께 해리스 씨의 정보를 돌린 후, 고용을 원하는 고객이 있을 경우 해리스 씨께 알려드리겠습니다. 수수료는 명시된 대로이고, 일을 수락하기 전에 법정 대리인의 동의가 필요합니다. 소식이 들리는 대로 연락드리겠습니다. 감사합니다.

J. 머그
못난이 주식회사 대표.

나는 아래층으로 달려 내려가 식구들에게, 심지어 고양이한테까지 편지를 자랑하고 돌아다녔다. 물론 읽어주기를 바란 건 아니었다. 하지만 고양이도 뭔가를 쳐다보면서 다 안다는 듯 구는 데는 꽤 능력이 있단 말이지. 하여튼 혼자 신이 나서 여기저기 돌아다녔다.

엄마가 한마디 했다.

"아직 정식으로 일이 생긴 건 아니잖니? 너무 기대하지 마. 차라리 신문 배달 같은 현실적인 아르바이트를 해보는 게 어때? 정육점이나."

"채식 해보려 그랬는데요."

"그럼 채소 가게에서 일해. 어? 채소총각. 어떠냐, 안 그래도 배추 대가리에 양배추 귀에 코는 당근 같아가지고. 벌써 반쯤은 채소 같은데."

나는 엘비스 형 말을 무시했다. 다 내 잘난 외모가 배 아파서 그러는 거다.

"어쨌든 아직 확실히 정해진 것도 없는데 너무 좋아하지 말란 말이야."

엄마가 토스터에 식빵을 몇 개 더 집어넣으며 말했다.

우리 가족하고 같이 있는 이상은 딱히 환상에 젖어 두근거릴 일은 없을 것 같았다.

"엄마, 거기서 의뢰 들어오면 허락해줄 거예요?"

"웬만해선. 학교 빼먹지만 않는다면."

"진짜죠?"

"그래, 약속해."

"고마워요!"

다시 위층으로 올라와서 편지를 이리도 돌려 보고 저리도 돌려 보며 감탄하는 데 몇 시간을 보냈다. 나를 정중하게 '해리스 씨'라고 부르는 편지는 처음 받아봤다.

맞다, 도서관에서 빌린 책이 연체되었을 때, 반납 독촉 편지를 받은 적이 있긴 하다. 아, 그리고 또 신문 글자를 오려 붙여 쓴 익명 편지도 한 번 받아봤다. '넌 뚱뚱한 돼지 새끼다. 네 친구가.' 막 글씨를 배운 듯한 뭉개진 필체로 보아 분명 배운 게 없고 지능도 형편없는 사람이 쓴 것 같았다. 내가 편지 출처를 추궁하자 엘비스 형은 모르는 일이라며 극구 부인했다.

일단, '못난이 주식회사' 대표한테서 편지가 온 것까지는 좋았다. 그 뒤로 더 확실한 소식이 오기를 기다리려니 갈수록 초조함만 더해갔다. 뭔가 이 애매한 상황에 쐐기를 박을 수 있는 확실한 일거리가 들어와야 했다.

엘비스 형한테 이 소리를 하자 형은 늘 그렇듯 멍청한 대답을 했다.

"쐐기? 너, 쐐기도 모으냐? 뭐 하려고? 말뚝이라도 박게? 하하하!"

그러더니 방에서 나가며 엄마를 불렀다.

"엄마! 이 멍청이가 쐐기를 기다리고 있대요!"

이것도 형의 쓸데없는 시비 어록에 포함된다.

확실히 '헤어드라이기 전'에 비해 학교생활이 편해지긴 했다. 나는 아이들 사이에서 '비공식 베니 스핑크스'로 취급받았다.

내가 놀이터에 나타나면 아이들은 "안녕, 베니!" 하며 반갑게 인사해준다. 그리고 축구 경기를 할 때도 가장 먼저 팀원으로 뽑힌다. 숨이 붙은 아이들이나 못하는 아이들과 함께 마지막까지 남아 있지 않는다는 게 그저 신기할 따름이다.

사실 그 아이들한테 조금 미안한 마음도 없잖아 있었다. 먼저 뽑히는 게 좋긴 했지만, 한때는 나도 남아도는 무리 중 한 명이었기 때문이다. 적어도 이럴 때는, 아이들이 나를 빌 해리스로 보지 않고 베니 스핑크스로 보는 게 더 좋기도 했다.

인기가 많으니까 이렇게 편하구나.

축구 실력도 늘었다. 여전히 잘하진 못하지만 자살골을 넣지 않을 만큼은 되었다. 게다가 패스를 실패하거나 공을 놓쳐도, 예전에는 "뭐 하고 있냐, 병신아" 하던 아이들이 이제는 "아, 아깝다, 베니" 혹은 "다음 기회를 노려봐!"처럼 동정 어린 말을 하며 대충 넘어간다.

진짜 웃기는 노릇이다. 유명하고 인기가 많으면 실수를 해도 쉬쉬하고 덮어주는데, 유명하지도 않고 인기도 없으면 아무런 실수를 하지 않아도 비난을 죄다 뒤집어쓰게 된다니.

내가 세상이 불공평하다고 투덜거릴 때마다 아빠는 항상 "누가 세상이 공평하대?" 하고 되묻는다. 하지만 아무리 세상이 불공평하고 사람들이 그걸 암묵적으로 인정한다 해도, 이건 잘못된 것 같다. 누군가는 나서서 고쳐야 할 것만 같다.

축구 경기뿐 아니라, 난 비키 펀스라는 엄청난 존재와 마주하게 되었다. 비키는 전보다 더 무서운 기세로 다가왔다. 마치 타버릴 정도로 더운 날 겨드랑이에 뿌리는 탈취제 같은 느낌이었다.

같이 영화를 보러 간 날 느낀 건데, 비키는 나와 같이 다니는 모습을 남에게 보이고 싶은 것이지 나와 대화를 나누려는 마음은 별로 없었다. 왜냐하면 내가 말이라도 붙여보려 할 때마다 눈동자를 떼굴떼굴 굴리기 때문이다.

그 당시에는 별로 신경 쓰지 않았다. 그냥 버릇이겠지 했다. 왜 다들 사소한 버릇 하나쯤은 가지고 있지 않는가. 엘비스 형이 대표적이다. 하지만 여기서 밝히면 독자들의 식욕이 감퇴할 수도 있기에 말하지 않겠다.

어쨌든 비키는 나와 얘기하는 것보다 사람들의 시선을 더 즐겼다. 친구들을 줄줄이 달고 나와서 함께 길거리를 걷다 보면 여기저기서 별말이 다 들려온다. "저게 누구야? 베니 스핑크스 아냐?"부터 시작해서 "저 옆에 예쁜 애는 누구지?", "베니 스핑크스하고 같이 있는 쟤는 누구야?", "영화배우나 모델이나 신인 가수겠지?"까지.

그래, 비키는 이 모든 관심을 즐겼다. 하지만 어쩌다 단둘이 있을 때, 내가 '우리'와 '우리의 관계', '우리가 뭘 하러 가는지'에 대해 말을 꺼내면 비키는 주제를 돌리거나 하품을 하거나, 화장 고치러 화장실에 가거나 손톱을 다듬었다. 〈여자의 마음을 꿰뚫는 법〉이라는 두꺼운 시리즈물에 따르자면 세 가지 모두 여자아이들이 말하기 좋아하는 주제인데도 말이다. 물론 이런 일은 어쩌다가 한 번일 뿐, 우리가 함께 있을 때는 거의 비키 친구들도 옆에 달라붙어 있었다.

하루는 '베니 스핑크스 연극'이라는 난리에서 빠져나와 놀이터에 숨어서 숨을 돌리고 있었다. 거기에 산드라 데빙스라는 아이가 나타났다. 산드라는 교실 맨 끝에 앉고 거의 말을 하지 않는다. 그 애가 나를 찾고 있었던 건지 아니면 어쩌다 마주친 건지는 모르겠지만, 어쨌든 산드라는 '베니' 대신에 "안녕, 빌" 하고 인사를 했다. 신선한 충격이었다.

내내 베니 소리만 듣다가 빌이라는 본명을 들으니 갑자기 맥이 풀리는 것 같았다. 인기 없던 시절의 내가 떠올랐다. '빌'이라는 단어가 귀에 들어왔을 때는 나도 모르게 움찔하기까지 했다.

"안녕, 산드라."

"여기서 혼자 뭐 해?"

"아, 음, 그냥 쉬고 있었어."

굳이 '베니 스핑크스 연극'까지 설명하지는 않았다. 속으로 산드라가 꼬치꼬치 캐묻지 않기를 바랐다. 다행히도 산드라는 더 이상 묻지 않았다.

"나도, 나도 앉아도 될까?"

"그래."

산드라는 내 옆으로 와 계단에 주저앉았다. 학교 건물 뒤편에서 아이들 떠드는 소리가 소란스럽게 들려왔다. 쉬는 시간은 늘 그렇듯 무슨 반란이라도 일어난 것처럼 시끄러웠다. 반란 두세 개와 작은 전쟁 몇 개가 동시에 벌어지는 것 같은 느낌이었다.

"조용한 데 나와 있으니까 좋다."

"그러게."

나는 고개를 끄덕였다. 여자아이들은 자기 말에 맞장구 쳐주는 걸 좋아한다고 엘비스 형이 알려줬다. 진짜인지 거짓말인지는 몰랐지만 한번 시도는 해보기로 했다.

"있지, 빌……."

마음을 바꿨는지 산드라가 갑자기 말을 멈췄다.

"뭐?"

"아, 별거 아냐."

"아냐, 말해봐. 뭐야?"

뭔가 중요한 말일 것 같았다.

"별건 아니고, 그게…… 음, 있지…… 그러니까 네가 그렇게 머리 세우고 나서 베니 스핑크스랑 비슷해지고, 사람들도 다 닮았다고 하고, 내가 보기에 너도 많이 바뀌었고……."

"아, 그래?"

"어, 잘된 일이지. 정말이야. 왜냐면 그전에는, 음, 이렇게 인기도 많지 않았고. 근데 이제는 다들 너랑 말해보고 너랑 친해지고 싶어서 난리잖아. 뭐에든 초대받고, 교정하고 점 빼서 그런 거긴 하지만 어쨌든 우리 학교에서 제일 예쁘다고 소문난 비키 펀스랑도 사귀고……."

"하긴, 내가 봐도 많이 발전했지."

"근데……."

'근데' 소리 나올 줄 알았다. 뻔한 일이다.

"근데?"

"어…… 잘 모르겠어, 그냥 말해주고 싶은 건데, 반 애들 몇 명은 예전의 네가 낫다고…… 그러니까…… 원래의 너 말이야."

"아."

나는 말문이 막혀 가만히 앉아 있었다. 솔직히 말해서 조금 충격이었다. 베니 스핑크스 닮은꼴이 아닌 빌 해리스를 더 좋아하는 사람이 있다니.

"음, 그 애들이 누군지 혹시 알아?"

산드라는 한순간 낯빛이 변했다. 햇빛 때문에 그렇게 보인 거겠지.

"아니, 누군지는 몰라. 그냥 지나가다가 누가 그렇게 얘기하는 걸 언뜻 들었어. 새로운 '베니'보다 예전의 '빌'이 낫다고……."

"그렇구나."

그때 축구공이 굴러 오더니 아이들 한 무리가 공을 쫓아왔다. 내가 앉아 있는 걸 본 아이들은 "베니다!" 하고 소리 질렀다.

"베니! 축구 한판 하자!"

난 다시 인기인 '베니 스핑크스'로 돌아가야 했다. 아이들은 내 옆에 산드라가 있는 것조차 모르는 듯했다. 왠지 나도 아이들 시선이 산드라에게 돌아가는 걸 원치 않았다.

자리에서 일어나 '이제 가봐야겠다'는 표정으로 바라봤더니, 산드라가 희미하게 웃음을 띠었다. 기분 좋아서라기보다 슬프고 아쉬운 듯한 미소였다. 그냥 그대로 산드라 곁에 남아서 말없이 조용히 쉬고 싶기도 했다. 하지만 베니는 팬들을 기쁘게 해줘야 했다.

"가자! 한판 뜨자고!"

나는 공을 쫓아 달렸다. 얼마 후 아이들이 모두 내 뒤를 쫓았다. 팀이 어떻게 나뉘어 있는지도 몰랐지만 그런 건 아무래도 상관없었다. 어느새 놀이터 반대편 포장도로에 와 있었다. 아이들이 윗도리를 벗어 만들어놓은 임시 골대가 보였다. 패스를 할 생각으로 길게 차올렸는데, 방향이 빗나가 공이 골대에 들어갔다.

골키퍼가 공과 전혀 다른 방향으로 움직인 덕분이었다.

"잘했어, 베니!"

"나이스, 베니!"

"좋았어, 베니! 좋았어!"

아이들이 하나둘 소리치며 내 어깨에 팔을 두르고 등을 두드렸다.

언뜻 산드라를 본 것 같기도 했다. 아까 산드라가 한 말이 마음을 무겁게 짓눌렀다. 하지만 축구 경기를 계속해야 했기 때문에 나는 다시 시선을 돌렸다.

문제는, 나한테 이미 여자친구가 있다는 사실이었다. 학교에서 제일 잘나가는 비키 펀스가 내 여자친구였다. 산드라도 예쁘고 괜찮다. 무엇보다도 말이 통한다. 또 굳이 말을 하려고 애쓰지 않아도, 그냥 같이 있으면 편안해지는 아이다. 정말 괜찮다. 예전의 빌 해리스한테도 똑같이 잘해줄 거다. 하지만 내가 베니 스핑크스가 된 이상, 산드라와는 어울릴 수 없었다. 베니는 특별한 사람과 어울려야 했다. 멋있고, 액세서리 같은 그런 아이와.

그래, 베니는 그런 아이다. 멋있는 우리의 베니. 노래, 춤, 못하는 게 없는 만능 엔터테이너. 취급주의 사항과 조작법, 평생 무료 AS와 배터리까지 달려 있는, 사람을 끌어들이는 인간 자석 베니 스핑크스.

## 머그 씨의 전화

실망스럽게도 못난이 주식회사에서는 별 소식이 없었다.

아예 아무것도 안 온 건 아니다. 나를 명부에 올리겠다는 머그 씨의 편지를 받고서 일주일쯤 지나자, 내가 실린 명부의 복사본이 우리 집에 도착했다.

카탈로그 표지에는 '못난이 주식회사! 이름만 대세요. 누구든 바로 찾아드립니다!'라는 문구가 쓰여 있었다. 솔직히 말해서 다 맞는 말은 아니었다. 당장이라도 이 회사가 절대 찾지 못할 닮은 꼴들을 적어도 다섯 개는 댈 수 있으니까. 드라큘라, 네시, 헐크…….

하지만 명부는 내가 상상도 못 한 희한한 사람들 사진으로 가득 차 있었다. 네시만 해도 제법 닮은 사람이 몇 명은 되는 것 같았다.

닮은꼴이 정말 많았다. 왕실 가족을 쏙 빼닮은 사람들이 있는가 하면, 유명한 가수와 영화배우 붕어빵도 한 무더기 있었다. 그렇다고 모두 다 진짜와 똑같이 생긴 건 아니다. 상상력을 좀 더해야 하는 경우도 있고, 많이 동원해야 하는 경우도 있었다.

마침 엘비스 형이 집에 없었기 때문에, 나는 카탈로그를 방에 가지고 올라와 한참 동안 들여다봤다. 뒤쪽의 '스타 2세 닮은꼴' 난에 형이 찍어준 내 사진이 실려 있었다. 정말 어디를 보나 베니 스핑크스 판박이였다. 보면 볼수록 베니보다 더 베니 같았다.

차고로 내려가 분리수거함에 든 신문을 뒤져 스핑크스 가족이 나온 사진을 찾았다. 가족이 함께 무슨 특별 후원 이벤트에 참여했을 때 모습이다. 아빠인 데리 스핑크스, 엄마인 스노시 케첩, 그리고 베니.

나는 신문을 들고 방으로 올라와 못난이 주식회사 명부에 실린 내 모습 옆에 내려놓았다. 정말 무서울 정도로 똑같았다. 그때, 또 다른 생각이 머릿속을 스치고 지나갔다.

내가 베니 스핑크스를 닮은 게 아니다.

베니 스핑크스가 나를 닮은 거다!

그렇지 않은가? 내가 베니의 닮은꼴인 게 아니라 베니가 내 닮은꼴인 거다. 만약 우리가 태어날 때 일이 조금만 틀어졌더라면, 아마도 지금쯤 스포트라이트를 받고 있는 건 나일 테고, 못난이 주식회사 카탈로그에 사진이나 올리고 나와 닮았다는 이유로 비키 펀스에게 시달리고 있는 건 베니 스핑크스였을 거다.

생각하면 할수록 이상한 게 있다. 내 자신이 누구인가보다 다른 사람들이 나를 누구로 보는가가 더 중요하다는 거다. 적어도 세상 살아가는 데 있어서는 그렇다.

나는 엘비스 형이 보지 못하도록 옷장 밑에 카탈로그를 숨겼다. 그 인간이 어떤 인간인지 알아서 하는 말인데, 이 명부를 보는 순간 아마 끔찍한 음모를 꾸며낼 거다. 못난이 주식회사가 자기가 낸 아이디어라고 해도! 그래서 난 처음부터 어떤 실마리나 여지도 모두 차단하기로 마음먹었다.

형이 나가고 없을 때마다 나는 명부를 꺼내 내 사진이 나온 쪽을 펼쳤다. 사진 밑에는 '베니 스핑크스 닮은꼴'이라고 쓰여 있었다. '각종 이벤트, 광고, 판촉 행사에 섭외 가능. 데리 스핑크스 닮은꼴, 스노시 케첩 닮은꼴과 함께 고용하시면 3인 할인을 해드립니다.'

데리 스핑크스 닮은꼴은 머리 색깔이 다른 것을 제외하고는 꽤 그럴싸했다. 데리의 번호가 박힌 축구 유니폼을 입은 사진이 실려 있었다. 스노시 케첩 닮은꼴은, 음, 옷은 비슷하게 입었지만 얼굴은 딱 대나무 막대기가 스노시와 닮은 정도, 그 이상도 그 이하도 아니었다. 우리 아빠는 스노시 케첩이 정말 대나무 막대기라고 주장한다. 너무 말랐거든. 몸매뿐 아니라, 노래도 대나무 막대기와 다를 게 없다고 한다.

어느 날 오후, '일자리가 정말 나긴 하는 걸까' 궁금해하며 무료하게 카탈로그를 뒤적이고 있었다. 그때 아래층에서 전화벨이 울렸다. 다른 사람이 받을 줄 알고 뭉그적거렸는데, 아무도 수화기를 집어 들지 않았다. 나는 쏜살같이 계단을 뛰어 내려가 벨 소리가 막 끊어지려 할 때쯤 가까스로 전화를 받았다.

"여보세요? 누구신가요?"

"여보세요? 누구신가요?"

수화기 너머로 목소리가 들려왔다.

"먼저 말해주셔야죠."

"네? 왜요?"

"그쪽이 누군지를 먼저 알려주셔야 잘못 전화했는지 아닌지를 말해드릴 수 있잖아요."

잠시 동안 침묵이 흘렀다.

"아, 그래요. 저는 머그라고 합니다. 빌 해리스 씨를 찾고 있습니다."

"전데요."

"빌? 빌 맞나요?"

"네, 전데요."

"지금 통화할 수 있니?"

남자가 물었다. 좀 웃기는 질문이라고 생각했다.

"당연하죠. 하고 있잖아요."

"내 말은, 지금 혹시 바쁘거나 하지 않냐는 말이지."

"전혀요."

"그래? 난 못난이 주식회사의 제프 머그란다. 사진을 보냈었지? 베니 스핑크스를 닮은 아이 맞지?"

"네."

일거리가 생길 수도 있다는 생각에 점점 관심이 갔다.

"빌 해리스, 맞지? 베니 스핑크스 닮은꼴."

"네."

"좋아. 자, 빌. 사진으로 보면 베니 스핑크스를 아주 닮긴 했는데, 목소리는 전혀 아닌 것 같구나."

뜬금없이 무슨 소리란 말인가? 마치 내가 사기꾼이라도 된다는 듯한 말투 아닌가.

"목소리까지 닮았다고 한 적 없는데요. 편지에 생김새가 닮은 거라고 썼잖아요. 목소리까지 닮아야 되면, 냄새도 닮아야 되겠네요, 그럼."

어른들 말에 휘둘릴 만큼 호락호락한 아이가 아니라는 것을 보여주기 위해 조금 강하게 밀고 나갔다.

"그래, 얘야. 화낼 필요는 없어. 별 뜻 없이 한 말이니까. 어차피 지금 들어온 의뢰는 말을 할 필요가 없는 일이거든. 자, 토요일에 뭐 잡힌 것 있니?"

"잡히다니요? 물고기도 아니고 뭘 잡혀요?"

그때부터 머그 씨 정체가 의심스러워졌다. 내 기대와는 많이 달랐기 때문이다.

"빌!"

머그 씨가 목소리를 낮게 깔며 말했다.

"이제 장난은 그만 치자. 아저씨는 바쁜 사람이야. 이것 말고도 할 일이 얼마나 많은데. 토요일에 네 일정이 어떻게 잡혀 있는지를 묻는 거야. 장소는 쿨페퍼 길에 있는 마시필드 스튜디오야. 어때? 안 되겠으면 다른 사람 알아보면 되니까. 네가 가장 닮았길래 제일 먼저 전화한 건데, 그렇다고 천년만년 네 시간 나기만 기다리고 있을 수는 없지 않겠니?"

나는 수화기를 손으로 감싸고 목청을 높여 소리쳤다.

"엄마! 우리 토요일에 어디 가는 데 있어요?"

대답이 없었다.

"아빠!"

역시 마찬가지였다. 아빠는 외출한 것 같았고, 엄마는 정원이라도 가꾸는 모양이었다.

나는 다시 수화기를 귀에 가져다 댔다.

"어때? 괜찮을 것 같니? 어머니가 뭐라셔?"

"괜찮대요."

나는 거짓으로 둘러댔다. 아니, 거짓은 아니지. 어쩌면 정말 괜찮았을 수도 있다. 그저 대답해줄 사람이 없는 것뿐이지.

"그럼 갈 수 있는 거야?"

안 된다고 한 사람은 없었으니 괜찮겠지.

"네! 그럼요. 뭐 준비해야 할 건 없나요?"

"준비? 베니 스핑크스 모양새로 가야겠지."

"아, 당연히 그렇겠지만, 제 말은 이게 무슨 일인데요? 누가 고용한 거고 뭘 하는 건지 알아야 할 거 아녜요."

"가면 알게 될 거야. 그런 건 문서로 부쳐줄게. 수당은 300파운드 정도 나올 것 같구나. 물론 내 수수료는 뺀 값이란다."

300파운드씩이나!

하마터면 전화기를 떨어뜨릴 뻔했다. 300파운드라니! 아빠 연봉도 그만큼은 안 될 거다!

"3…… 300이라고 하…… 하셨어요?"

"그래, 왜? 뭐 문제가 있니? 액수가 너무 적나?"

"아, 아뇨, 그냥, 저……."

"그래, 나도 안다. 형편없지. 애초에 그렇게 싼 의뢰는 받는 게 아니었어. 다시 400파운드로 제시해보마. 안 된다면 어쩔 수 없고. 일하는데 그 정도는 받아야 하는 거 아니겠니? 아무리 미성년자라도 말이야. 이것들이 코흘리개라고 만만하게 보고 쉽게 부려 먹으려는 모양인데, 그렇게는 안 되지."

"코흘리개 아닌데요."

"새겨들으렴. 그 나이면 다 코흘리개인 거야. 잠깐 기다려봐, 이 사람들하고 다시 말해보고 전화해줄게."

내가 뭐라 할 새도 없이 전화가 끊겼다. 나는 실망에 휩싸여 가만히 수화기를 바라봤다. 방금 전까지만 해도 300파운드가 내 손에 들어올 수 있었는데, 머그 씨가 오해하는 바람에 아예 아무것도 못 받고 끝나게 생기지 않았는가.

솔직히 말해서 5파운드만 준대도 했을 거다.

따르르르릉! 전화벨이 울렸다. 나는 잽싸게 수화기를 집어 들었다.

"여보세요, 빌 해리스인데요."

"베니, 너니?"

"머그 씨세요?"

"그래. 그 사람들하고 말은 마쳤다. 좋은 소식이 있고 나쁜 소식이 있어. 나쁜 소식은, 400에는 안 하겠단다."

"좋은 소식은요?"

"그래서 350으로 맞췄어."

350파운드! 그 돈만 있으면 못 살 게 없다!

"여보세요, 여보세요? 들리니?"

"네. 네, 머그 씨. 말씀하세요."

"그 정도는 괜찮니? 너무 낮은 건 아니지?"

"아, 아니에요, 적당해요. 음, 조금 낮은 것 같기도 한데, 그 정도면 괜찮아요."

"그래? 그럼 다 된 거다. 또 전화할 곳이 있어서 끊어야겠다. 계약서하고 서류 같은 건 아까 말했다시피 우편으로 부쳐줄 거야. 나중에 보자."

"네. 그, 근데 이제 전 뭘 해야 하나요?"

"그냥 베니같이 굴기만 하면 돼. 베니같이만. 나머지는 거기서 설명해줄 거야."

그러고서 전화가 끊겼다.

나는 복도에 우두커니 서서, 쿨페퍼 길의 마시필드 스튜디오가 뭘 하는 곳이기에 나를 고용한 것일까 생각해봤다. 뭘 시키려고 350파운드나 주면서 나를 필요로 하는 거지?

그리고 '베니같이 굴기만' 하면 된다니. 말이야 쉽지. 대체 '베니같이' 구는 게 뭐냔 말이다. 내가 베니에 대해 속속들이 다 아는 것도 아니고. 그냥 신문에 나온 사진이나 데리가 경기할 때 관중석에서 응원하는 모습을 텔레비전에서 본 게 고작인데. 아니면 태평양 한가운데 있는 열대 섬에서 하룻밤에 2,000파운드나 하는 호텔 방에 묵으며 끝내주는 휴가를 보내고 귀국하는 사진이라든가.

베니같이 구는 법? 내가 그런 걸 알 턱이 없다.

가끔씩 베니 같은 삶을 사는 게 어떤 기분일지 궁금하기는 하다. 베니 스핑크스의 외모가 아니라 그 생활 방식과 인생 말이다. 어마어마한 저택에, 올림픽 규격 실내 수영장, 개인 기사가 모는 리무진, 귀족과 갑부 집 아들딸만 다니는 고급 사립학교…….

350파운드 정도는 껌 값이겠지. 일주일 용돈으로 받을지도 모른다. 군것질이나 가수들 앨범 사는 데 다 써도 아무도 뭐라 할 사람이 없을 거다.

나는 초라한 우리 집을 둘러봤다. 엄마가 보는 〈하이!〉 잡지에서 베니네 집을 다룬 기사를 본 적이 있다. 거실이 우리 집 전체만 했다. 이런 사실들을 놓고 볼 때, 내가 '베니같이 구는 법'을 모르는 건 어쩌면 당연한 일이다.

　정원 일을 마치고 집에 들어온 엄마가 전화 옆에 서 있는 내 모습을 봤다. 내 표정이 여간 허탈해 보인 게 아니었나 보다.

"무슨 일 있니, 빌? 뭐 문제라도 생겼어?"

"아, 아니에요. 별일 없어요."

나는 머그 씨한테서 전화가 왔다는 이야기를 했다. 벌써 일을 수락했다는 말은 하지 않고, 그냥 토요일에 스튜디오에 가도 되겠냐고 물었다.

"그럼, 왜 안 되겠어. 돈은 받는 거지?"

"아, 네. 그런 것 같아요."

"뭐 하는 건데?"

"그냥 베니처럼 굴라는데요. '베니 스핑크스처럼'만."

나는 방으로 돌아가 거울 앞에 서서 '베니 스핑크스처럼' 굴어 보려 했다. 하필 이 모습을 엘비스 형한테 들키고 말았다. 계단 올라오는 소리가 안 들렸던 걸 보면, 일부러 살금살금 발소리를 죽였을 거다. 맨날 그런다. 천성부터 비겁하고 약았다.

"뭐야? 뭐 하냐, 너?"

"베니 스핑크스 흉내 내는 거야. 신경 꺼."

"베니? 내가 보기엔 윌리 같다."

"아, 그러셔? 형이나 거울 좀 봐. 웬 새대가리가 하나 있을 테니까."

"뭐? 뭐라 그랬어?"

형이 내 말뜻을 제대로 파악하기 전에 나는 쏜살같이 계단을 타고 집에서 나와 시내로 향했다. 아이들이 인라인스케이트와 스케이트보드를 가지고 광장에 나와 있었다.

"안녕, 베니!"

아이들이 말했다.

"뭐 하고 있었어?"

나는 손을 흔들며 아이들에게 다가갔다.

그중에는 비키 펀스와 그 친구들도 있었지만, 이제 베니 여자친구 놀이가 슬슬 지겨웠는지 그날따라 쌀쌀맞았다. 그런데 그것도 잠깐이었다. 내가 마시필드 스튜디오에 간다는 걸 알자마자 비키는 다시 눈 녹듯 부드러워졌다.

곧장 내가 있는 벤치로 와 옆에 앉았다.

"안녕, 베니. 촬영도 다닌다며?"

이런 정보는 비키가 나보다 더 잘 알 테지만, 그때는 여자친구를 실망시키고 싶지 않은 마음에 고개를 끄덕이며 "뭐, 대충 그런가 봐" 하고 점잔을 뺐다.

비키는 날도 더운데 스타벅스에 가서 시원한 스무디나 마시자고 제안했다. 그래서 비키 친구들까지 우르르 카페로 몰려갔다. 촬영을 다닌다고 했으니, 한턱내지 않으면 구두쇠 취급을 받을 게 뻔했다. 게다가 카운터 앞에 나만 남겨놓고 다들 자리에 가서 앉는 바람에 별다른 수도 없었다. 다행히 스무디 값을 치를 만한 돈은 있었지만, 덕분에 일주일 동안 빈털터리로 살게 되었다.

일자리가 생겼다는 이유로 다들 와서 이렇게 빈대 붙으면 어쩌나 걱정이 되었다. 그러면 350파운드쯤은 금방 동이 날 거다.

참 웃겼다. 조금 전까지만 해도 엄청 많아 보이던 돈이 순식간에 별것 아니게 되다니.

계산해보니 350파운드면 스무디를 약 서른 번 살 수 있다. 최대한 저축하도록 노력해야겠지. 아이들한테 스무디 사주느라 다 쓸 수는 없으니까. 그래도 인기와 유명세를 위해서라면 어느 정도 희생은 감당해야 할 것 같았다. 추종자들을 거느리려면 격려도 해주고 가끔씩은 먹을 것도 사줘야 하지 않겠는가. 아니면 지갑을 절대 열지 않는 짠돌이라고 낙인이 찍힐지도 모른다.

비키 펀스한테 스무디를 얻어먹을 날이 과연 올까 생각해봤다. 아무래도 그럴 가능성은 희박해 보였다. 비키는 센스 있는 남자라면 별말 없이 스무디를 사줘야 한다는 강한 편견을 가지고 있다. 센스 없는 남자로 보이고 싶지 않은 마음에, 난 스무디 값에 대해서는 단 한 마디도 언급하지 않았다.

모두가 컵을 비워갈 때쯤, 비키 친구 중 한 명이 스무디가 맛있긴 한데, 왠지 아직도 출출하다는 말을 꺼냈다. 스무디를 한 잔 더 시키고 거기에다 초콜릿 칩 쿠키도 곁들인다면 정말 완벽하겠다는 거다. 그러자 비키 펀스가 스무디 한 잔 갖고 배를 채우는 건 어림도 없는 일이라고 맞장구를 쳤다. 게다가 블루베리 머핀과 함께 먹어도 환상적일 거라고 덧붙였다. 그러고는 모두가 의미심장하게 카운터 쪽을 바라봤다.

슬슬 걱정이 되면서, 동시에 이 여자애들이 스무디 두 잔과 머핀과 초콜릿 칩 쿠키를 한꺼번에 먹어치울 수 있다는 사실에 놀랐다. 공사장에서 막노동을 하는 것도 아니고, 겨우 그린 광장과 클레어 액세서리 가게를 돌아다니며 화장 붓이나 귀걸이 따위를 구경하는 주제에.

"스무디를 더 먹겠다고? 머핀하고 쿠키랑 같이? 우와! 어떻게 그렇게 퍼먹을 수가 있어? 하긴, 몇 킬로쯤 찐다고 문제 될 건 없지? 난 빼빼 마른 거 별로야. 오히려 크면 클수록 좋지. 사실, 얼마 전에 지리학 책을 읽었는데 말이야, 어느 지역에서는 머핀이랑 쿠키를 산더미처럼 먹을 수 있는 뚱뚱한 여자들이 훨씬 인기가 많고 코끼리만큼 값어치가 높대."

내가 세계의 각종 뚱뚱한 여성들에 대해 한바탕 연설을 하고 나자, 비키와 친구들은 스무디를 더 먹을 마음이 싹 사라진 듯했다. 웬일인지 몰라도 나로서는 다행이었다. 그 덕에 난 남은 돈으로 팬케이크를 하나 사 먹을 수 있었다. 모두에게 한입씩 권해봤지만, 아무도 먹겠다는 사람이 없었다.

우리는 그린 광장으로 돌아갔다. 이때까지만 해도 나는 베니 스핑크스 역할이 꽤 재미있었다. 인기를 마음껏 누리며 풀밭에 누워 일광욕을 하다, 스케이트보드가 땅을 구르는 소리와 아이들의 희미한 말소리를 자장가 삼아 스르르 잠이 들었다.

눈을 뜨니 해가 저물고 있었다. 아이들은 이미 집에 가고 없었다. 집에 돌아가는 길에 상가 건물 창문에 내 얼굴이 언뜻 비쳤다. 자면서 머리가 바닥에 눌린 탓에 베니 스핑크스 모습이 많이 사라졌다. 나는 혹시나 아는 사람을 만날까 싶어 얼른 머리를 헝클어 세웠다.

경찰서를 지나는데 케빈 형 친구들을 만났다. 나를 보더니 "여어, 베니!", "잘 지내냐, 베니!" 하고 소리쳤다.

나는 웃으며 손을 흔들었다. 기분이 정말 좋았다. 나보다 나이도 많고, 저녁에 놀러 나가는 멋진 형들과 인사도 하고 농담도 하다니. 나도 형들처럼 '특권 계층'이 된 느낌이 들었다.

길 끝에서는 부모님 차를 타고 가는 산드라 데빙스를 봤다. 산드라는 나를 못 본 것 같았지만, 어쨌든 나는 봤다. 엄청 외로워 보였다. 생각해보니까, 산드라는 학교에서도 그랬다. 착하긴 한데 조용해서 친구가 많지 않았다. 문득 옛날의 내가 떠올랐다. 베니로 변신하기 전의 빌 해리스. 산드라가 안됐다는 생각이 들었다. 걔도 나처럼 유명 인사를 닮았으면 좋았을 텐데.

그저 산드라도 나처럼 '헤어드라이기' 같은 과정을 겪고 새로운 모습으로 나타날 수 있기를 바랐다. 그렇게 평범한 인물로 쥐 죽은 듯 살아가는 건 참 힘든 일이기 때문이다. 경험에서 우러나온 말이다. 나도 얼마 전까지는 그런 축에 속했으니까.

## 베니 2호와 니카나카 초콜릿

일자리는 초콜릿 광고였다. 나는 별로 상관없었지만, 일이 순탄치만은 않았다.

화요일 아침에 두꺼운 갈색 봉투가 도착했다. 봉투 뒷면에는 '못난이 주식회사 대표 J. 머그'라고 찍혀 있었다.

안에는 편지 한 장과 작은 글씨로 적힌 계약서 한 묶음이 들어 있었다. 아빠한테 드리자, 죽 훑어보더니 괜찮은 것 같다는 결론을 내렸다. 아침을 먹으면서 동시에 240쪽이나 되는 계약서를 읽고 이해할 수 있다는 게 놀라웠다. 조그만 글씨뿐만 아니라 깨알 같은 글씨도 많았는데, 350파운드가 언급된 부분이 나오자, 아빠는 입에 물고 있던 걸 거의 뿜을 뻔했다.

"얼마? 겨우 하루 일하는데! 그 뭐시냐 걔 이름 뭐지? 그거 하나 닮았다고!"

"베니 스핑크스요, 아빠."

"350파운드! 말도 안 돼! 참 먹고살기 편한 세상이네!"

"수수료도 뺀 값이에요."

"신문에 나올 일이군. 유명 인사하고 닮았다는 이유 하나로 돈을 받는 세상이라니. 내가 어렸을 땐 말이다, 용돈이라도 벌고 싶으면 쪄 죽을 것 같은 날씨에 죽어라 신문을 돌려야 했어. 350파운드는 꿈같은 돈이었다고. 그 시절엔 백만장자라고 소문난 사람도 그 정도 돈은 없었을걸! 나도 누구 닮아서 돈 좀 쉽게 벌어 봤으면 좋겠구나. 요즘 세상 참 좋아졌어!"

아, 아빠도 닮은 사람이 있긴 하다. 이 아래 구멍가게에서 로또 기계 돌리는 아저씨하고 정말 판박이다. 하지만 그걸로 돈을 벌 순 없을 테니까, 입 밖으로 막 튀어나오려는 말을 꾹꾹 눌러 담았다.

"모르겠다. 이 돈으로 뭘 할 거니?"

"아, 저축하고, 쓰고, 그래야죠."

"그래야지. 저축은 꼭 해야 한다. 원하면 통장 하나 만들어줄 테니까, 은행에 넣어놔. 여자나 스타벅스에서 파는 비싼 스무디 같은 데 흥청망청 쓰지 말고."

스무디 소리에 나는 아빠가 혹시 나를 미행했거나 초능력을 지닌 건 아닌지 무서워졌다. 그냥 추측일 수도 있겠지만.

그때 엄마가 부엌에 들어와 웬 소란이냐고 물었다. 아빠는 350파운드 이야기를 꺼냈고, 자연히 엄마는 요즘 아이들은 돈을 참 쉽게 번다면서 꼭 저축해야 한다며, 방금 아빠가 했던 소리를 그대로 반복했다.

엘비스 형도 한마디 했다. 저축하라는 말은 하지 않고, 대신에 자기한테 주는 게 어떻겠냐고 했다. 내가 관심 끄라고 하자 형은 애가 어찌 그렇게 형제애라는 걸 모르냐며, 만약 자기가 그만큼 돈을 받는다면 적어도 반은 나한테 넘겼을 거라고 했다. 평소에는 나뿐 아니라 그 누구한테도 한 푼도 안 주면서!

"그래서 이 돈을 받고 뭘 하는 거야? 베니 스핑크스처럼 구는 것 말고. 혹시 그게 다야?"

엄마가 물었다.

그건 나도 몰랐지만, 그렇게 단순할 것 같지는 않았다. 분명 베니 스핑크스처럼 구는 게 다는 아닐 텐데……. 다행히 일에 대한 내용은 계약서와 함께 들어 있는 머그 씨의 편지에 설명되어 있었다.

금주 토요일 오전 8시에 쿨페퍼 길 마시필드 스튜디오의 연예인 출입구에 와서 본인임을 증명. 조명과 촬영 장치를 설치할 때, 또 원거리, 뒷모습 혹은 움직이는 장면 촬영 시, 베니 스핑크스 군의 대역으로 들어감. 6시 이전에 모든 촬영이 끝날 것이며, 차후에 다시 호출할 일이 있을 경우에는 추가로 수당을 지급함. 경호원은 회사 측에서 지원.

곧 시장에 유통될 '니카나카 초콜릿' 광고를 찍는 거라고 적혀 있었다.

"그게 이름이냐? 나 같으면 죽어도 안 사 먹어."

"형은 어차피 초콜릿 안 사잖아. 다른 사람 거나 뺏어 먹지."

오죽하면 내가 초콜릿을 방수 가방에 담아 변기 물탱크에 숨겨놓겠는가.

"니카나카 초콜릿바? 괜찮은 것 같은데."

엄마가 말했다.

엄마한테 괜찮든 말든 상관없었다. 350파운드만 받는다면 니카나카 초콜릿의 재료가 말똥이든 먼지든 내 알 바 아니었다.

"이해가 안 되는군."

아빠가 편지를 보고 고개를 저으며 말했다.

"지금도 안 되고 앞으로도 계속 이해할 수 없을 거야. 그러니까, 이 베니 스핑크스란 애가 뭐 대단한 일을 했냔 말이야. 한 게 전혀, 아무것도 없어. 그냥 어쩌다 유명한 부모 밑에 태어나서 유명해진 것뿐이지. 그런데도 초콜릿 하나 팔아준다고 돈을 그렇게 받는다니. 나보다도 많이 받아! 이럴 수가 있어?"

아마 나보다도 많이 받을 테지. 하지만 베니 스핑크스 닮은 걸로 돈을 버는 주제에 감히 원본을 비난할 수는 없었다.

"아빠 말은 신경 쓰지 마."

엄마가 말했다.

"뭐하러 굴러 들어온 복을 차버려? 이런 기회가 나면 그냥 열심히 해. 대신 이 일만 너무 기대하지 마. 내일 일은 어떻게 될지 모르는 거니까."

하나같이 맞는 말이다.

토요일만 손꼽아 기다려서인지, 그 일주일은 너무나도 지루했다. 시간만 나면 거울 앞에 가서 왼쪽 콧방울에 난 여드름을 관찰했다. 촬영 날 혹시 있을지도 모르는 근접 촬영을 얘 때문에 망치게 되는 건 아닌지, 이러다 '베니 스핑크스 닮은꼴'로서 내 경력에 흠집이 생기는 건 아닌지 걱정이 되었다.

화장실에 서서 여드름을 짜는 게 좋을지 아니면 그냥 놔둬야 할지 고민하고 있는데, 문득 내가 오늘은 베니 스핑크스를 닮았지만 내일은 어떻게 변할지 모른다는 생각이 들었다. 후천적인 경험도 유전자만큼이나 얼굴 생김새에 많은 영향을 미친다는데. 엄마 말이 옳았다. 기회가 있을 때 잡아야 했다.

나이가 들면서 베니 얼굴이 변하거나 내 얼굴이 변하면 어쩔 건가? 베니는 점점 말상이 되고, 나는 갈수록 잘생겨지는 거다. 그러면 베니 스핑크스 닮은꼴로 살던 인생은 막을 내리고, 난 실업자가 되겠지.

엘비스 형은, 토요일 아침에 일찍 일어나야 하는 불편을 감수하고서라도 나를 안전하게 마시필드 스튜디오까지 바래다주고, 올 때도 6시에 만나서 같이 오겠다고 했다. 엄마는 형을 칭찬했지만 난 왠지 꺼림칙했다. 일단, 내가 일어나면 방이 부산스러워질 테니 어차피 형은 그날 아침 일찍 깰 터였다. 그리고 스튜디오까지 나를 따라오겠다는 건 분명 유명 여배우를 만나서 사인을 받을 수 있지 않을까 하는 기대 때문이었을 거다. 나중에 비싼 값 붙여서 팔아먹을 속셈일 테지.

토요일 아침, 형의 계획은 안타깝게도 무산되고 말았다. 스튜디오 입구에서 우리를 훑어보던 경비원이 형을 막았기 때문이다. 사실 이런 일이 처음은 아니다. 전에 무슨 마트에 갔을 때도 형을 유심히 살펴보던 경비원이 무전기에 대고 뭐라 뭐라 하는 걸 봤다. 게다가 쇼핑이 끝날 때까지 한 할머니가 우리 가족을 미행했다. 아마도 마트에서 고용한 사복 탐정이 아닐까 싶었다.

어쨌든 엘비스 형은 6시에 다시 데리러 와야 하냐고 투덜대며 스튜디오를 떠났다. 대기실에 앉아서 기다리고 있으니 얼마 후 한 여자가 나와 말을 걸었다.

"어머! 정말 똑같이 생겼잖아? 신기하구나. 형제, 아니지, 쌍둥이라고 해도 믿겠다! 진짜 닮았어."

"다 헤어드라이기 때문이에요."

나는 아마도 스튜디오로 이어질, 영영 끝나지 않을 것 같은 긴 복도를 걸으며 어떻게 해서 이 자리에 촬영을 오게 되었는지 죽 늘어놓았다.

"그래, 그래. 참 흥미롭구나. 자, 계단 내려가서 왼쪽 끝에서 돌면 바로야."

"본 적 있으세요?"

두 번째로 들어선 긴 복도를 걸으며 물었다. 택시를 타야 하는 건 아닐지 의심이 일었다.

"베니 군 말이니? 그럼, 한두 번 봤지."

"어때요?"

여자가 미소를 지었다.

"거울을 보렴."

"아, 아뇨, 생김새 말고요. 인간적으로 어때요?"

"아, 그런 것 말이지?"

앞에 회전문이 나타나는 바람에 대화는 끊기고 말았다. 이어서 철로 된 방화문, 두꺼운 방음문을 지나 마침내 스튜디오에 도착했다.

여기저기 케이블이 가득했다. 케이블, 카메라뿐만 아니라 온갖 장비를 든 일꾼들, 망치, 집게, 스크루드라이버 같은 공구를 들고 돌아다니는 사람들도 많았다. 전기 기술자와 목수들도 있었다. 무전기에 대고 호통을 치거나 전화를 하는 사람들, 또 전화를 받는 사람들까지 스튜디오 안은 어지러웠다.

"이쪽이야. 아, 그리고 내 이름은 캐럴라인이야. 감독님의 비서야."

"아, 네. 제 이름은 빌이에요."

"알고 있단다, 빌. 대본엔 베니 2호라고 쓰여 있어. 그러니까 감독님이나 누가 '베니 2호'를 부르거든 네가 가면 되는 거야. 알겠지?"

엘비스 형이 스튜디오에 들어오지 못한 게 천만다행이라는 생각이 들었다. 내가 '2호'라는 소리를 들었다면 그걸 갖고 얼마나 놀려먹을지는 안 봐도 뻔하다. '1호'가 원본 베니 스핑크스라는 사실은 싹 무시한 채 죽을 때까지 나한테 시비를 걸 거다.

"감독님 보러 가자. 따라오렴."

캐럴라인은 스튜디오를 가로질러 걸었다. 거의 비행기 창고만큼 어마어마한 공간이었다. 세트장도 몇 개가 있었는데, 화면에 비치는 부분뿐만 아니라 분필 표시와 널빤지가 가득한 뒷면도 볼 수 있었다. 세트마다 목수들이 붙어서 나사로 조이고 못을 박았다. 아무래도 초콜릿 공장을 만드는 것 같았다. 그중 하나에는 기다란 크레인 아래에 큰 통이 놓여 있었는데, 통에는 초콜릿으로 보이는 갈색 액체가 담겨 있었다. 물론 광고용으로 만든 가짜 초콜릿일 테지.

"나이절! 베니 2호 왔어요!"

캐럴라인이 소리쳤다.

크레인 위에 있던 남자 하나가 나를 내려다봤다. 머리는 삐죽삐죽하고, 귀걸이뿐 아니라 입술, 코, 눈썹에까지 장신구를 하나씩 달았다. 서둘러 출근하다가 잘못 끼운 모양이었다.

"지금 내려갈게, 자기."

나이절은 크레인 위에서 얘기하던 다른 사람과 원래 하던 대화를 계속했다.

"조명 디자이너하고 회의하고 있는 거야. 카메라 조명 배치하느라고."

캐럴라인이 말했다.

"아, 그렇군요."

나는 폼을 잡으며 대답했다.

멋있어 보이려는 내 노력은 곧 철컹거리는 소리에 묻히고 말았다. 카우보이 부츠를 신고 소란스럽게 철제 계단을 내려온 발소리의 주인공은 감독, 나이절이었다. 며칠 동안 깎지 않은 것 같은 수염에 빨래 통에서 집어 입은 듯한 더러운 티셔츠 차림이었다. 하지만 친근하기는 했다. 아니, 너무 친근해서 문제였다.

"자기가 베니 2호구나. 오는 데 별일 없었어?"

"아, 네."

이 말 말고는 딱히 떠오르는 대답이 없었다.

"그래, 자기. 이제 일 좀 해볼까?"

"네."

"따라와, 자기."

보아하니 나이절은 모두를 '자기'라고 부르는 모양이었다. 경호원의 셰퍼드한테까지 '자기'라고 말했다.

우리는 한 세트장 내부에 있는 소파에 둘러앉았다. 나이절은 자리를 잡자마자 소파 팔걸이에 발을 올려놓았다.

"좋아, 베니 2호. 자기 오늘 뭐 하는지 알고 있어?"

"음, 아뇨, 잘 몰라요."

나이절이 언짢은 표정을 지었다.

"대본 못 받았어, 자기?"

"어, 네. 안 주던데요."

"머그 녀석!"

나이절이 눈을 치켜뜨며 말했다.

"쓸모가 없어! 이름도 머그, 하는 짓도 머그컵 같군. 차라리 손잡이를 달아서 커피를 담아 마시는 편이 더 낫겠다. 자, 여기."

나이절이 나한테 대본을 던졌다.

"간략히 설명해줄 테니까 읽어봐."

"네."

내가 대본을 펼치며 대답했다.

"좋아, 베니 2호. 이렇게 하자. 베니 1호는 이따가 와서 자기 부분을 따로 할 거야. 그렇지, 캐럴라인, 자기?"

"맞아요, 자기. 그럴 거예요."

캐럴라인이 고개를 끄덕였다.

다른 사람들도 나이절을 부를 때는 '자기'를 붙이는 모양이었다. 기억하고 있다가 나도 그렇게 해야겠다고 마음먹었다. 로마에서는 로마법을 따르라는 말도 있잖아? 멍청이 소리 듣지 않고 세련되게 살아가려면 조금 이상하다고 해서 주저하면 안 된다.

"그래, 베니 2호, 자기. 듣고 있지?"

"네, 자기. 듣고 있어요."

순간 나이절의 오른쪽 눈이 움찔한 것 같았다. 내가 잘못 본 거겠지.

"좋아, 베니 2호 아가야. 이제 해야 할 것들을 살펴보자."

'자기'가 '아가'로 바뀌었다. 아까보다는 덜 어색해서 그런 거겠지. 나이절이 나한테 친근하게 대해주는 만큼 나도 더 노력해야겠다는 생각이 들었다.

"그래요, 나이절, 자기가 준비되었다면 언제든 좋아요."

이상하게도 이번에는 왼쪽 눈까지 움찔거렸다.

"알겠다. 우리 귀여운 베니 2호……."

이까지 바드득 가는 것 같았다. 치아 건강에 안 좋을 텐데.

"말씀하세요, 우리 애기."

그때 캐럴라인이 끼어들어 마시고 싶은 음료가 있는지 물었다. 나이절은 커피를 한 잔 가져다 달라고 부탁했고(눈의 경련을 좀 다스릴 수 있을 거다) 나는 다이어트 콜라를 주문했다. 몸매를 유지해야 하기 때문에 설탕이 많이 들어간 음식은 되도록 피하고 있는 중이었다.

"오케이, 시나리오는 대충 이런 식이야. 니카나카 초콜릿을 만드는 공장이 있는데, 거기에 도둑이 들어."

"니카나카를 훔치는 거네요?"

내가 확인할 겸 물었다.

"그래. 여기서 베니 스핑크스가 영웅으로 나와. 니카나카 도둑을 추적하기 위해 고용된 형사 같은 역할이지."

"그렇군요."

"베니가 니카나카 초콜릿으로 길을 만들어서 도둑을 함정으로 유인해. 그럼 그 도둑은 초콜릿의 유혹을 뿌리치지 못하고 따라가게 되지. 그렇게 해서 베니가 범인을 쫓으면서 공장을 한 바퀴 돌아. 도중에 캔디랑 비스킷 부스러기를 뒤집어쓰고, 퍼지(설탕, 버터, 우유, 초콜릿으로 만든 과자 – 옮긴이)에도 빠지고, 캐러멜 세례를 받고, 건포도, 뻥튀기, 크림에도 푹 젖게 돼.

추격전은 크레인 끝의 막다른 길에서 끝나. 베니와 도둑은 함께 초콜릿 통에 빠지지. 깊지는 않으니까 걱정은 안 해도 돼. 익사하는 일은 없을 거야. 카메라가 통을 확대해서 잡고, 처음에는 베니, 다음에는 도둑이 초콜릿 속에서 나타날 거야. 그럼 베니가 도둑에게 수갑을 채우지. 이제 마지막 장면인데, 뒤에서 도둑이 감옥으로 끌려가는 동안, 다시 깨끗해진 베니가 한 손에는 돋보기를, 다른 한 손에는 초콜릿을 들고 있는 장면이야. 카메라를 보고는 이렇게 말하지. '니카나카를 가장 안전하게 보관할 수 있는 곳은? 바로 여기예요!' 그런 다음에 자기 배를 가리키면서 초콜릿을 한입 베어 먹는 거야. '너무 맛있어서 기절하겠어, 자기!' 하는 표정으로. 그런 다음에는 돋보기를 눈에 대고 마지막 대사를 해. '니카나카에서는 한시라도 눈을 뗄 수 없어요!' 그런 다음에 베니가 초콜릿을 카메라에 들이대면서 신나는 노래가 나와. '니카나카, 니카나카, 맛있어서 죽겠네!' 여기까지야, 자기."

"그렇군요, 귀염둥이."

"자기 뭐 또 궁금한 거 있어?"

"하나 있어요."

"어떤 거? 6시까지는 다 끝내야 돼, 자기야."

나이절이 시계를 보며 초조한 듯 말했다.

"그러니까요, 여기서 베니 스핑크스는 뭘 하죠? 제가 다 하는 것처럼 들리는데요."

"베니 1호? 베니 1호가 뭘 하냐고 묻는 거니, 베니 2호야? 당연히 카메라에 대사 날리는 장면을 맡지, 맨 마지막에."

"그 깨끗하게 나오는 부분을 베니 스핑크스가 맡는다고요?"

"그래, 그게 어때서?"

나이절이 한층 더 초조한 목소리로 말했다.

"그냥 확인 차원에서요. 그러니까 캔디, 시럽, 꿀 세례를 받고 비스킷, 건포도를 뒤집어쓰고 퍼지 속에서 구르는 난리는 다 제가 하는 거란 말이죠?"

"맞아, 자기야. 이제 궁금한 거 해결됐어?"

"정리하자면, 지저분한 일은 다 제가 한다는 거네요?"

"그래, 베니 2호야. 그래도 끝난 다음에 샤워할 수 있어. 비누도 제공되고 여기 수건은 특히 뽀송뽀송하단다."

"잠시만요, 궁금해서 그러는데요. 베니 스핑크스는 깔끔한 상태로 마지막에 한 번 나와서 니카나카랑 돋보기 들고 몇 마디 던지는 걸로 얼마를 받아요?"

"음, 내가 보통은 이런 금전적인 부분은 공개 안 하는 편인데, 아마 5만 파운드쯤 될 거다."

입이 떡 벌어졌다. 아마 턱이 바닥에 떨어졌을 거다. 5만 파운드라니! 초콜릿 먹는 값으로! 게다가 베니 스핑크스는 나와 나이도 같다! 베니가 별다른 노력 없이 니카나카 하나 광고해주는 걸로 5만 파운드나 받아먹을 동안, 나는 겨우 350파운드 벌자고 끈적끈적한 초콜릿 속에서 수영을 해야 한다. 어제까지만 해도 대단해 보였던 수표가 이제는 감자 칩 쪼가리처럼 형편없어 보였다. 베니 스핑크스가 싫어졌다.

아니, 아예 혐오스러웠다. 정말 꼴도 보기 싫었다. 속에서 분노가 치밀어 올랐다. 깊은 분노와 엄청난 짜증.

베니가 얼마나 버는지 몰랐을 때는 내 일당에 나름 만족하고 있었다. 그런데 이건 진짜 아니다. 나는 병아리 눈물만 한 돈 때문에 갖가지 더러운 일을 다 하는데, 베니 스핑크스란 놈은 몇 마디 지껄이고 "고마워, 나이절, 자기야" 하면서 5만 파운드를 받아 집에 가겠지! 인공 파도 기계와 올림픽 규격 수영장이 딸린 그 거대한 집으로. 심지어 애완 돌고래가 있다는 소문도 들은 적이 있다.

아, 세상에 정의란 없구나. 확실히 깨달았다. 아빠 말씀이 다 옳았다. 스핑크스 가족은 아무것도 안 하고도 잘 먹고 잘 사는 베짱이 같은 작자들이고, 성실하고 부지런하게 노동하는 일개미들은 돈 좀 만져보자고 캔디와 건포도를 뒤집어써야 한다.

계약서에 서명만 안 했어도 그냥 집에 돌아갔을 거다. 하지만 벌써 사인을 한 데다 제대로 알아보지 않은 내 잘못도 있었기 때문에, 그리고 나는 일단 한번 약속을 했다 하면 어기지는 않는 사람이기 때문에 일을 마치기로 마음먹었다.

광고 세트장을 죽 둘러봤지만 기분이 별로였다. 오늘 베니 스핑크스를 만나면, 내 생각을 다 말해주리라 다짐했다. 호되게 야단을 쳐줄 거다. 그래, 두고두고 기억할 수 있도록 이런 억울한 심정을 모두 털어놓을 거다. 반드시.

"좋았어, 베니 2호."

나이절이 팔걸이에서 발을 내려놓으며 말했다.

"자기, 이제 가볼까? 캐럴라인 따라가면 스타일리스트 누나들이 의상 입혀줄 거야. 그리고 니카나카 도둑 역을 맡은 우리 모리스도 만나야지. 캐럴라인, 부탁해."

분장을 하러 가면서도, 나는 우연을 가장해서라도 어떻게든 베니 스핑크스를 만나고 말겠다는 생각을 했다. 분장실의 더러운 빨래 통에 몰래 숨어드는 한이 있더라도, 사나이 대 사나이로 만나서 알려줄 계획이었다. 이 어려운 세상에 그런 사치스러운 삶이 얼마나 한심한 모습이며, 바로 옆 동네에는 가난하고 불쌍한 사람들이 살아가고 있다는 사실 말이다. 대표적으로 엘비스라는 더러운 형과 이층 침대를 함께 쓰는 나를 들 수 있다(환기를 깜빡 잊는 바람에 그 지독한 냄새에 질식할 뻔한 적이 한두 번이 아니다). 제아무리 온실 속 화초처럼 자란 꼬마 황제라도 이제 씁쓸한 현실을 맛볼 시기가 되었다.

캐럴라인을 따라 분장실에 도착한 나는 '소년 탐정, 베니 스핑크스' 분위기가 솔솔 풍기는 펠트 중절모와 트렌치코트를 받아

입었다. 촌스러워 보였지만, 뭐 어쩌겠는가. 2호 주제에.

분장은, 말이 좋아서 분장이지, 실제로는 얼굴에 분칠 몇 번 하는 게 고작이었다. 그런데 파우더를 바르던 도중, 왼쪽 콧방울에 난 여드름이 발각되고 말았다.

"뽀루지 났네."

화장을 해주던 사람이 말했다.

"네! 그러니까요! 이걸 어떻게 하죠?"

"원한다면 가려줄 수 있어. 그런데 굳이 그럴 필요가 있을까? 어차피 클로즈업은 없을 텐데."

나는 조금 실망했다.

"없어요?"

"너? 넌 없지."

여자는 마치 돌 밑에서 기어 나오는 두꺼비라도 본 것 같은 투로 '넌'이라고 말했다.

"베니 1호가 클로즈업을 하지. 넌 초콜릿에 빠지는 역할 아니니?"

"그럼 이거 하나 있어도 제 연기 경력에 문제가 되지는 않겠네요?"

여자는 어리둥절한 표정으로 나를 바라봤다.

"연기 경력? 이거 말고 또 뭐 하는 게 있니?"

없었다. 그래서 결국 여드름은 가리지 않고 놔두기로 했다.

어쩐지 낯익은 남자가 분장실로 어슬렁거리며 들어왔다. 꼭

끼는 까만 바지와 줄무늬 재킷을 입었다. 보아하니 도둑 역할인 모양이었다. 손에는 '전리품'이라고 쓰인 자루를 들고 있었다.

남자는 트렌치코트를 입고 중절모를 팔걸이에 건 채로 의자에 앉아 있는 나를 보고는, 거울에 비친 자기 모습과 나를 번갈아 관찰했다.

"리얼리티를 노렸나 보구먼."

남자가 비꼬았다.

"앉으세요, 모리스. 조금 있다가 바로 해드릴게요."

분장 담당 여자가 말했다.

그제야 그 남자를 어디서 봤는지 기억났다. 예전에 유아들을 위한 텔레비전 시리즈물에서 '빵껍질 아저씨'를 맡았던 모리스 트레윗이라는 배우였다.

어렸을 때는 빵껍질 아저씨가 그렇게 무서울 수 없었다. 텔레비전에 그 아저씨가 출연하기만 하면 난 미친 듯이 소리를 지르며 방에서 뛰쳐나오곤 했다.

"빵껍질 아저씨가 쫓아와요! 날 잡아가려나 봐요! 날 빵으로 만들 건가 봐요!"

이제 보니 뭐가 그리 무서웠던 건지. 사람을 빵으로 만들기는커녕 혼자 힘으로 바지 벗기도 힘들어 보이는 아저씨였다.

"자네가 진짜 베니 스핑크스인가? 똑같이 생겼는데?"

나는 사실대로 말했다.

"아, 그럼 대역이겠구먼. 나랑 같이 똥통에 빠지는 역할."

인정할 수밖에 없었다. 뭐, 사실 대역으로 모리스 트레윗 아저씨와 초콜릿 속에 빠지는 건 별일도 아니었다. 그런데 궁금한 건, 왜 베니 스핑크스가 직접 하지 않는 거지? 너무 대단하셔서 이런 건 차마 시도할 가치조차 없다는 건가? 개인 가게에서 따로 상표를 붙여 파는 싸구려 콜라가 된 기분이었다. 가짜 같았다. 하긴 그렇다고 내 진짜 모습을 궁금해하는 사람도 없었다. 그런 것 따위에는 아무도 관심을 갖지 않았다.

그날 나는 계약한 돈의 몇 배라도 더 요구해야만 할 것 같은 충동을 느끼며 모리스 아저씨를 쫓아 마시필드 스튜디오를 돌아다녔다. 가짜 초콜릿 통에 빠지고, 토피(설탕, 버터, 물을 함께 끓여 만든 것-옮긴이) 색을 입힌 물풀을 뒤집어쓰고, 뻥튀기, 비스킷 부스러기, 건포도로 샤워를 하기도 했다. 그런 고생이 없었다.

얼마 지나지 않아 나는 초콜릿 재료들로 뒤덮였다. 퍼지, 건포도를 포함해 모든 재료들이 목을 타고 등까지 흘려내렸다. 초콜릿 통에 빠지는 장면을 마흔아홉 번쯤 반복한 뒤에는, 얼마나 무겁게 푹 젖었는지 통에서 나올 때 스태프들의 도움을 받아야 했다. 모자, 코트 주머니, 신발에까지 가짜 초콜릿이 가득했다.

"초콜릿 통에 빠지는 부분 좀 다시 찍어볼게, 자기야."

나이절이 말했다.

"젖었어도 괜찮아. 첨벙하고 빠질 때 그림하고 초콜릿으로 뒤덮인 채 둘이 마주하는 걸 보려는 거니까. 참, 토피 한 통 준비해서 머리에 부어야겠어. 그리고 모자 벗겨지면 머리에 부어야 되니까 시럽도 한 통 준비해줘. 고마워, 자기."

모리스 아저씨도 나와 마찬가지로, 아니 어떻게 보면 나보다 더 심하게 젖었다. 하지만 적어도 아저씨는 자기 이름으로 연기했다. '모리스 트레윗'으로서 도둑 역할을 맡았다. 그런데 나는 뭔가? 탐정 연기를 하는 베니 스핑크스 연기를 하고 있지 않는가. '빌 해리스'의 흔적은 찾아볼 수도 없었다.

"다 참아야 돼."

초콜릿 통에서 기어 나갈 때 모리스 아저씨가 말했다. 한편 나이절 감독은 옆에서 이렇게 소리치고 있었다.

"잘했어, 자기들! 그런데 초콜릿 속에서 딱 나왔을 때 장면을 다시 찍어야 할 것 같애! 이번에는 좀 더 활기차게 연기해줘."

그래서 우리는 다시 한 번 초콜릿 속에 빠졌다 나와야 했다. 머리 위로 토피와 시럽이 쪼르르 떨어지는 게 느껴졌다.

"활기?" 모리스 아저씨가 중얼거렸다. "활기는 개뿔! 그래, 기회만 되면 네가 바라는 그놈의 활기로 여기 처넣어주마!"

딱히 부추기고 싶지는 않았지만, 그렇다고 말릴 생각도 없었다. 나도 슬슬 짜증이 난 데다, 한 번쯤 나이절이 직접 가짜 초콜릿을 맛보게 하는 것도 나쁘지 않을 것 같았기 때문이다.

3시 반, 우리는 모리스 아저씨의 팔목에 수갑을 채우는 장면만을 남긴 채 나머지 신들을 나이절의 입맛에 맞게 완벽하게 마칠 수 있었다. 그때쯤 되자 나는 머리, 코, 귀, 바지까지 초콜릿으로 뒤덮여 꼴이 말이 아니었다.

"한 번만 더 해보자, 자기. 수갑 한 번 더 채워볼래, 베니?"

"베니가 아니라 빌인데요!"

내가 이를 악물고 소리쳤다.

"미안, 미안. 베니 2호라고 하려던 게 잘못 나왔네. 자, 모두 준비됐지? 액션!"

나와 모리스 아저씨는 한 차례 더 초콜릿에 빠져야 했다. 나는 아저씨의 손목에 수갑을 채우고 다른 한쪽을 내 손목에 찼다.

마침내, 나이절의 마음에 든 모양이었다.

"오케이, 여러분! 고마워요, 자기들. 끝났어요."

나이절이 소리쳤다.

"그럼 전 이제 뭘 해야 하죠?"

내가 물었다.

높은 의자에 앉아 있던 나이절이 나와 아저씨를 내려다보며 말했다.

"나 같으면 가서 씻을 것 같구나. 옷도 갈아입어야지."

"그럼 그렇지."

모리스 아저씨가 옆에서 투덜거렸다.

"별 쇼를 다 하면서, 세월과 경험으로 쌓은 실력을 쏟아부어 혼신을 다해서 연기를 해봤자 마지막에 한다는 말은 뭐? '가서 샤워해!' 정말 연기도 못 해먹겠군. 진즉에 어머니 말씀대로 치즈 가게나 차려야 했어."

통에서 나온 아저씨와 나는 초콜릿 액체를 뚝뚝 흘리며 샤워를 하러 탈의실로 향했다.

"어머, 자기들!"

나이절이 우리에게 소리쳤다.

"초콜릿 떨어지는 것 좀 조심해줘. 고마워. 오늘 둘 다 아주 잘했어. 정말 사랑해!"

순간 모리스 아저씨의 얼굴이 창백해졌다.

"저놈은, 저놈은 고자 새끼가 틀림없어!"

"맞아요, 정말."

고자가 무슨 뜻인지는 몰랐지만, 아저씨 말투를 봐서 별로 좋지 않은 의미라는 건 확실했다. 나이절이 나쁘다는 사실에는 십분 동의했기 때문에 맞장구를 친 거다.

모리스 아저씨를 따라 탈의실로 들어가는 참인데, 스튜디오에서 캐럴라인의 목소리가 들려왔다.

"아, 나이절!"

"응, 캐럴라인, 자기는 왜?"

"대기실에서 연락이 왔어요. 베니 1호가 도착했다는데요."

"그럼 빨리 가서 데려와야지. 우리 스타를 그렇게 기다리게 해서야 되겠어?"

'웃기고 있네.' 나랑 모리스 아저씨는 끈적한 액체와 건포도를 뒤집어쓴 채 몇 시간을 대기하게 했으면서. 달라진 건 베니 스핑크스 하나인데, 대우가 이렇게 180도 변할 수 있는가? 진짜 베니가 나타나니까 모든 게 "그래, 베니" 아니면 "아니란다, 베니"

또는 "준비되었단다, 베니"였다. 온통 "베니를 기다리게 하면 안 되지", "베니 앉을 의자 가져와", "베니 먹을 음료수나 과자 준비해놓을까? 깔고 앉게 부드러운 쿠션을 갖다놓을까?"였다.

그래, 잘나신 베니 스핑크스는 누구처럼 초콜릿 반 톤을 온몸에 머금고 건포도, 비스킷 부스러기 3킬로를 속옷에 담은 채 질퍽질퍽 걸어 다닐 일 따윈 절대 없겠지.

아무렴. 기분 내키는 대로 아무 때나 와서 깨끗한 세트장에 자리를 잡고 대사 한두 마디 던지고는, 5만 파운드를 받아서 기사가 모는 리무진을 타고 올림픽 규격 수영장과 맞춤 재단된 수영복이 기다리는 대저택으로 돌아가겠지.

정말, 정말 불공평해.

뒤에서 탈의실 문이 닫혔다.

"아, 오랫동안 목욕이나 해볼란다. 이 지저분한 것들을 다 떼어내려면 사실 오늘로는 부족하지. 내 생각에 앞으로 2, 3주 동안은 몸이나 머리에서 미처 씻어내지 못한 건포도들이 조금씩 굴러 나올 것 같구나."

모리스 아저씨는 칸막이 안으로 들어갔다. 나도 내 칸막이에 들어갔다.

솔직히 말해서 샤워실 시설은 정말 좋았다. 샤워기와 욕조까지 완벽히 갖춰져 있었다. 나 역시 따뜻한 물에 몸을 담그고 피로를 풀고 싶었지만, 다른 계획이 있었다. 머리끝까지 화가 난 이 몸, 빌 해리스는, 당장이라도 계획을 실행하고 싶어 몸이 근질거릴 정도였다.

아빠는 평소에 우리 해리스 집안은 기고만장하면 아무도 못 말린다는 말을 하곤 한다. 사실 그 말도 고자와 마찬가지로 무슨 뜻인지 모른다. 뭐 대충 '종이 만 장'과 관련된 거겠지. 어쨌든 해리스 성을 가진 사람이 '기고만장'하면, 그건 심각한 상황인 거다. 암, 그렇고말고.

안 돼. 목욕은 할 수 없었다. 서둘러 샤워를 끝내고 옷을 갈아입고서, 베니 1호가 풍요로운 대저택으로 돌아가기 전에 다시 스튜디오에 가봐야 했다. 대화라도 한번 해보고 싶었다. 뜨거운 조명 아래 속옷 속의 건포도와 뻥튀기가 익어가는 상황에서 일을 해야 하는 가난한 사람들 이야기를 해주고 싶었다.

그래, 죄다 털어놓을 거다.

초콜릿을 씻어내기 위해 목욕 비누 반 통을 통째로 몸에 부어야 했다. 닦는 데 하도 오래 걸려서 베니가 벌써 가버렸으면 어쩌나 걱정이 될 정도였다. 샤워를 마친 후 옷을 입고 헤어드라이기로 재빨리 머리를 말렸다. 머리칼이 부스스하게 세워졌나 확인해야 했다. 그러고는 '빨래'라고 표시된 비닐 가방에 담긴 축축한 중절모와 트렌치코트를 뒤로하고 탈의실을 나왔다.

어쩌다 보니 길을 잃었다. 엉뚱한 문으로 나온 모양이었다. 어느새 스튜디오가 아닌 복도를 헤매고 있었다. 왔던 길을 되돌아가서 (내 생각으로는) 다른 문을 열었다. 이번 역시 스튜디오로 통하는 게 아니었고, 심지어는 분장실로 가는 문도 아니었다. 다시 나와서 스튜디오 찾아 삼만 리를 계속했다. 그런데 가면 갈수록 길만 더 잃어버리는 느낌이었다. 결국 어디로 발을 떼야 할지 실마리조차 발견하지 못한 채 텅 빈 복도에 쓸쓸히 서 있었다.

그때 발소리가 다가왔다. 하느님, 감사합니다. 마침내 나를 도와줄 누군가가 오는군요. 복도 먼 끝에서 뭔가가 다가왔다. 신발 끄는 소리가 점점 가까워졌다. 뽀득뽀득 소리가 나는 걸로 봐서 새 운동화인 모양이었다.

나는 가만히 서서 기다렸다. 이제는 얼굴까지 파악할 수 있을 정도로 가까워졌다. 그 사람은 내가 잘 아는 인물이었다. 너무, 너무나도 잘 알고 있는데, 이상하게도 그 당시에는 누구인지 이름을 댈 수가 없었다. 친근하고, 동시에 이질적인 느낌이…….

순간, 내가 유체이탈을 한 게 아닌가 하는 의심이 들었다. 아니면 죽어서 귀신이 되었는데 내가 미처 몰랐거나.

왜냐하면 가까이 다가오고 있는 그 아이는…….

나였기 때문이다.

나와 또 다른 나 사이의 거리가 점점 좁아질수록, 커져가는 두려움에 휩싸여 꼼짝도 할 수 없었다. 도망치고 싶었지만 신발에 강력 접착제라도 바른 듯 발이 땅에 붙어 움직이지 않았다. 난 분명 비틀린 시공간에 갇힌 거다. 이제 저 도플갱어와 내가 만나는 순간, 난 아마, 아마 터져버리겠지. 그럼 이 우주에도 멸망이 올 거다. 모두 학교 물리 시간에 배운 내용이었다.

나는 앞으로 한 발 걸어 나갔다. 그러곤 멈춰 서서 내 자신을 바라봤다.
그건 내가 아니었다.
베니였다. 베니 스핑크스 본인.
베니도 똑같이 나를 쳐다봤다. 하지만 두려움이 아닌, 흥미로움과 호기심이 눈빛에 가득했다. 베니는 살짝 웃는 듯하더니 이렇게 말했다.
"와, 저, 정말 시, 신기하다. 내, 내가 와, 완전 너처럼 생겼어. 네, 네 쌍둥이 해도 될 정도인데?"
베니 스핑크스에 대해 전혀 몰랐던 사실 하나를 알게 되었다. 이래서 내 목소리가 베니하고 다르다고 한 거였구나.
베니는 가볍게 말을 더듬었다.
"안녕. 빌 해리스라고 해."
"아, 안녕. 나, 난 베니 스, 스핑크스."
"만나서 반갑다, 베니."
아까 이를 갈며 계획한 건 모조리 잊어버렸다.
"나, 나도 만나서 바, 반가워. 여, 여기서 뭐 하고 있어?"
"길을 잃었어."
"재, 재미있네. 나도 길을 잃었거든."
우리는 생김새만 닮은 게 아니었다.

## 유유상종

베니 스핑크스는 예상 외로 그리 나쁜 녀석이 아니었다. 처음에 "내가 너처럼 생겼다"라고 말할 때부터 알아봤다. 자존심만 센 소인배들은 보통 '네가 나를 닮았다'라며 스스로를 기준 삼아 자신과 남을 비교한다.

"넌 누, 누구야?"

베니가 물었다. 처음에 비해 말 더듬는 게 조금 줄어들었다.

"말했잖아. 빌 해리스야."

"아, 아니, 그러니까, 여기서 뭐 하고 있어?"

"네 대역이야. 네 닮은꼴이거든. 너 대신에 하루 종일 캔디로 샤워하고 옷 속에 건포도 쑤셔 넣는 고생을 했어."

"아, 미안해서 어쩌지."

베니가 미안해할 건 아니었다. 애초에 내가 하겠다고 한 건데,

뭐. 게다가 350파운드도 받지 않는가.

"네 부분은 다 했어?"

내가 물었다.

"어."

"잘했어?"

"어, 대충."

"'니카나카에서는 한시라도 눈을 뗄 수 없어요!' 그 부분도?"

"그럼. 그건 왜?"

"그냥 떠올라서."

"아, 나 말 더듬는 거 때문에?"

"말을 더듬어?"

나는 전혀 몰랐다는 듯이, 혹은 알았다 하더라도 별로 문제 될 건 아니라는 듯 짐짓 놀란 체하며 말했다.

"왜?"

"가끔씩 말을 더듬을 때가 있어. 부담이나 스트레스 받으면. 근데 그 대사는 연습한 거라서 별 문제 없었어."

"아, 다행이다."

그때 뾰족뾰족한 머리, 찢어진 티셔츠, 귀걸이에다가 여기저기 장신구로 단장한 나이절 감독이 왕왕 울리는 목소리와 함께 복도 끝에서 나타났다.

"베니! 베니, 자기야! 거기 있어? 리무진 기다리고 있어! 베니, 거기 있니?"

우리 둘이 떠들고 있는 모습을 포착한 나이절 감독은 순간 우뚝 멈춰 섰다.

"맙소사! 베니……."

구분이 가지 않는 모양이었다. 그 모습을 보고 베니가 씨익 웃길래, 나도 따라서 웃었는데, 혼란만 더해질 뿐이었다.

"누가…… 누가 누구지?"

우리는 가만히 서서 나이절이 알아맞히기를 기다렸다.

"자, 말하지 말아봐, 내가 맞힐 수 있으니까. 네가…… 아냐, 네가……. 아니, 생각 좀 해봐야겠어."

나이절은 생각을 바꾸어 얼굴에서 옷으로 시선을 돌렸다. 탁월한 생각이었다. 금방 알 수 있을 테니까. 이유는 뻔하다. 베니는 내가 걸치고 있는 옷보다 못해도 열 배는 비싼 명품들로 치장하고 있었다.

"베니! 내가 진짜는 꼭 알아보지!"

나이절이 마침내 신이 나서 말했다.

'거짓말쟁이.'

얼굴로는 전혀 못 알아보면서. 장님이 아닌 이상 일류 디자이너가 직접 재단하고 만든 베니의 옷과 낡아빠진 내 복장은 눈을 감고도 비교할 수 있었다.

"음, 둘이 벌써 인사했니? 잘됐네, 이제 돌아갈까?"

말과 달리 별로 잘되었다는 표정은 아니었다.

"네. 죄송해요, 길을 잃어서."

"이런, 이런. 정신없었겠구나."

"저도 길 잃었는데……."

내가 말했지만 나한테는 '이런, 이런'이나 '정신없었겠구나' 같은 상냥한 대꾸를 하지 않았다. 길을 잃든 미아가 되든, 아무래도 상관없다는 눈치였다. 그보다는 아예 길을 잃어버려서 영영 눈앞에 나타나지 않기를 바라는 것 같았다.

우리는 나이절을 따라 긴 복도를 걸어갔다. 감독은 어떻게든 베니와 말을 섞어보려고 전전긍긍했지만, 베니는 나한테 더 관심이 많은 듯했다.

"어디 살아, 빌?"

베니가 물었다.

난 사실대로 대답했다.

"좋은 데야?"

"그럭저럭 살 만해. 근데 우리 집 전체 크기를 대봤자 너네 응접실보다 작을걸."

"우리 집 응접실은 어떻게 알아?"

"예전에 〈주간 오키도키〉인가, 거기서 봤어."

"방은 몇 개야?"

"셋. 다락방까지 하면 넷. 너희 집은 스물네 개였나?"

"스물다섯."

"미안. 그럴 생각이 아니었는데 집을 작게 만들어버렸네."

"아침에 학교는 어떻게 가?"

"걷거나 버스를 타. 그건 왜?"

"난 리무진 타고 가는데······."

그때 우리 입에서 동시에 같은 말이 튀어나왔다.

"좋겠다!"

나는 베니를 빤히 바라봤다.

"좋겠다고? 좋겠다는 게 무슨 소리야? 리무진 타는 게 훨씬 낫지. 걷는 게 뭐가 좋아? 미어터지는 버스 타는 게 얼마나 힘든 일인데."

"모르겠어. 그냥 나도 그렇게 한번 해보고 싶어. 자유롭게 돌아다니는 거야. 등굣길에 혼자서 원하는 데 마음껏 가보고, 가게에서 쇼핑도 하고 공원도 가고. 지금은 못 하니까······."

"왜 못 해?"

"집이랑 학교가 너무 멀어."

"무슨 학교인데? 사립?"

"몰라. 그렇겠지 뭐."

"돈 내고 다녀?"

"그럴걸. 너는?"

"먹고살 돈도 없는데 뭘 또 내. 학교 다니는 사람이 네 명이나 되는데, 등록금을 내야 되면 무슨 수로 넷 다 보내겠어."

"네 명이나 돼?"

"형 둘에다 여동생 하나."

"그럼 방 같이 써?"

"어."

"좋겠다. 방도 나눠 쓰고."

그 부분에선 정말 어이없다는 말밖에 나오지 않았다. 나는 걸음을 멈추고 베니를 쳐다봤다.

"괜찮아? 엘비스랑 방 나눠 쓰는 게? 그 돼지 대왕하고? 그게 괜찮을 것 같다고? 차라리 거대한 사마귀랑 같이 살겠다."

우리는 나이절을 따라 계속 걸었다.

"심심할 때 말할 사람이라도 있잖아."

"말? 엘비스 형이랑은 아무 말 안 하고 완전 무시하는 게 상책이야."

"나도 너처럼 형이 있으면 좋겠다."

"됐어. 진짜 벼룩이랑 사는 게 낫다니까?"

"아니, 진짜 부러워. 네가 나보다 훨씬 재미있게 사는 것 같아."

나는 또다시 걸음을 멈췄다. 이제는 어이가 없다 못해 호흡 곤란이 올 지경이었다.

"재미있어? 재미있게 사는 건 너지, 베니. 내가 아니야. 우리나라에서 제일 유명한 축구선수가 아빠고, 케첩걸 원년 멤버가 엄마잖아. 보통 사람들은 꿈도 못 꿀 엄청난 재산에다, 커다란 저택, 개인 리무진, 휴가도 완전 화려한 데로 떠나고, 게다가 니카나카나 광고 하나 해주는 걸로 돈도 엄청 많이 벌잖아. 어디 초콜릿뿐이겠어? 다른 것도 마찬가지일 테고. 대체 뭣 때문에 내가 재미있게 산다는 거야? 그게 말이 돼?"

그러자 베니도 멈춰 섰다. 그 사실을 전혀 모르는 나이절은 뒤도 한 번 돌아보지 않고 계속 걸어갔다. "이쪽이야, 자기들" 하고 소리치면서.

나이절 감독은 사람들이 다 자기를 따를 거라고 쉽게 착각하는 부류였다. 실제로는 그렇지 않은 경우가 더 많은데.

"글쎄, 적어도 넌 너 자신으로 살 수 있잖아, 안 그래? 나는, 아빠가 유명한 거 하나 때문에 어디를 가나 쳐다보고, 괜히 친한 척하고, 사진 찍어대고. 네 친구들은 그래도 너를 좋아할 거 아냐? 아빠나 엄마가 유명해서 좋아하는 게 아니라."

나는 차마 말할 수 없었다. 나한테 친구가 많은 건 베니 너를 닮았기 때문이라고. 그전에는 아무도 날 거들떠보지도 않았다고. 산드라 데빙스는 예외니까 빼고 말이다.

"베니."

내가 짐짓 진지한 목소리로 말했다.

"일반인으로 사는 게 그렇게 재미있어 보이면, 한번 네가 이렇게 살아봐. 평범한 학교에 다니고, 평범하게 생활하고, 아침에 평범한 침대에서 일어나 다시 밤에 잠들 때까지, 평범하게 사는 거야. 하루만 그렇게 살면, 당장 방 스물네 개짜리 저택으로······."

"저, 스물다섯 개야."

"음, 어쨌든, 당장이라도 집으로 돌아가고 싶어질 거야. 네가 다니는 그 고급 사립학교가 그리워질걸."

"유명인으로 사는 게 부러우면, 빌, 너도 한번 이렇게 살아 봐."

"그럴 수 있었으면 좋겠다."

"나도. 될 수만 있으면 아예 바꿔서 살아보고 싶다. 딱 하루만. 네가 내 삶을 살아보고, 내가 네 삶을 살아보는 거야."

"말만 해, 베니. 난 언제든지 좋아!"

물론 농담이었다. 진담이었다고 해도, 어차피 불가능한 일이었다. 어떻게 내가 베니인 척 대저택에 들어가고, 베니가 나인 척 우리 집에 들어올 수 있겠는가? 주위 사람들은 둘째 치고, 형이나 여동생, 엄마, 아빠의 눈을 무슨 수로 속일 수가 있겠는가? 단번에 알아챌 게 분명했다.

나는 베니한테 내 생각을 말해줬다.

"그렇지 않아, 베니? 알아보겠지?"

멀리서 나이절이 돌아오고 있었다. 우리가 뒤따라가지 않는 걸 알고는 마치 코끼리처럼 시끄럽게 불러대는데, 그 소리가 어찌나 큰지 쩌렁쩌렁 울렸다.

"베니들! 자기들, 좀만 빨리 걷자!"

베니가 주머니에서 펜을 꺼냈다. 사람들이 흔히 가지고 다니는 뚜껑 없는 볼펜 따위가 아니었다. 티타늄과 백금으로 만든 고급품이었다. 못해도 2,000파운드는 하리라.

"폰 번호 좀 알려줘. 이메일 주소랑."

나는 잠시 주저하다 알려줬다. 베니는 내가 불러주는 대로 팔뚝에 받아썼다. 나도 베니가 불러주는 번호와 이메일 주소를 손바닥에 적었다. 집에 도착하기 전에 땀이 나서 지워지는 건 아닌가 걱정이었다.

정말 믿을 수 없었다. 내가 베니 스핑크스의 휴대폰 번호를 알아내다니. 비키 펀스가 이 사실을 안다면, 나한테 뭔가 해줄지도 모를 일이다. 어쩌면 숫자 하나에 50파운드씩 쳐서 사 갈지도 모르지.

"따라오렴, 촬영이 끝나서 조금 있으면 스튜디오를 닫아야 해."

나이절이 재촉했다.

곧 대기실에 도착했다. 리무진 기사가 베니 스핑크스를 기다리고 있었다. 엘비스 형은 그 자리에 없었다. 밖에 나가서야 형을 만날 수 있었다. 형은 스튜디오 건물 벽에 기대서 게임기를 가지고 노는 중이었다. 내 건데, 맨날 내 허락은 맡지도 않는다.

"왜 이렇게 늦어?"

"난 형도 안에 있는 줄 알았지."

"아니지. 아까 안 들여보냈잖아. 기억 안 나? 하긴, 별것도 아닌 데에 들어가봤자 시간 낭비에 체력 낭비긴 하지."

옆에서 기다란 리무진이 휙 나타났다. 엘비스 형이 방해가 됐는지 빵빵 경적을 울렸다.

"야!"

차도에서 비켜 나오던 형이 소리쳤다.

"안에 누구 있는지 봤어? 리무진 뒷자리에? 베니 스핑크스였지? 맞지, 베니 스핑크스? 와, 내 눈으로 베니 스핑크스를 보다니."

"그래? 잘 안 보였는데."

나는 별것 아니라는 듯 대답했다.

"손 흔들고 있던데. 누구한테 흔든 거지? 나랑 너밖에 없는데."

"내가 알 게 뭐야. 스튜디오 안에 있는 사람이겠지."

"어쨌든. 이야, 내가 베니 스핑크스를 직접 보는 날이 다 오네."

"나랑 닮았어?"

"뭐래? 누가 누구를 닮아. 네가 걔를 닮은 거지. 아, 정말 누구한테 인사하고 있었던 거지?"

"그러게, 누굴까?"

이 말을 마지막으로 우리는 잠자코 집으로 향했다. 엘비스 형은 평소와 마찬가지로 따라잡기 힘들 만큼 빠르게 걸었다.

그래, 형이 한 명 있으면 좋겠단 말이지? 평범한 집에, 평범한 동네에, 평범한 학교에, 평범한 삶에. 죽어서도 평범한 관에 담겨 평범한 공동묘지의 평범한 구덩이에 파묻히겠지.

베니가 바라는 게 이런 인생 아닌가?

나는 손바닥에 적힌 전화번호와 이메일 주소를 바라보면서 집에 가면 연락해봐야겠다고 다짐했다. 메일쯤이야 한두 번 주고받을 수 있겠지.

한 가지 제안하고 싶은 게 있었다.

베니 스핑크스에게.

그런데 내가 먼저 연락할 필요도 없었다. 그쪽에서 먼저 이메일을 보내왔다. 집에 와 보니, 벌써 메일함에 새 편지 하나가 도착해 있었다. 발신자는 B. 스핑크스. 나는 메일을 읽는 도중에 엘비스 형이 들어오지 못하도록 방문이 잠겼는지 확인했다. 혹시나 하는 마음에 문손잡이 밑에 의자까지 끼워뒀다. 그러고는 다시 컴퓨터 앞으로 돌아와서, 새 편지 위에 마우스 커서를 올리고 클릭을 했다. 대체 나와 똑같이 생긴 새로운 친구께서 무슨 말씀을 긴히 전하려고 이렇게 메일까지 보내셨는지. 그래, 내가 이런 사람이라니까. 나 빌 해리스도 이런 유명 인사하고 서로 이름을 부르고 메일을 주고받을 정도로 친한 사이라고.

집에 초대라도 하려는 건가? 맞기도 하고, 동시에 아니기도 했다. 뭐냐면, 내가 그 집을 방문하는 동안, 베니는 외출을 하겠다는 것이었다.

오, 맙소사! 이건 그냥 외출 정도가 아니잖아!

베니는 우리 집에 와 있을 생각이었다.

유유상종이라더니, 역시 천재는 천재를 알아보는 거다!

# 왕자와 거지 대작전

안녕 빌. 집에 오는 길에 아까 너랑 했던 얘기들을 계속 생각해봤어. 기억나지? 일반인으로 사는 거랑 유명 인사로 사는 거에 대해서 얘기했던 거. '그렇게 좋을 것 같으면, 한번 네가 그렇게 직접 살아보라'고 그랬던 거 말이야. 네가 말한 것 맞지? 아니, 나였나? 어쨌든 그 말이 계속 기억에 맴돌더라고.

돌아왔더니 엄마는 영화제에 가고 안 계시고(미성년자 출입 불가라 난 못 갔어.) 아빠는 국제 경기 뛰러 독일에 가셔서, 집에는 나하고 조(리무진 기사)하고 앨리스, 데이브(집을 관리해주시는 분들이야), 조지(정원사), 토니, 스티브(보안 담당), 리즈(앨리스를 돕지), 알베르토(온갖 일을 다 하는 분)밖에 없었어.

그래서 대충 집어 먹고 바로 방으로 올라왔어. 나 혼자 먹었어. 너는 엄마, 아빠, 형들, 동생한테 둘러싸여서 밥을 먹겠지. 맨

101

날 싸우고 다툰다고, 좀 평화롭게 살 수 있으면 좋겠다고 했잖아. 난 같이 말을 나눌 사람이라도 있으면 좋겠어. 여기 일하는 분들 말고. 그분들도 좋긴 한데, 어쨌든 돈을 받고 일하는 거기 때문에 뭔가 달라. 적어도 내가 느끼기에는 그래.

학교에서 친구를 불러서 놀 수도 있겠지만, 그렇게 놀려면 거쳐야 하는 절차가 한두 개가 아니야. 몇 번을 전화해서 일정 확인하고, 차로 실어 오고 모셔다 주고. 뭐 대단한 걸 하려는 것도 아니라, 그냥 말 몇 마디 하고 싶어서 부르는 건데. 괜히 까다로워서 말이야.

어쨌든 난 컴퓨터를 켜고 채팅방에 들어가서 잠시 채팅을 했어. 다른 이름들로 몇 개 가입해놓았는데, 사람들이 내가 나인 걸 모르니까 정말 좋은 것 같아. 나도, 그 사람들도, 말하고 싶은 대로 말할 수가 있잖아. 그런데 내가 베니 스핑크스인 걸 알면 정말 180도 바뀌어. 초대장이라도 받아보려고 난리가 나든지, 아예 욕을 해. 지난 토요일 경기에서 아빠가 형편없었다든지, 엄마가 노래를 못한다든지 하면서 말이야.

이 부분에서 나는 뜨끔했다. 아빠가 심심할 때마다 밈시 토시(즉 베니 엄마, 스노시 케첩)의 노래를 양철 지붕에 떨어지는 공업용 연장 소리에 비유하며 악담을 퍼붓기 때문이다. 나는 그렇게 생각 없이 던진 말이 밈시 토시나 그 가족에게 큰 상처가 될 수 있다고는 생각지도 못했다. 아마 아빠도 마찬가지일 거다. 유명 인사들도 다 감정이 있는 건데.

 어쨌든 채팅도 조금 하다 보니까 질리더라고. 어쨌든 그래서 게임을 하는데, 문득 네가 지금 뭘 하고 있을까 궁금한 거야. 건포도는 다 떼어냈는지! 그랬기를 바라. 내 대역 선 걸로 돈도 많이 벌었기를 바라. 그렇잖아, 지저분한 일은 네가 다 했는데. 나랑 똑같이, 어쩌면 나보다 더 받아야 맞는 것 같아.
 어쨌든…….

 베니는 '어쨌든'이라는 말을 유독 많이 썼다. 낮에 말을 더듬던 것처럼 초조할 때 나오는 버릇이 아닐까 하는 생각이 들었다.

 어쨌든, 다시 아까 나눴던 대화를 생각해봤어. 있지, 빌, 생각하면 생각할수록 더 그럴싸한 거야. 우린 똑같이 생겼잖아. 잠시 동안만 바꿔서 살아보는 것도 괜찮을 것 같지 않아? 제대로만 하면 들킬 이유도 전혀 없어. 어차피 우리는 누가 누구인지 아니까, 나중에 문제 될 일도 없고. 게다가 넌 유명해져 보고 싶다며? 나는 평범하게 살아보는 게 소원이거든. 진심이야.
 어때, 빌? 어떻게 생각해? 아니다 싶으면 싫다고 해도 괜찮아. 넌 나랑 다르게 생각할 수도 있으니까. 위험할 것 같으면, 그냥 싫다고 해도 돼.

"위험?"

나도 모르게 큰 소리가 나왔다.

"위험하다니! 무슨 말도 안 되는 소리야. 위험하다고 해도 상관없어. 이래 봬도 해리스 가문인데. 우리는 위험과 모험을 즐기는 사람들이라고."

내 생각에는 별로 위험할 것 같지도 않아. 계획을 짜서 각자한테 필요한 정보, 그러니까 하루 일과나, 학교랑 집 지도, 아는 사람들, 그 사람들한테 주로 하는 말 같은 것만 제대로 전달해주면, 들키지 않을 것 같은데. 해보자, 빌. 내가 네가 되고, 네가 내가 되는 거야. 하루 동안만. 재미있을 것 같지 않아? 아무도 모르게 서로의 인생을 맛만 보는 거야. 다른 사람들 모두를 속이는 거지. 네 바람대로, 우리 집에서 그 스물다섯 개 방, 네가 다 쓸 수 있어! 올림픽 규격 수영장에서 수영도 하고 우리 엄마 아빠도 만나고. 잘만 하면 가족들도 속아 넘어갈 거야. 그리고 나는 네가 되어서 엘비스 형을 만나는 거지. 벌써부터 기대된다.

엘비스 형? 글쎄다.

그리고 큰형하고 여동생도. 아마 여동생은 항상 너를 졸졸 따라다니면서 오빠, 오빠 그러겠지? 엄마 아빠는 어서 나한테 동생이 생겼으면 좋겠다고 하시는데, 항상 말뿐이야.

어쨌든, 어떻게 생각해, 빌? 해볼까? 아, 강요하는 건 절대 아니야. 말도 안 된다고 생각하면, 그냥 그대로 말해줘. 그런데 할 수만 있으면, 정말 멋있는 계획 아니야?

답장해줘. 서두르지 않아도 돼. 어쨌든 오늘 만나서 재미있었어. 복도에서 나랑 똑같은 애가 걸어오는데, 얼마나 무서웠는지 몰라. 순간 거울인 줄 알았다니까. 미쳤지. 진짜 깜짝 놀랐어. 그래서 말도 더듬었던 것 같아. 어쨌든, 시간 날 때 이메일 보내줘.

너의 새 친구, 베니 스핑크스.

나는 우두커니 앉아서 메일을 다시 읽어봤다. 아래층에서 문 닫히는 소리가 났다. 형이 들어오는 건가 했는데, 다행히 나가는 소리였다. 집 안에는 나뿐인지 별 기척이 나지 않았다. 마치 이 공간이 모두 내 것인 듯한 기분이었다. 실제로는 아니지만 상관없었다. 그냥 기분이 그렇단 소리니까.

내 것! 모두 내 것이라니! 이 방, 이 집이! 나는 베니 스핑크스가 사는 저택을 떠올렸다. 지금은 베니의 공간이지만, 적어도 하루 동안 내가 그 집을 독차지할 수 있다. 그 대신 베니는 우리 집을 가지게 되겠지.

나는 베니가 여기서 뭘 할 수 있을지 고민해봤다. 비좁고 불편하다 생각할 거다. 하긴, 여태 방 스물다섯 개짜리 저택에다 올림픽 규격 수영장, 개인 사우나, 스파에 적응해서 살아왔을 텐데. 그나마 우리 집에서도 목욕은 할 수 있으니 다행이었다.

나는 엘비스 형과 끊임없이 주도권 다툼을 하는 옷장을 바라봤다. 옷장은 형과 반반씩 나눠 쓰는데, 형 옷이 항상 내 공간으로 슬금슬금 넘어온다. 그래서 나도 내 옷을 형 쪽에 밀어 넣는 것으로 반격해왔다.

엄마는 둘이 똑같이 나눠 쓰라고 항상 강조하지만, 그럼에도 형은 기회만 있으면 옷장 속 내 영토를 침범하곤 한다.

이번에는 이층 침대로 시선을 돌렸다. 형이 아래, 내가 위쪽이다. 형은 비열하게도 자기 맘 내킬 때마다 위쪽 매트리스를 뻥뻥 차댄다. 베니 스핑크스가 그런 형을 아래 두고 과연 잠이 올까 궁금했다. 별로 쾌적하지는 않을 거다.

나는 베니 스핑크스가 좋아할 만한 것들을 찾아 계속 방을 둘러봤다. 아무것도 없었다. 베니를 즐겁게 할 만한 것은 전혀 보이지 않았다. 솔직히 말해서, 싫어할 것 같았다. 이 집에서 사는 것부터, 빌 해리스로 하루를 견뎌야 하는 것까지. 그래, 그렇다면 오히려 베니의 제안을 받아들이는 것도 괜찮겠다. 제아무리 베니 스핑크스라도 전국에 사는 수천 명, 아니 수만 명일지도 모르는 빌 해리스가 매일 얼마나 힘겹게 살아가는지 느껴볼 필요가 있다.

아마 이 모든 게 베니에겐 충격일 테지. 하지만 다시 생각해보면, 애초에 베니가 원하고, 궁금하다고 해서 시작한 일이니까. 게다가 나는 베니의 삶을 조금 맛볼 수 있으니 누이 좋고 매부 좋은 것 아닌가?

하루 동안 그렇게 바꿔서 살면, 커다란 리무진을 타고, 올림픽 규격 수영장에서 다이빙을 하고, 발 마사지를 받고, 손가락 한 번 까딱해서 사람들을 불러내는 건 내가 되겠지.

상상이 되었다. 푹신푹신한 쿠션에 둘러싸여 쉬면서, 조그만 벨을 올리면 집사 브라이언과 하녀 메이비스가 나타나서 '부르셨습니까? 무엇을 도와드릴까요?' 하고 묻겠지. 그럼 난 이렇게 대답할 거다. '텔레비전 좀 옮겨주겠어요? 여기선 잘 안 보이네요. 그리고 시원한 음료수하고 초콜릿 두 개도 가져다주면 고맙겠어요. 음료수는 숟가락으로 젓지 마시고 흔들어서 가져오시고요, 초콜릿은 포장을 모두 벗겨주세요.'

그래, 이런 인생. 베니 스핑크스는 자신이 얼마나 행운아인지 모르고 있었다. 빌 해리스가 되어서 하루 살면 금방 깨닫겠지. 하마터면 좋다고 바로 답장할 뻔했다. 사실, 좋았다. 진심으로 베니의 제안을 받아들이고 싶었다. 정말, 간절히.

하지만 현실적으로 생각해야 했다. 솔직히 말도 안 되는 계획 아닌가. 베니 스핑크스는 참 괜찮은 아이다. 생각도 바르고 착하기도 했다. 그런데 현실을 보는 감각이 좀 부족한 것 같다. 방 스물다섯 개짜리 저택에서 호화롭게 사는 부자들이 흔히 그렇다. 현실과 교류를 끊고 살아서, 저택 바깥에서는 무슨 일이 일어나고 있는지 모르는 거다.

하루를 바꿔서 살아보자는 생각은 좋은데, 그걸 어떻게 할 거냐 이 말이다. 인생이라는 게 우표나 축구선수 카드 교환처럼 그렇게 쉽게 바꿀 수 있는 게 아닌데.

베니 스핑크스가 간과한 게 몇 가지 있다. 아니, 몇백 가지일지도 모른다. 일단, 어디서 만나서 바꿔야 하지? 둘의 행동반경이 겹치는 부분이 없는데 말이다. 우리는 서로 전혀 다른 지역에 있는 전혀 다른 학교에 다닌다. 베니네 학교는 유명 인사들 자녀가 터무니없이 비싼 학비를 내고 다니는 사립학교다. 그에 비해 나는 좋지도 나쁘지도 않은 평범한 공립학교에 다닌다. '인터네티'에서 일하는 직원들의 자녀가 꽤 여럿 되는 그저 그런 학교다.

베니가 다니는 학교는 우리 학교에서 5킬로쯤 떨어진 곳에 있다. 거대한 교문에 긴 진입로가 있고, 건물은 잘 보이지 않는 곳에 숨겨져 있다. 나무 사이로 살짝살짝 보이는 건물은 학교라기보다 웅장한 고성(古城) 같다. 그 옆을 지나가다 보면 롤스로이스, 벤틀리, 메르세데스가 줄지어 들어가는 광경을 구경할 수 있다. 걸어가는 아이는 하나도 없다.

학교 밖에서는 만날 일이 있을까? 내 생각에는 전혀 없다. 개인 수영장이 있으니, 문어 풍선이나 보물섬 튜브 따위가 떠다니는 공공 수영장에는 오지 않을 테고, 넓은 정원도 있으니 플라워스톤 공원에 나와 축구를 할 일도 없을 거다. 〈주간 오키도키〉를 보면 스케이트보드용 경사로가 집에 따로 있어서 그린 광장에 나올 필요도 없고, 50석 규모의 작은 극장이 있어서 동네 영화관에 최신 영화를 보러 갔다 마주칠 일도 없다.

그것 말고도 문제가 많았다. 베니와 내가 비슷하게 생긴 건 맞지만, 그렇다고 말투, 행동, 목소리 톤까지 닮은 건 아니다. 입만 열지 않으면 다른 사람들은 대충 속여 넘길 수도 있겠지만, 집에 가면 베니네 엄마 아빠와 대화를 해야 할 텐데, 그 상황에서는 어떻게 해야 한다는 말인가?

어쩌면…….

목이 쉬었다고?

음, 꽤 괜찮은 생각이었다. 후두염에 걸린 척 쉰 목소리를 내면 딱히 의심을 받지도 않을 것 같았다. 그래, 목이 쉬었다고 하는 거야. 그럴싸한데?

그리고 다리도 아픈 척하는 거다. 그냥 생각하다 보니 떠올라서 하는 소리인데, 이것도 필요할 것 같았다. 왜냐하면 걷거나 서 있거나 앉아 있는 자세가 평소와 다른 것을 지적당했을 때는, 다리가 아프다는 말 말고는 딱히 할 말이 없기 때문이다.

관절염? 그것도 괜찮을 것 같았다. 게다가 쉰 목소리로 다리가 아프다고 말하면 더 그럴싸했다. 사람들은 대개 환자에게 관대해진다. 갑자기 유별난 짓을 한다고 해도 '아, 쟤 아파서 그런 거야' 하고 별생각 없이 넘어가준다.

나는 몇 가지 건설적인 제안을 담아 답장을 보내기로 마음먹었다. 베니 생각이 어떤지나 한번 물어보려는 것이었다. 생김새야 뭐 두말할 필요도 없이 닮았고, 거기다 둘 다 목이 쉬면 목소리도 비슷해질 테고, 다리를 다치면 걷는 모양새까지 똑같아질 테니까 말이다.

그렇게 되면, 문제없이 사람들을 속일 수 있을 거다!

나는 문에 받쳐둔 의자를 다시 한 번 확인하고, 돌발 상황에 대비해서 하나를 더 가져다 끼웠다. 그러고는 바로 메일을 쓰기 시작했다.

안녕, 베니.

메일 잘 받았어. 건포도는 다 씻어낸 것 같아. 신발에 몇 개 들어 있긴 했지만, 뭐. 네가 제안한 것 말인데, 우리끼리만 알아들을 수 있도록 이름을 붙이는 게 어때? '프로젝트'나 '계획'처럼. 아니, '왕자와 거지 대작전' 어때? 이렇게 하면 아무도 눈치채지 못할 거야. 그 작전은, 생각해보니까 충분히 가능할 것 같아. 몇 가지 문제가 있긴 한데, 뭐 문제야 뻔하지. 몇 개는 너도 이미 고민해봤을 거라고 생각해. 일단 내가 떠올린 해결책은, 평소와 조금 다른 모습을 다른 사람한테 지적당했을 때, 다리가 아프다든가 목이 쉬었다고 변명하는 거야.

그것보다 더 복잡한 문제가 있어. 무엇보다 우리가 어디서 만나서 서로 바꾸고, 어디서 다시 만나서 원래로 돌아올 거냐는 말이지. 이건 아직까지 딱히 좋은 방법이 생각나지 않아. 넌 어때?

또 가장 골치 아픈 건 바로 우리가 우리 일거수일투족을 서로 공유해야 한다는 거야. 우선 각자 집하고 학교 주변의 지도가 하나씩 필요할 테고, 친구와 이웃들 이름, 그 사람들이 키우는 애완동물 이름, 가족끼리 자주 하는 말, 친구들하고 놀 때 자주 쓰는 단어, 어쩌면 개인사도 조금, 좋아하는 것, 싫어하는 것까지 모두 다 꿰고 있어야 해. 안 그러면 금방 들킬걸.

그래서 생각해봤는데, 우리가 각자 목록을 만드는 거야. 서두르지 말고 차근차근. 서로가 꼭 알아야 할 것 같은 정보들을 쭉 적어서 교환하는 거지. 예를 들어서 밥을 먹는 방식이라든가. 칼이랑 포크를 같이 쓰니, 아니면 음식을 다 잘라놓은 다음에 포크로만 찍어서 먹니? 그런 식으로 떠오르는 거 뭐든 적는 거야. 주로 목욕을 해, 샤워를 해? 이 닦을 때는 왼쪽이랑 오른쪽 중에 어디를 먼저 닦아? 앉을 때 다리를 의자에 모두 올려놓고 앉아? 혹시 왼손잡이니, 베니? 난 아닌데.

어쨌든 그렇게 만들어서 서로한테 보내자. 그런 다음에 뭐 빠진 게 있는 것 같으면 다시 물어보는 거지.

아까 말했듯이, 서두르지 말고 차분히 준비를 해야 돼. 생각 없이 실행했다가 망치면 안 되잖아. 그리고 어디서 어떻게 서로 바꿔치기할 건지 생각해봐. 지금은 아니더라도, 나중에 또 뭔가 떠오를 수도 있으니까.

목록 다 만들면 다시 연락할게. 오래 걸릴 것 같으니까, 너무 성급해하지는 마. 한 일주일이면 될 것 같아. 오케이.

너의 쌍둥이 형제, 빌.


나는 '전송'을 클릭했다. 그 순간 아래층에서 문 열리는 소리가 들렸다. 엘비스 형이 돌아온 모양이었다. 아마 근처 구멍가게에 복권 사러 잠깐 나갔다 온 거겠지. 매주 토요일마다 그런다. 도대체 왜 그런 데다 돈을 쓰는지 모르겠다. 딱 봐도 아무것도 당첨되지 않을 것 같은 '루저' 주제에. 예전에 형한테 그대로 말을 했다가 목 졸려 죽을 뻔했다.

나는 문에 끼워놓았던 의자들을 빼내고 아무 일도 없었다는 듯이 잽싸게 컴퓨터 앞에 뛰어가 앉았다. 창을 막 닫으려고 하는데, 딩동 소리와 함께 새 이메일이 도착했다는 알림이 떴다.

베니 스핑크스였다. 내 메일을 읽자마자 바로 답장을 보낸 것 같았다. 내용은 짧고 깔끔했다.

오케이, 빌. 나도 일주일 후에 연락할게. 우리 '왕자와 거지 대작전' 세부 사항들을 좀 고민할 시간이 필요하겠어. 나중에 연락할게.

베니.

문이 열리고 엘비스 형이 들어왔다.
"뭐 하냐?"
"아무것도."
"무슨 이메일 읽는 거야?"
"내 거야. 신경 꺼."
나는 형이 볼 수 없게 얼른 로그아웃을 해버렸다.
"얼씨구. 내가 언젠간 네 비밀번호 알아낸다. 그땐……."

"어쩌라고? 난 형 거 벌써 알거든."

엘비스 형은 의심과 불신이 섞인 눈빛으로 나를 노려봤다.

"뭔 소리야. 내 비번을 안다고? 네가 내 걸 어떻게 알아?"

"다 아는 수가 있어."

"어떻게?"

"뻔하잖아."

"아, 그러셔. 그래, 그렇다는 거지? 어디 그 뻔하다는 비밀번호 한번 들어보자."

"가능한 게 하나밖에 없잖아."

"그러니까 뭐냐고, 새끼야. 당장 불어."

"알았어. 아닐 수도 있는데, 아냐, 내 생각엔 이게 확실해. 왜냐하면 정말 뻔하거든. 형 비밀번호는······."

"어."

"분명히······."

"어."

"모란(moron, 멍청이, 머저리를 뜻함-옮긴이)이야. 머리가 나빠서 스펠링도 얘기해줘야 하나? M-O-R-O-N이라고! 알아듣겠냐? 이 멍청아! 그게 너라고 너!"

형은 대답 대신, 콩베개로 나를 내리친 후 깔고 앉았다.

정말 괴로운, 길고 긴 15분이었다.

# 빌 해리스 작동 매뉴얼

세상에서 제일 잘 꿰뚫고 있으면서도, 동시에 가장 알 수 없는 사람이 누구일까? 바로 자기 자신이다. 베니한테 줄 목록을 만드는 일은 예상과 달리 어려웠다.

무엇보다 시간이 어마어마하게 걸렸다. 집에서는 날마다 몇 시간 동안 키보드만 두드렸고, 학교에서는 수업은 안 듣고 반은 딴 생각, 반은 목록에 넣을 것들을 고민하느라 정신이 없었다.

나는 우선 좋아하는 것과 싫어하는 것부터 시작했다. 거기까지는 꽤 쉬웠다. 그런데 가장 많이 쓰는 말, 초조할 때 주로 하는 행동, 유별난 버릇이나 밥 먹는 습관을 떠올리려고 하니 생각이 얽히기 시작했다. 평소에 굳이 신경 쓰지 않는 일들 아닌가. 생각하고 하는 행동이 아니라 상황에 따라서 자연스럽게 튀어나오는 반응들이다.

예를 들자면, 걸음걸이가 그렇다.

'한 발을 다른 발 앞에 내딛는다'라고 썼는데, 별로 유용한 정보가 될 것 같지는 않았다. 어차피 사람들은 모두 그렇게 걸으니까. 두 발을 붙여서 걷는 건 캥거루뿐이다. 게다가 그건 걷는 거라고 할 수도 없다. 뛰는 거지.

문제는 세세한 버릇을 자신이 인식하지 못한다는 데 있다. 다른 사람에겐 짜증 날 정도로 눈에 띌 수 있는데 말이다. 버릇을 비춰볼 수 있는 거울은 없으니, 내 행동에 남이 아니면 볼 수 없는 사각지대가 있는 거다.

영어를 담당하는 캠벨 선생님은 랍비 번스의 말을 자주 인용한다. 그중 캠벨 선생님이 가장 좋아하는 구절은 "다른 사람의 시선으로 스스로의 모습을 볼 수 있다면 얼마나 좋을까!"다.

정말 가장 골치 아픈 문제였다. 나만 해도 내가 어떤 특이한 버릇을 가지고 있는지 전혀 모르고 있었다. 그래서 나는 주위 사람들에게 물어보기로 결심했다. 1번 타자는 산드라 데빙스였다. 쉬는 시간에 소란을 피해서 놀이터에 숨어 책 읽는 걸 발견했다. 표지로 봐서는 사랑, 뭐 이런 소녀 같은 주제를 다룬 소설이었다.

"안녕, 산드라. 방해해서 미안한데, 뭐 하나만 물어보면 안 될까?"

"어, 물어봐, 빌. 네가 물어본다는데 왜 방해가 되겠어."

마지막 말은 못 들은 척했다. 나는 사람들이 너무 친절하게 대하면 괜히 초조해지는 경향이 있다. 차라리 짜증을 내고 불만스러워하는 게 편하다. 원래 내가 그런 인물이니까.

"산드라, 하나만 대답해줘. 정말, 그냥 궁금해서 그런 거니까, 혹시 나 상처 받을까 봐 괜히 고민할 필요도 없고, 그냥 솔직하게 네 생각을 말해줘."

"노력해볼게. 뭔데 그래?"

"음, 혹시 내가 웃긴 버릇이 있어?"

"웃긴 버릇? '재미있다' 이런 웃긴 거 말고 '웃기고 앉아 있네' 이런 느낌의 웃기는 걸 말하는 거야?"

"뭐든. 그냥 내가 무의식적으로 하는 행동 있잖아. 트레이드마크같이. 아, 빌 해리스 또 저러네, 이런 버릇 말이야."

"아, 그런 거. 근데 그건 갑자기 왜?"

"별건 아니고. 그냥 궁금해서. 그러니까, 요즘 발전을 좀 해보려고 하고 있거든. 그래서 다른 사람이 보기에 짜증 나는 점이나 버릇이 있으면 좀 고쳐보려고 말이야. 생각나는 거 있어?"

"있긴 해. 아마 나도 있을걸. 그런데 굳이 고칠 필요는 없어, 빌. 보기에 별로 짜증 나지 않아. 오히려 귀여워 보이기도 하는데. 게다가 그런 버릇 하나하나가 너를 너답게 만들어주는 거잖아."

점점 초조함이 밀려왔다. 하지만 여자애 앞에 있을 때는 무슨 일이 있어도 겁먹은 기색을 보이면 안 된다. 조금이라도 당황한 모습을 보이면, 여자아이들은 '아, 얘가 순해빠졌구나' 하고 잡아먹으려 달려들 것이기 때문이다.

그래서 나는 애써 버티며 물었다.
"그게 어떤 버릇인데, 산드라?"
"글쎄. 알고 있을지는 모르겠는데, 넌 귓불을 자주 만져."
"아, 내가?"
처음 알았다. 그런데 그 순간에도 나는 오른손으로 귓불을 만지작거리고 있었다.
"근데 고치진 않아도 돼."
고칠 수 있을 것 같지도 않았다. 내게 귓불은 마치 오래전부터 곁에 두고 놀던 인형 같은 느낌이었다. 베니한테 꼭 말해줘야지.
산드라가 가장 큰 벽이었다. 얘만 속일 수 있으면 전교생을 다 깜빡 속여 넘길 수 있을 것 같았다. 아, 우리 가족은 모르겠다. 나에 대해 가장 잘 아는 동시에, 이상한 점을 발견한다 해도 대수롭지 않게 넘어갈 수 있는 게 바로 가족이다. 내 목에서 머리가 하나 더 자라난다고 해도 별로 신경 쓰지 않을 거다. 신경 쓴다고 해도 그게 자기들한테 미칠 영향을 걱정하지, 그걸 갖고 나를 의심하진 않을 거다.
나한테 머리가 또 하나 생긴 걸 발견한 엘비스 형이 아침을 먹으러 아래층으로 내려가는 모습을 상상해봤다. 형은 이렇게 말하겠지.
'엄마. 이 새끼가 그동안 우리 몰래 머리를 하나 더 키우고 있었어요.'
그러면 엄마가 말할 거다.

'그래? 귀찮게 왜 그랬다니? 그럼 목구멍이 두 개가 있는 셔츠를 새로 사야겠네.'

아빠도 한마디 할 거다.

'야구모자도 하나 더 사줘야 하잖아. 이발소 갈 돈이 널렸나 보지? 머리 하나 더 기를 생각을 다 하고.'

여동생은 숟가락으로 내 머리들을 때리면서 '삶은 계란 두 개!' 하고 노래할 거다.

케빈 형은 나가는 길에 나를 보며 이렇게 말할 거다.

'우와, 우리 집에 대가리 두 개 달린 괴물이 산다니!'

물론 집 밖으로 나가는 순간 나에 대해서는 새까맣게 잊어버릴 거다.

그 와중에도 엘비스 형은 어떻게든 시비를 걸어보려고 머리를 굴릴 게 분명하다.

'저 괴물이 머리 두 개라고 음식도 두 배로 먹지는 않겠지.'

엄마는 이렇게 말하겠지.

'당연히 안 그러지. 머리가 하나 더 늘었다고 위까지 늘어나는 건 아니잖니.'

'아, 그러고 보니까 똥구멍도 아직은 하나겠구나.'

'엘비스! 아침 먹는데 그런 소리를 꼭 해야겠어?'

엄마가 꾸짖으며 그렇게 사건은 종료될 거다. 내 머리가 두 개든 세 개든, 병원조차 데려가지 않을 게 뻔하다.

그러니까 가족 앞에서라면 조금쯤 실수를 해도 너그럽게 넘어갈 수 있다.

나는 귓불에서 손을 떼었다.

"그것 말고 다른 건 없어, 산드라?"

"코 찡긋거리는 거? 그리고 생각할 때 눈가에 주름 잡히는 거?"

"아, 그래? 전혀 몰랐는데."

"음, 자주 그러는 건 아니니까."

"뭐, 생각을?"

"아니, 당연히 주름 잡히는 걸 말하는 거지!"

"그것밖에 없어?"

"그 정도 되는 거 같아."

"정말 하나도 없어?"

"내가 떠올릴 수 있는 건 그게 다야."

"고마워, 산드라. 대답해줘서 정말 고마워."

"근데, 정말 이런 거에 신경 쓰지 않았으면 좋겠어, 빌."

"뭐라고? 미안, 못 들었어."

"내 말은 그러니까…… 버릇 같은 거 몇 개 있어도 상관없다는 거야. 세상에 완벽한 사람이 어디 있어."

"그렇지. 맞아."

나는 슬금슬금 자리를 뜰 준비를 했다. 여자아이들과 말할 때 겁먹은 모습을 보이지 말 것과 더불어 절대 잊지 말아야 할 것이, 기회가 있을 때 얼른 대화를 끝내야 한다는 거다.

"좋아, 음, 어, 시간 좀 봐. 이제 가봐야겠다. 조금 있으면 쉬는 시간도 끝나겠어."

"빌…… 가기 전에…… 내가 네 버릇들을 말해줬잖아…… 나도 알려줘."

나는 산드라를 보고 우두커니 멈춰 섰다.

"네 버릇?"

"응."

나는 산드라를 뚫어져라 쳐다봤다. 눈가에 주름이 잡히는 게 느껴졌다. 방금 전 산드라에게 듣기 전까지는 전혀 눈치채지 못한 버릇이다.

"뭐 생각나는 거 없니?"

"음……."

이상하게도, 산드라는 흠잡을 구석이 한 군데도 떠오르지 않았다. 정말 단 한 군데도. 비키 펀스 같은 애는 단점을 하루 종일 늘어놓아도 끝이 없을 거다. 못되고 기도 세고 멍청하고, 외모에만 관심이 많고, 뭐든 자기가 제일 잘나 보이려 하고, 영화관에 데려가서 스무디를 사 바치도록 사람을 틀어쥐기도 하고…….

그에 반해 산드라는, 곰곰이 생각하면 하나쯤 있을지 모르지만, 적어도 그때 내 머릿속에서는 그냥, 그냥 완벽했다.

그래서 나는 한참 후 이렇게 대답했다.

"음, 넌 머리카락을 씹어."

"그래? 고쳐봐야겠다."

"아, 아냐! 아니야! 그럴 필요 없어."

나도 모르게 엄청 당황한 목소리로 내뱉었다. 이유는 없었다.

"왜?"

"왜긴, 그렇게 고치면 음, 네가 더 이상 네가 아닌 게 되잖아. 그러면 안 되잖아? 네가…… 음, 네 특징을 잃어버리는 거잖아."

산드라는 생각에 잠긴 눈빛으로 나를 쳐다봤다.

"그렇지. 네 말이 맞아."

"나 이제 가야 돼."

"나중에 봐, 빌."

아, 겨우 빠져나왔다.

"빌……."

"어?"

"아, 아니야. 잘 가."

나는 산드라를 두고 놀이터를 빠져나왔다.

다음 타자로 사람들 흠을 잡고 돌아다니며 불화를 일으키는 데이브 스펜서를 찾아, 나한테 이상한 특징이라든지 유별난 버릇이 있는지 물었다.

"너? 있지. 돈을 더럽게 안 갚잖아. 나한테 1파운드 빚진 거 기억 안 나?"

새까맣게 잊고 있었다. 나는 주머니에서 돈을 꺼내 줬다.

"그것 말고는?"

"있지. 이제 나한테 빚진 돈이 없다는 거?"

오늘 약간 제정신이 아닌 것 같았다. 나는 데이브를 두고 자리를 떴다.

그다음 공터에서 놀고 있던 비키 펀스에게 가서 말을 걸었다.

"비키, 혹시 내가 모를 만한 내 특징이나 버릇들 뭐 아는 거 있어?"

"단점이 딱 하나 있지, 빌."

"뭔데, 비키?"

정말 궁금했다.

"네가 진짜 베니 스핑크스가 아니라는 거."

비키는 다시 친구들에게 뛰어갔다. 나는 뒤에서 소리쳤다.

"만약 내가 진짜 베니면? 내가 닮은꼴이 아니라 진짜 베니 스핑크스면?"

비키는 발걸음을 멈추고 돌아서서 나를 바라봤다.

"빌 해리스, 네가 진짜 베니 스핑크스라면 이런 식으로 나한테 묻지도 않겠지. 그리고 난 한눈에 진짜랑 가짜랑 구분할 수 있거든. 웃겨."

그게 다였다. 비키는 친구들에게 돌아갔다.

두고 보자, 비키 펀스. 일만 잘 풀리면 베니 스핑크스가 직접 이 학교에 행차하시게 될 거야. 그때 과연 네가 구분할 수 있는지 두고 보자고 차라리 마가린이랑 버터, 코카콜라랑 펩시를 구분하는 게 더 쉽겠다. 말처럼 그렇게 쉽게 알아볼 수 있을 것 같아?

그날 저녁에는 방에서 빈둥거리는 엘비스 형한테 내 단점과 버릇을 물어봤다.

"어, 넌 냄새나."

별로 도움이 되지 않는 조언이었다. 정말로.

잠시 후 침대에 누워 불을 끄기만 기다리던 나는 1층으로 몸을 숙이고 형을 불렀다.

"형……."

"닥쳐. 나 잘 거야."

"그냥 뭐 하나만 물어보자. 학교 숙제란 말이야."

"뭔데?"

"스컹크가 우리나라 토종 동물인가?"

"아니. 동물원에밖에 없잖아."

"아, 그렇구나."

"그건 왜?"

"아니, 형 침대에 스컹크 키우나 궁금해서."

"스컹크는 뭔 스컹크야, 멍청이가."

"아, 스컹크가 아니라면 지금 이 거지 같은 냄새가 형한테서 난다는 뜻이……."

이층 침대는 정말 안 좋다. 형은 25분 동안 내 침대를 발로 차댔다. 그 끔찍한 보복이 끝날 때까지 형도 자지 못했다는 게 그나마 위안이었다.

다음날, 나는 내가 가지고 있는 각종 버릇과 문제점을 모은 목록을 완성할 수 있었다. 하루 일과 시간표도 상세히 짜놓았다. 관심 분야, 좋아하는 것, 싫어하는 것, 취미, 입에 붙은 말, 자주 하는 욕, 그 밖에도 나로서 단 5분이라도 살아가려면 반드시 필요한 잡다한 정보들도 완벽히 정리했다.

우리 가족에 대해서 유의할 사항도 명시해놓았다. 퉁명스러운 말투, 예전에 피서를 갔을 때 있었던 비화, 엘비스 형이 '또 공구상자야!' 하면 가족들이 와르르 웃을 텐데, 그게 무얼 뜻하고 어떤 식으로 반응해야 하는지. 또 여동생이 창문을 가리키면서 '앵무새 신발!' 하면 어떻게 대답해야 하는지 등등. 머리를 쥐어짜고 또 쥐어짜서 나온 정보였다.

다 마치자 꽤 여러 장이 나왔다. 나는 이것을 '빌 해리스 작동 매뉴얼'이라고 이름 지었다.

메일 창을 켜서 파일을 첨부해 베니 스핑크스에게 보냈다. '베니 스핑크스 작동 매뉴얼'이 어느 정도 완성되었는지, 언제쯤 나한테 보내줄 수 있을지를 묻는 짤막한 편지도 덧붙였다.

무엇보다도, 아직까지 해결되지 않은 가장 중요한 문제가 남아 있었다. 베니가 그 해법을 찾아냈기만 바랄 뿐이었다.


베니에게.

결국 완성했어! 나에 대한 모든 걸 담은 목록이야. 적어도 90퍼센트는 될 거야. 내가 좋아하는 음식부터 가족들끼리 하는 농담, 학교생활에서 알아둬야 할 것까지 다 있어. 다 외울 수 있기를 바라. 혹시나 까먹어서 들킬 위기에 닥쳤다 하면 그냥 입 다물고 모르는 척하는 걸로 행동을 통일하자. 여태까지 그렇게 해서 잘못된 적은 한 번도 없었어.

목록이 도움이 되었으면 좋겠어. 너도 완성하면 보내줘.

그건 그렇고, 어떻게 바꿔치기할지는 생각해봤어? 난 도저히 방법이 떠오르지를 않아. 난 집에서 나오기가 쉽거든. 그냥 스윽 빠져나와도 아무도 신경을 안 쓰니까. 그런데 넌 아니잖아. 경비도 있고 리무진 기사도 있고 그럴 것 아니야. 계속 감시당할 것 같은데. 좋은 생각 있으면 말해줘.

재미있을 것 같아서 점점 기대되는 거 알아? 진짜 잘해서 모두를 속이는 거야. 이런 기회를 몇 명이나 가질 수 있겠어? 해보고 싶은 사람들은 많겠지만.

답장 기다린다.

빌.


전송을 누르고 깊고 깊은 인터넷 네트워크 속으로 멀어져가는 내 이메일을 바라봤다. 겨우 25킬로 떨어진 곳에 사는 베니와 이렇게 메일을 주고받는다니. 언제쯤 답장이 올까 생각했다. 예상외로 그리 오래 걸리진 않았다.

# 베니 스핑크스 작동 매뉴얼

안녕, 빌. 해결책이 떠올랐어. 방과 후에 우리 학교에서 바꿔치기하는 거야. 잘 읽어봐.

조는 보통 교문 앞에서 나를 내려주거나 태우거나 해. 진입로가 길고 좁은 데다 일방통행이어서 그 많은 애들이 모두 차를 타고 학교까지 올라오면 너무 복잡해지거든. 그래서 다른 학생들도 다 교문 앞에서 내려. 진입로가 800미터쯤 되는데, 거기를 걸어 올라가는 게 운동도 되고 건강에 좋을 거라는 게 학교 입장이야. 뭐, 난 매일 수영장에서 충분히 운동하기 때문에 딱히 필요는 없는데.

그건 집에 수영장이 있는 너나 그렇지. 혹시 너를 쫓아 헤엄칠 애완 상어를 운동용으로 사놓지는 않았니?

그리고 보통 교문 앞에서 선생님이 학생들을 지켜보고 서 있어. 경비실로 연결된 감시 카메라도 있으니까 최대한 빠르고 감쪽같이 일을 처리해야 돼. 교문 옆으로는 높은 울타리가 죽 이어져 있고 그 바로 안쪽에 잡목이 울창한데 바로 거기서 바꿔치기를 할 거야. 이제 자세히 설명해줄게.

우선, 내가 나올 때쯤 네가 우리 학교 교문 앞으로 와 있을 수 있겠어? 어려울 수도 있어. 아마 종례할 때 조금 일찍 나와서 바로 버스를 타거나 그래야 할 거야.

그 정도는 문제없지. 버스를 타거나 자전거를 타면 되니까. 정할 수 없으면 뛰어갈 수도 있어.

학교는 4시 20분에 끝나.

잘됐네. 난 4시에 끝나거든. 그럼 20분 여유가 있겠다.

가방 싸고 교문 앞까지 나오려면 10분에서 15분 정도 걸려. 시간이 더 필요할지도 모르니까 한 5분 더 끌어줄 수 있어. 그런데 거기서 더 오래 시간을 보내면 조가 나를 찾으러 올 거야. 어쨌든 그렇게 계산하면 결론적으로 내가 학교에서 나오는 시간은 4시 40분쯤이야.

40분이면 충분하지.

여기서부터 조금 힘들어져. 일단 그날 무슨 일이 생길지는 전혀 예측할 수 없으니까. 대충 기본 틀만 잡아놓고 그때 가서는 감에 의지해야 할 것 같아.

조는 최대한 교문 가까이에 차를 세워. 일찍 오면 차 안에서 내가 나오는 걸 볼 수 있는 좋은 자리를 차지하게 될 테고, 그러지 못하고 모서리를 돌아서 세우게 되면 내가 혹시나 헤매고 있지는 않을까 하고 교문 앞까지 걸어 나오겠지. 만약 당일이 됐는데 주변 여건이 너무 위험한 것 같으면 작전은 다음으로 미뤄야 할 거야. 이 부분에서는 '융통성'이 가장 중요한 키워드야.

20분에서 25분 사이에 네가 교문 앞에 도착하면 본격적으로 시작해야지. 먼저, 학교 운동장으로 걸어와서 오른쪽으로 방향을 틀어. 어차피 너도 교복을 입고 있을 테니까 막는 사람은 없을 거야. 너희 학교 재킷이랑 우리 학교 재킷이 거의 비슷하게 생겼거든. 다른 건 주머니에 달린 학교 배지 하나일 텐데, 아무도 신경 안 쓸 것 같아. 만약 누가 말을 걸거나 이름을 부르면 대충 대꾸하고, 바쁘다고 둘러대거나 뭘 학교에 놔두고 왔다고 말해. 만약 약속한 날 네가 안 나타나면 무슨 일이 생긴 걸로 간주하고 다음 기회를 노리기로 하지, 뭐.

오케이, 베니. 그렇게 하자.

어쨌든, 그렇게 오른쪽으로 돌면 울타리 옆에 엄청 커다란 나무가 하나 서 있을 거야. 버드나무인 것 같아. 잎이랑 나뭇가지가 망토처럼 바닥까지 치렁치렁 늘어져 있어.

못 찾을 일은 없겠다.

아마 못 찾을 일은 없을 거야. 그 나뭇가지들 사이로 들어가. 내가 안에서 기다리고 있을 거야. 그럼 거기서 가방, 재킷, 넥타이를 바꾸는 거지. 나머지는 아마 똑같을걸. 회색 바지에, 검은색 구두, 어두운 색 양말, 흰색 셔츠.

맞고, 맞고, 맞고. 똑같네.

다 바꿔 입고서 서로한테 행운을 빌어주고, 네가 먼저 나가는 거야. 조가 보면 손을 흔들면서 너를 부를 거야. 그러면 리무진을 타고 집으로 가면 돼. 몇 분 후에 내가 나와서 너희 집에 가는 거지.

그다음 날에 이런 식으로 똑같이 만나는 거야. 버드나무 밑에서 재킷, 넥타이, 가방을 다시 돌려주는 거지. 다음 날 아침에 제출해야 되는 것도 있을 테니까, 숙제는 서로 해주기로 하자. 글씨체가 다를 테니까 뭐 써야 할 게 있으면 컴퓨터로 써서 프린트하는 편이 나을 거야. 수학 같은 건 숫자니까 별로 상관없겠지만.

정 안 되겠으면, 그냥 안 하면 되지. 공책을 잃어버린 척하거나. 그래도 되도록이면 하는 걸로 하자. 아마 글씨체는 알아보지도 못할 거야. 그거 갖고 뭐라고 그러면 손가락 다쳐서 왼손으로 썼다고 하면 되고.

어때? 괜찮은 것 같아? 내가 미처 생각 못 한 부분이 있을 수도 있으니까, 그런 게 있는 것 같으면 빨리 말해줘. 그리고 첨부되어 있는 파일 보이지. 나에 대해 알아야 할 목록이야. 네 목록은 잘 받았어. 열심히 읽고 외우려고 노력하고 있어. 눈가에 주름 잡는 거랑 귓불 만지작거리는 것도 연습 중이야.

답장 기다릴게, 빌. 내 계획이 어떤지 네 생각도 말해줘. 이것만 제대로 계획이 되면 날짜 정하는 건 시간문제니까.

무섭긴 한데, 기대도 돼. 이것만 생각하면 벌써부터 속이 울렁거리고 소름이 돋는데. 정말 할 수 있을 것 같아? 혹시라도 마음 바꿔면 관두는 걸로 하자. 하지만 일단 작전이 시작되면, 끝날 때까지 절대로 도중에 그만두기 없다. 아, 정말 떨리는데 빨리 하고 싶어서 미칠 것 같기도 해. 너도 이런 기분이야?

당연하지. 너희 아빠 연봉을 걸어도 좋아.

그럼 메일 보내. 서두를 필요는 없지만 그래도 너무 늦게 답장하지는 말아줘.

베니.

괜찮아 보이는 계획이었다. 몇 번을 다시 읽어봐도 구멍을 찾을 수 없었다. 하지만 엘비스 형이 즐겨 말하듯 원숭이도 나무에서 떨어지는 법이 있으니 방심할 수는 없었다. 물론 계획대로 순탄하게 진행되기만 기대하는 것도 아니었다. 하지만 적어도 베니가 보내준 메일에 쓰인 대로만 한다면, 작전을 실행에 옮기는 건 정말 시간문제였다.

한편, 첨부된 '네가 나에 대해 알아야 할 것들' 파일이 내 손길을 기다리고 있었다. 나는 문서를 더블클릭하고 창이 열리기만을 기다렸다. 엘비스 형이 컴퓨터를 고쳐보겠다고 나선 후부터 인터넷 속도가 어마어마하게 느려졌다. 형이 고친 것 중에서 제대로 돌아가는 건 하나도 없다.

마침내 파일이 열렸다.

### 대작전을 위해서 네가 나에 대해서
### 알아야 할 중요한 필수 상식들
―베니 스핑크스

첫째, 가장 중요한 건 일단, 난 땅콩 알레르기가 있어. 그러니까 무슨 일이 있어도 땅콩 비슷한 게 들어 있는 음식은 절대로 먹지 마. 바로 들킬 테니까. 그래서 미안하지만 포장지에 땅콩이나 견과류가 함유되었다고 표시된 초콜릿은 먹을 수 없을 거야. 난 조금만 먹어도 알레르기가 일어나거든. 니카나카 초콜릿은 괜찮아. 땅콩이 안 들어 있는 제품이래.

그래. 그런데 내가 과연 니카나카 초콜릿을 먹을 일이 있을까? 안 좋은 추억이 있어서. 차라리 안 먹고 말지.

둘째, 보이는 대로, 내가 손으로 그린 집하고 마당 지도를 스캔해놨어. 꼼꼼히 익혀놓는 게 좋을 거야. 잘못 들어서서 길을 잃었다간 물어볼 수도 없고 난감하잖아. 기억상실증에 걸렸다고 오해를 받을지도 몰라.

셋째, 다음은 내 금붕어야. 먹이 주는 방법을 따로 첨부해놨으니까 참고해. 그리고 도마뱀도 있는데, 걔한테는 메뚜기를 줘야 해. 메뚜기는 '메뚜기'라고 표시된 상자 안에 있어. 도마뱀은 '도마뱀'이라고 쓰인 우리 안에 들어 있고.

넷째, 여기서 일하는 분들의 이름하고 담당을 외워야 할 거야. 조는 리무진을 운전하고, 앨리스랑 데이브는 집을 관리하고, 조지는 정원사야. 토니하고 스티브는 경비를 맡아서 교대로 일해. 리즈는 앨리스를 도우면서 가끔씩 요리도 해. 알베르토는 여러 가지 잡무를 담당하는데 이탈리안 억양이 강해서 바로 알아볼 수 있을 거야. 아침에는 파울라가 와. 비서 같은 분인데 엄마 아빠한테 오는 편지를 관리해. 알지도 못하는 사람들이 얼마나 많은 편지를 보내는지 정말 상상도 못 할 거야. 사인을 해달라거나, 사인된 사진을 보내달라거나, 축구선수, 가수가 되는 방법을 알려달라거나, 심지어는 돈을 빌려달라고 하는 사람도 있어. 가끔씩 파티나 콘서트 첫날에 초청을 받기도 하는데, 부르는 대로 다 가다 보면 집에 붙어 있을 날이 없을 거야.

얼굴은 굳이 외울 필요 없어. 대부분 "안녕, 베니" 하면 내가 "안녕하세요?" 하고 대답하는 경우가 고작이거든. 그러니까 정말 모르겠다 싶으면 그냥 웃으면서 인사해. 별로 신경도 안 쓸 거야.

다섯째, 학교. 친구들과 싫어하는 아이들의 목록, 학교 지도도 따로 첨부해놨으니까 한번 살펴봐.

여섯째, 일급비밀. 알려주지 않으면 작전을 망칠 수도 있기 때문에 정말 어쩔 수 없이 말해주는 건데, 절대로 소문내면 안 돼. 언론에서 알았다가는 제대로 망신당할 게 뻔하거든. 뭐냐면, 난 축구를 못해. 축구 말고도 공으로 하는 스포츠는 모두. 아빠가 아무리 가르쳐주셔도, 공이 죽어도 일직선으로 나가지를 않아. 보통 그러면 아빠가 아니라 엄마를 닮았겠네 하는데, 난 노래도 못해. 나로선 정말 창피한 일이야. 아빠는 항상 내가 정말 원하고 잘하는 걸 하라고 하셔. 아직은 그게 뭔지 모르겠어. 언젠가는 알게 되겠지.

어쨌든, 나인 척할 때는 절대로 축구를 하지 마. 만약 어쩔 수 없이 하게 된다면 정말 형편없이 해야 돼.

문제없지.

그리고 아침 조회나 그럴 때 노래를 부를 일이 있으면, 반드시 음을 틀려야 한다는 것도.

그것도 걱정 마.

이게 다인 것 같다. 이 정도면 적당할 것 같아. 과유불급이라고, 너무 많이 알려주면 너로서도 벅찰 테니까.

나는 베니가 보내준 목록을 죽 훑어봤다. 몇 번은 읽어야 감이 잡힐 것 같았다. 그건 둘째 치고, 세계 최고 연봉을 받는 축구선수인 데리 스핑크스의 외동아들이 축구에 젬병이란 부분은 좀 충격이었다. 예전 같았으면 베니 스핑크스가 축구화, 유니폼을 완벽하게 갖춰 입은 채 태어나서 이 세상에 나오자마자 골대에 공을 뻥뻥 차 넣었다고 해도 믿었을 텐데.

하지만 다시 생각해보면, 아버지의 적성을 자식이 그대로 물려받는다는 건 타당성 없는 논리였다. 나만 해도, 아빠처럼 초고속 인터넷 공유기를 설치하는 데 뛰어난 잠재력을 갖추지 못했다. 그러니 베니라고 해서 다를 이유가 뭐 있을까?

나는 베니한테 메일 잘 받았으며 현재 '머릿속에서 소화시키고' 있고 '뇌 속에 입력하는 중'(둘 다 프랑스어를 가르치는 저버 선생님이 즐겨 쓰는 말이다)이라고 짤막한 답장을 썼다.

덧붙여 두 학교 교복이 꽤 비슷하긴 하지만, 확인차 디지털 카메라로 네 교복 사진을 찍어서 보내줄 수 없겠냐고 물었다. 베니가 카메라 하나 가지고 있지 않을 리 없으니까. 그리고 날짜는 언제가 좋을 것 같냐는 말을 마지막으로 메일을 전송했다.

그러고는 베니가 보내준 파일을 프린터로 출력한 후 컴퓨터를 끄고, 침대에 누워 목록을 찬찬히 읽어 내려갔다. 베니 신발을 신고, 베니 옷을 입고, 대저택으로 들어가서 정원사에게 인사하는 내 모습을 상상했다. 정원사는…… 기억이 날 것 같은데…… 누구였더라…… 그래! 조지! 다음으로 파울라를 돕는 앨리스에게, 아니, 아니. 파울라가 리즈를 돕는 거였다. 조는 요리를 하고…… 아니지, 조는 리무진 운전기사인데. 혹시 경비였나?

처음부터 다시 시작해야 했다.

그때 엘비스 형이 그 큰 발로 요란하게 계단을 울리며 위층으로 올라왔다.

나는 종이를 얼른 베개 밑에 숨기고 천장을 보며 가지런히 누웠다. 천장은 손을 뻗으면 닿을 정도로 가까웠다. 아침에 벌떡 일어나다 보면, 잘못해서 머리를 박기도 했다. 몇 년 동안 그렇게 실수로 부딪히는 바람에 천장에는 얕은 홈까지 파였다. 내 머리는 멀쩡했지만.

나와 달리 엘비스 형은 아래층 침대에서 편히 살고 있었다. 공간이 꽤 넓었기 때문에 머리를 부딪힐 일이 없었다.

형은 늘 그렇듯이 문을 발로 차고 들어왔다.

"뭐 하냐? 나가. 옷 갈아입을 거야."

"형 옷 갈아입는데 내가 왜 나가야 돼? 여긴 내 방이기도 하거든?"

"웃기시네. 네가 내 방에 얹혀사는 거잖아. 차라리 너 대신 쥐를 키우겠다."

그냥 무시하기로 했다. 나는 엘비스 형이 모르는 내 할 일이 따로 있었다.

형이 자기 침대 위에서 나를 쳐다봤다. 형 얼굴과 내 얼굴 사이의 간격이 겨우 5센티밖에 되지 않았다. 그 더러운 코를 보고 있자니 눈이 썩는 것 같았다.

"너, 왜 이래?"

"뭐가 어때서? 얼굴 좀 치워. 보기 안 좋아."

"내가 널 알지. 널 알아. 무슨 꿍꿍이야?"

"저리 가, 좀. 가서 작년 크리스마스 선물로 받은 데오드란트나 좀 발라. 거기에 '제발 좀 절 사용해주세요'라고 쓰여 있는 거 못 봤어?"

"내가 그 꿍꿍이 알아내고야 만다."

"꿍꿍이 없어."

"그럼 누워서 천장 보며 뭐 하는 거야?"

"홈 파여 있는 거 감상하고 있잖아."

"구라 치네."

"형이 할 소리는 아닌데."

"적어도 내 침대 위엔 그런 분화구 없어."

"없겠지. 대신 침대 매트리스에 있을걸. 몇 년간 뀌어댄 방귀 때문에."

형은 엄지와 검지로 내 코를 잡아 비틀었다.

"입 다물어. 한 번만 더 그딴 소리 하면 그대로 지붕까지 뚫어 버릴 줄 알아! 알겠어?"

재치 넘치는 언변으로 마지막 한 방을 날리고 싶은 마음이 굴뚝같았다. 하지만 형은 나보다 훨씬 덩치가 크기 때문에, 정말로 화나게 했다가는 내 생명이 위험했다. 그래서 나는 형의 손아귀가 내 코를 비트는 동안 잠자코 이를 갈며 언젠가는 복수하리라 다짐하는 수밖에 없었다.

잠시 후 엘비스 형이 내 코를 놓았다.

"까불면 이렇게 맞는다. 잘 새겨둬."

"그래, 형. 형이 약자나 괴롭히는 비겁한 인간이라는 거 아주 뼛속 깊이 새겨놓을 테니까 걱정 마."

"시간이 없어서 그냥 간다. 다행인 줄 알아."

그러곤 옷장에서 (내 쪽에 걸어뒀던) 셔츠를 꺼내 방을 나갔다.

나는 손바닥으로 아픈 코를 살살 문질렀다.

솔직히 말해서 베니가 약간 걱정되었다. 나로서 하루를 살게 되면 엘비스 형의 코골이를 모두 견디면서 이 침대에서 잠을 자야 할 텐데.

왠지 형에 대한 경고를 충분히 해주지 못했다는 생각이 들었다. 예를 들어 이런 '코 비틀기' 따위, 나는 여러 번 당해본 터라 아무렇지도 않고 회복도 빠르다. 그런데 이 자리에 있는 게 내가 아니라 베니였다면? 코 비트는 걸 그다지 유쾌해하지 않을지도 모른다. 아니, 정정한다. 분명 싫어할 거다. 남이 자기 코를 쥐어 뜯는 걸 좋아할 사람은 없다. 베니가 소리를 질러댄다면? 울어버린다면? '어떻게 감히 이럴 수 있어! 이게 누구 코인 줄 알아? 나, 베니 스핑크스 님의 코라고!' 이렇게 말해버린다면?

물론 엘비스 형은 기가 막혀 더 세게 비틀 거다.

심각한 문제다. 경고해주지 않으면 무방비로 당하고 말 거다. 하지만 사실대로 말해버리면 이 바꿔치기 등등 모든 것이 물거품으로 돌아가버릴지도 모른다. 예방하는 것과 미리 겁을 먹는 것은 천지 차이다.

조심하라고만 일러두기로 마음먹었다. 코 비틀기나 형의 주특기인 '중국식 헤드락'처럼 세세한 것에 대해서는 입을 다물기로 했다. 게다가 베니 자신이 직접 "감으로 해야 한다"고 말하지 않았는가. 그건 엘비스의 흉포에도 똑같이 적용되는 거겠지.

서로의 삶을 살아가면서 스스로 적응하고 변화하는 것도 일종의 재미 아니겠는가. 우리는 단순히 하루 동안 자리를 바꾸는 게 아니라, 모두를 속이려는 거였다. 세기의 범죄, 희대의 사기극! 신출귀몰한 괴도처럼 재빠르게 일을 처리하고 아무도 모르게 끝내는 것.

그렇게 될 줄 알았다. 적어도 그때까지는.

## 준비 끝, 침착해라 빌 해리스

　내 앞으로 수수료를 제외한 급료, 350파운드짜리 수표가 도착했다. 이렇게 많은 돈을 손에 쥔 것은 평생 처음이었다.
　나는 수표를 방에 가지고 올라가서 엘비스 형을 약 올렸다. 형은 자기가 닮은꼴로 나갔으면 최소 1,000파운드는 벌었을 거라며 무시했다.
　"형이 뭘 닮았다고 닮은꼴로 돈을 벌어? 아, 말 궁둥이?"
　그러자 형은 수표를 훔친 후, 찢어서 변기에 내버렸다고 둘러댔다. 내키지 않았지만 돈을 돌려받기 위해 엄마의 도움을 받아야 했다.
　예금을 하고 온 날부터는 나를 잘 구슬려서 돈을 빌리려고 안달이었다.
　"빌, 내가 진짜 완전 좋은 투자 상품을 알아 왔어."

엘비스 형이 '빌'이라고 이름을 부르는 것부터 뭔가 속셈이 있는 거다. 보통은 나를 '새끼야'라고 부른다.

"300만 줘. 그럼 내가 두 배로 불려줄게."

" '불리다'는 말하고 '탕진한다'는 말하고 헷갈린 거 아니야?"

형한테 돈을 빌려줄 생각은 죽어도 없었다. 금세 DVD나 게임 CD 사는 데 모두 써버릴 테니까.

은행에 돈을 맡겨놓으니 정말 좋았다. 눈앞에 돈이 없으니까, 쓸 일도 없었다. 게다가 예전에는 별게 다 사고 싶었는데, 그만한 돈이 생기니까 그런 시시한 것보다는 수중에 있는 돈으로는 살 수 없는, 훨씬 비싼 걸 바라게 되었다.

나는 머그 씨한테 또 전화가 오기만을 기다렸다. 하지만 실망스럽게도 별 연락이 없었다. 베니 스핑크스 닮은꼴을 필요로 하는 일이 생각처럼 많지는 않은 모양이었다. 나는 직종을 바꾸어 마릴린 먼로나 아틸라 훈 닮은꼴을 시도해볼까 진지하게 고려하기 시작했다.

엘비스 형은 나보고 엘비스 프레슬리 닮은꼴에 도전해보라고 제안했다. 하지만 그런 사람들은 이미 세상에 널렸고, 또 그중 대부분은 원본과 닮은 구석이 단 한 군데도 없다. 나는 엘비스 프레슬리 닮은꼴이 더 나오는 것은 오존층 구멍이 커지는 것과 같이 백해무익한 일이라고 생각했다.

이렇게 지루하고 무의미한 하루하루가 지속되었다. 한편으로, 진짜 베니 스핑크스와 나는 사람들 몰래 엄청난 작전 계획을 서서히 구체화시켰다.

베니네 아빠 데리 스핑크스 소식은 신문에 꽤 자주 등장했다. 얼마 전 국제 경기에서 세 골을 넣어 격찬을 받던 데리는, 바로 4일 후에 페널티킥에서 실수를 해 욕을 배로 얻어먹었다. 하지만 그로부터 일주일 후 큰 대회에서 역전승을 이끌어내어 다시 각종 찬사와 추앙을 받더니, 그만 발목을 접질려서 각종 신문의 1면을 뒤덮었다. 개중에는 데리가 선수 생활을 접고 산에 들어가 수도사가 될 거라는 어처구니없는 소문도 있었다. 사실이 아니었다. 난 베니 덕에 내부 사정을 알 수 있었다.

그동안 베니네 엄마는 새 앨범을 냈다. 라디오에서 몇 번 들어봤다. 제목은 '견딜 수 없어'였다. 내 취향은 정말 아니었지만, 어차피 우리 또래를 노리고 발매한 건 아닐 테니 상관없었다. 그것과 별개로, 아빠는 자기 원칙에 따라 스노시의 새 노래에 혹평을 퍼부었다.

"제목 한번 좋네. '견딜 수 없어'라니. 내 고막이 할 소리잖아."

라디오뿐 아니라 텔레비전에 나와 노래를 부르는 것도 몇 번 봤다. 나는 화면 속의 스노시를 보면서 '엄마'라고 부르는 걸 연습했다. 작전을 실행하게 되면 정말로 그렇게 불러야 할 테니까.

그런데 그 모습을 엘비스 형한테 들키고 말았다. 또 나 몰래 슬쩍 들어온 거다.

"이 새끼가 텔레비전 보면서 엄마, 엄마 그러네? 이게 네 엄마냐? 밤마다 자장가라도 불러주든?"

"아니. 그럴 리가. 차라리 형 부모가 침팬지라면 몰라. 침팬지 하나 불러다가 '아빠, 안녕' 해봐. '어이구, 우리 아들!' 이러면서 달려들걸. 그것도 침팬지 언어로. 형 입양된 거야, 몰랐어? 동물 보호소에 있는 저능한 유인원관 앞에서 불쌍하게 이나 잡고 있는 거, 엄마 아빠가 하도 안쓰러워서 데리고 온 거라고."

엘비스 형의 중국식 헤드락은 정말 아프다.

기다리던 베니의 이메일이 마침내 도착했다. 짧고 명료했다.

너만 준비됐으면 난 오케이야. 난 더 준비할 것도 없어. 다음 주 화요일 어때? 교문 옆에서 4시 40분에 만나자. 계획대로 작전을 실행하고, 다음 날에 똑같은 장소에서 다시 바꾸는 거야. 더 늦게는 안 될 것 같아, 빌. 초조해서 머리가 터져버릴 것 같거든. 어쨌든, 시간은 어때?

베니.

몸이 싸늘하게 식어가는 게 느껴졌다. 계획하고 꿈꾸고 생각하는 것까지는 정말 좋았는데, 이제 실행에 옮겨야 한다. 정말 이대로 해야 한다니. 상상과 실제, 둘은 하늘과 땅 차이였다.

나는 최악의 시나리오를 구상해봤다. 뭘 하기 전에 종종 이렇게 구상해보곤 한다. 시나리오대로 일이 진행된다면, 미리 예상하고 있던 것이니 충격이 덜할 것이고, 그렇지 않다면 뭐, 다행인 거니까.

생각해보니, 별거 없었다. 뭐 엄청난 범죄를 저지르는 것도 아니지 않은가. 그냥 장난인데. 최악의 상황이 오면, 베니 부모님한테 그냥 사실대로 고백하지, 뭐. 그런 다음 우리 집에 전화를 하고, 그럼 모든 일이 해결될 거다.

물론 속았다는 사실에 엄청 화를 내겠지만, 그래도 다치거나 해를 입은 사람은 없을 테니 그럼 된 거다. 더 이상 망설일 이유가 뭐지? 괜히 두려워할 필요가 없었다.

여기까지 생각이 미친 나는 바로 메일을 썼다.


나도 너만 괜찮으면 오케이야, 베니. 해보자고. 다음 주 화요일 정확히 4시 40분에 너희 학교 앞에 가 있을게. 휴대폰 가져와야 돼. 나도 가져갈 테니까. 그래야 서로 연락을 하지. 무슨 문제라도 생기면 바로 전화해서 물어보기로 하자. 와, 우리 이거 정말 하는 거야?

빌.


답장은 곧바로 왔다.


나도 정말 하게 될 줄은 몰랐어. 그런데 여기까지 와버렸네. 마지막까지 혹시라도 마음 바뀌면, 서로 말해주기다. 별 소식 없으면 이렇게 하는 걸로 알고 있을게. 작전 실행 전에 갑자기 무순 일이라도 생기면, 무리하게 진행하는 것보다는 차라리 그만두는 게 나으니까. 하여튼 전화를 하든지 문자를 하든지 해. 화요일이 기다려진다. 나로 사는 하루, 재미있게 보내고, 기대랑 다르다고 너무 실망하진 마.

베니.

 실망? 어떻게 베니 스핑크스의 삶에 실망할 수 있겠는가? 그건 하루아침에 유명 영화배우로 떠오르는 것처럼 모든 이가 꿈꾸는 선망의 대상이었다.
 그 하루 동안, 나는 세계적으로 유명한 엄마와 아빠를 둔, 우리나라에서 제일 돈이 많은 아이가 되는 거다. 방 스물다섯 개짜리 저택에 다이빙 보드, 사우나 시설이 완벽하게 갖춰진 올림픽 규격 수영장까지 모두 내 거다. 게다가 보는 사람이 눈멀 정도로 빛나는 멋진 리무진을 타고 고급 사립학교로 등교할 거다. 부와 사치를 제대로 맛볼 생각이었다. 어째서 실망할까 봐 걱정을 하는 거지? 이렇게 완벽한 베니 스핑크스의 삶에?
 매 순간 천국일 거다.
 문제는 베니 본인이었다. 갑자기 내가 되면 그 충격을 어떻게 감당할 수 있을까? 여기에는 리무진도 없다. 걷거나, 아니면 버스를 타야 한다.
 올림픽 규격 수영장은커녕, 여동생의 구멍 난 고무 풀장이 전부다. 우리 집 방은 다 합쳐봐야 베니네 저택 무도회장의 절반도 안 된다. 화장실도 여섯 가족이 같이 쓰는 것 두 개가 전부다.

무엇보다도, 베니는 엘비스 형을 견뎌내야 한다. 큰형 케빈은 별 문제 없다. 웬만해서 집에 붙어 있지 않는 데다, 집에 들어와도 투명인간처럼 살기 때문이다. 하지만 엘비스 형은 다르다. 부잣집 도련님 베니가 그 사이코 같은 인간을 어떻게 견뎌낼까? 뒷목을 잡고 쓰러지거나 온 집 안을 돌아다니면서 '난 빌 해리스가 아니야, 난 베니 스핑크스라고!' 하며 소리를 지를지도 모른다. 그럼 모두가 비웃으며 '그래, 잘나셨어. 베니 스핑크스겠지. 어련하시겠어' 하고 비아냥거리겠지. 그리고 얼마 지나지 않아 베니는 정신병원에 갇힐 거다.

내가 할 수 있는 건 경고밖에 없었다. 하지만 내 조언을 제대로 받아들인 것 같지는 않았다. 외동으로 자란 아이가 형제나 자매에 대해 툴툴거리는 것을 이해할 리 없다. 건강한 사람에게 치통이 얼마나 괴로운지 얘기해도 말로는 다 설명할 수 없는 것과 마찬가지다. 그런 것은 직접 경험해봐야 알 수 있다.

화요일. 다음 주 화요일.

나는 베니가 보내준 목록을 수없이 복습했다. 그리고 마침내, 목록에 있는 모든 것, 이름부터 시작해서 가족 간의 농담, 일화, 별명, 할아버지한테 전화를 받을 때 해야 할 말까지 모두 외울 수 있었다. 집 안 지도와 저택 지리도 확실히 머릿속에 새겼다.

준비는 이미 끝났다.

화요일까지 이제 6일만 기다리면 된다.

나는 로켓 발사를 앞두고 카운트다운을 하는 것처럼 화요일이 오기만을 손꼽아 기다렸다. 남은 일수가 줄어들수록 배 속이 자꾸 울렁거렸다. 처음에는 그냥 살살 간지러운 수준이더니, 월요일 밤이 되자 토할 지경이었다.

침대에 누워 내가 수백 번 머리를 박은 천장의 홈을 바라봤다. 베니도 여기에 머리를 박을까? 말해줘야 하나? 아니, 이미 말해줬나?

길가 가로등 빛이 어둠을 비집고 방 안으로 어렴풋이 새어 들어왔다. 베니의 방은 이렇지 않겠지. 칠흑같이 깜깜할 거다. 이른 아침, 슈퍼에 물건을 조달하러 가는 트럭과 각종 자동차가 내는 소음도 베니한테는 딴 세상 이야기겠지. 넓은 저택에서 평온하게 잠자리에 들었을 베니 스핑크스. 이 부잣집 도련님은 방해꾼 없이 아침까지 푹 잠을 자겠지.

엘비스 형이 침대 아래층에서 코를 골았다. 멈췄다가, 다시 골았다가, 또다시 멈추기를 반복했다.

눈을 감고 잠이 오기를 기다렸지만, 오늘따라 졸리지 않았다. 옷장 속에서 모직 코트를 갉아먹던 나방들이 내 배 속으로 자리를 옮겨 괴롭히는 것 같았다.

어느새 아침이었다. 나는 알람 소리에 잠에서 깼다. 엘비스 형도 평상시와 마찬가지로 중얼중얼 투덜거리며 일어났다. 마침내 그날이었다. 바꿔치기 작전 당일.

옷을 갈아입고 아침을 먹으러 내려갔다. 여동생 뎁스는 벌써 식탁 앞에 앉아 삶은 달걀을 먹고 있었다. 나를 보자 놀아달라는 건지, 또다시 숟가락으로 내 머리를 두드리고 귀에 토스트 조각을 꽂아 넣으며 장난을 쳤다.

이상하게도 조금 슬픈 기분이 들었다. 그래서 오늘만큼은 사나운 도깨비 표정을 짓고 걸걸한 목소리로 "어훙" 하고 놀래주면서 여동생 비위를 맞췄다. 하지만 슬픈 건 마찬가지였다.

'내일은 베니 스핑크스 머리를 두드리게 될 거야. 나 대신 베니 귀에 토스트를 쑤셔 넣고 있겠지. 내가 아닌 걸 과연 네가 알아챌 수 있을까?'

떠난다는 생각을 하니까 정말 슬퍼졌다. 비록 하루뿐이지만, 마침내 소원하던 대로 온갖 부귀영화를 누리게 되었는데, 속으로는 가기 싫은 마음이 없지 않았다. 아니, 좀 많았다. 그냥 못 한다고 해버릴까 하는 생각도 들었다.

긴장해서 그래, 빌. 나는 마음을 가라앉혔다. 원래 다 이런 거야. 베니도 아마 같은 기분일걸. 긴장해서 괜히 별생각이 다 드는 거지. 막상 시작하면 괜찮아질 거야.

아침은 많이 먹지 못했다. 나는 엄마가 보지 않는 틈을 타서 시리얼의 반을 싱크대에 흘려 버렸다. 학교 갈 시간이 되어서는, 영원히 돌아오지 않을 사람처럼 부엌을 둘러봤다. 왜 이런 기분이 드는지 알 수가 없었다. 심지어는 여동생 머리에 뽀뽀까지 해줬다. 아마 내가 미친 줄 알았을 거다.

"축축해!"

동생이 머리를 비비며 말했다. 그러곤 나를 불러 세우더니 내 손가락 하나를 잡았다.

"안녕, 뎁스. 이따가 보자."

뎁스는 내 손가락을 살짝 깨물었다. 장난이겠지.

나가기 전, 나는 이 대단한 날, 평소와는 좀 다른 이날을 기념할 만한 뭔가가 없을까 주위를 둘러봤다.

하지만 시계는 아무 일 없다는 듯 똑딱이며 움직였고 냉장고는 평상시처럼 웅웅거렸다. 어제, 그제와 똑같았다. 나는 집을 나와서 길을 향했다. 8시 25분이었다. 8시간 15분 후면 난 베니네 학교 교문 앞에서 작전을 시작하겠지. 그리고 그로부터 하루 후에는 다시 원래대로 바꿔치기를 할 거다.

24시간 동안, 난 베니 스핑크스가 되고 베니는 빌 해리스가 된다. 끝나면 다시 평상시 생활로 안전히 돌아갈 수 있을 거라고 생각했다.

그렇게 계획해놓았으니까. 그렇게 되어야 하니까. 그런데 캠벨 선생님이 자주 인용하는 랍비 번스의 명언이 또 하나 있다. 계획의 치밀함이나 완성도와 관계없이, "망칠 일은 어떻게든 망치게 되어 있다"는 말이다.

다시 말해 '머피의 법칙', 일이 일단 한번 꼬이면 끝까지 꼬이게 되어 있다. 우리 작전도 예외는 아니었다.

## 왕자가 된 거지

종 치는 소리와 동시에 학교를 빠져나왔다. 혹시 문자가 왔나 싶어서 휴대폰을 확인했는데, 아무것도 보내오지 않은 걸 봐서 별일 없는 것 같았다. 차가 하도 막혀서 버스를 타는 대신 적당히 시간을 봐가며 걸었다. 가끔씩 가볍게 뛰기도 했다.

나는 25분 만에 마을을 가로질러 어느새 양옆으로 가로수가 가득한 넓은 도로에 도착했다. 그 끝에는 '신사숙녀의 자녀들을 위한 치들흄 사립학교'(1532년 개교)가 있었다. 너무 일찍 가면 안 될 것 같아서 걸음을 조금 늦추었다. 길가에는 각종 비싼 차들이 주르륵 주차되어 있었다. 운전석에 앉아 있는 사람들은 대부분 학부모였지만, 그중 몇은 딱 봐도 기사였다. 유니폼과 모자를 갖춰 입고 아이를 태우러 오는 부모는 없을 테니까.

조는 유니폼을 입지 않는다고 했다. 그냥 청바지에 티셔츠를 입는다고 했다. 멀리 조로 추정되는 인물이 보였다. 리무진 번호판에는 'SPINKS'라고 쓰여 있었다. 숫자와 알파벳을 교묘하게 조합한 글자였다. 예를 들어 'S'로 보이는 건 사실 '5'였다.

조의 눈에 띄면 안 되기 때문에, 나는 학교 앞을 지키고 서 있는 선생님과 감시 카메라가 모두 다른 쪽을 보고 있을 때 얼른 교문을 통과했다. 안에 들어가자마자 눈앞에 커다란 버드나무가 보였다. 주렴처럼 늘어진 나뭇가지들을 헤치고 초록색 그림자 속으로 들어갔다.

"베니?"

아직 없었다. 시계를 확인했다. 약속 시간에 딱 맞췄다. 멀리서 아이들 목소리가 다가왔다. 수업이 이제 끝난 모양이었다. 학생들은 긴 진입로를 따라 교문 밖으로 우르르 나갔다.

'빨리 와, 베니. 이러다 나 그냥 가버릴지도 몰라! 빨리!'

그때 뒤에서 바스락거리는 소리가 났다. 돌아봤더니 내가, 아니지, 베니가 서 있었다. 정말 나랑 그렇게 똑같이 생겼을 수가 없다. 틀린 그림 찾기를 보는 기분이었다. 화면에 그림 2장이 위아래로 뜨고, 다른 점을 찾아보라는 자막이 뜬다. 그런 건 한눈에 봐서는 절대 찾을 수 없다. 때로는 돋보기까지 동원해야 한다. 차이는 세밀한 것에서부터 나기 마련이니까.

베니와 나도 마찬가지였다. 물론 어딘가 다른 점이 있기는 하겠지. 하지만 돋보기를 꺼내지 않는 이상 아무도 모를 거다.

그런데 과연 누가 그렇게 자세히 살펴보겠는가? 사람들은 보통 보고 싶은 모습만 보기 마련이다. 애써 속일 필요도 없다. 이미 자기도 모르는 사이에 거짓을 믿고 있을 테니까. 오히려 진실보다는 그쪽을 선호하기도 한다.

"베니!"

"빌!"

"우리 진짜 이거 하는 거야?"

베니도 나처럼 한참을 고민한 듯 보였다. 표정만 봐도 속이 울렁거리는 게 느껴졌다. 지금이라도 마음을 바꿀 수 있었다. 그런다고 화를 내거나 서로를 추궁할 마음은 없었다.

"몰라. 어떻게 해?"

바깥에서 경적 소리가 들려왔다. 성급한 학부모가 아이의 시선을 끌려고 하는 것 같았다.

우리는 정신을 차렸다.

"빨리 하자."

"알았어. 재킷부터 바꾸자."

"그래."

"주머니 비웠는지 확인해."

"어, 했어."

"휴대폰은?"

"있어. 넌?"

"있지. 문제 생기면 전화하기다."

"어. 아니면 문자로 하든가. 이제 가방하고 넥타이."

151

"오케이. 숙제는 어떻게 해? 자기 거 할까, 아니면 그냥 서로 거 해줄까?"

"서로 거 하자. 나 내일 제출해야 될 것도 있어."

"그래, 그럼. 진도는 비슷하겠지. 뭐랑 뭐 내야 되는데?"

"수학이랑 스페인어. 너는?"

"수학이랑 러시아어."

"나 러시아어 못 하는데?"

"나도 스페인어 못 해!"

"어떻게 해, 그러면?"

"일단 수학은 하기로 하고 외국어는 그냥 두자. 하루 늦게 제출한다고 큰일 나진 않겠지."

"그래."

"됐다."

나는 베니의 재킷을 받아 입었다. 딱 맞았다. 베니도 벌써 내 걸 입고 있었다. 우리는 가방과 넥타이를 바꿨다.

"오케이."

"이제 다 된 건가?"

"뭐 남은 게 있는 것 같은데."

"아, 참, 베니……."

"어?"

"차 타면 조한테 뭐라고 하더라?"

"알려줬잖아, 이메일로."

"까먹었어. 한 번만 다시 말해줘."

"먼저 가까이 가서 손을 흔들고, 조수석에 앉아. 조가 '안전벨트' 하면 '알아요' 하고 벨트를 매. 학교 어땠는지 물어볼 거야. '괜찮았어요' 하고 대답하면 조가 '맨날 그 말뿐이니' 해. 거기서 코웃음을 치고, 그럼 차가 출발할 거야. 라디오를 1번으로 맞춰달라고 해. 조가 '그래' 하면서 바꿀 거야. 그러곤 보통 별말 안 해. 또 뭐라고 묻거나 말하면 그냥 또 코웃음 치면 돼. 금방 집에 도착할 거야. 그건 그렇고, 너희 집에는 어떻게 가더라?"

"알려줬잖아, 베니! 이메일로 지도까지 보냈는데."

"까먹었어. 지도를 방에 두고 왔어."

"망할."

나는 다시 집에 가는 길을 상세히 설명해주고, 혹시나 길을 잃을까 봐 주소까지 불러줬다.

"아니면 전화해도 되고. 버스 안 타고 그냥 걸으면 30분 정도 걸려."

"알았어. 그럼 이제 다 된 건가?"

"그런 것 같네."

"너부터 나가."

"내일 다시 여기서 보자. 같은 시간에."

"알았어."

"행운을 빌어, 베니."

"이젠 빌이지."

"어쨌든."

"너도."

"넌 거기서 몇 분 기다렸다가 나와야 돼."

"그럴 거야."

어째서인지 나는 손을 내밀어 악수를 청했다. 그러곤 베니의 가방을 집어 들고 나무 밑을 떠나려 했다. 그 순간, 베니가 나를 불러 세웠다.

"잠깐만!"

"왜?"

"시계! 안 바꿨잖아!"

싸구려 손목시계를 최고급 롤렉스하고 바꾸려니 미안한 마음이 앞섰다. 하지만 베니는 별생각 없는 것 같았다. 시계를 받아서 찬 후, 난 고개를 끄덕이며 주위에 누가 있나 살폈다. 안전한 걸 확인한 뒤에야 버드나무 가지를 치우고 밖으로 나왔다.

나는 베니의 가방을 어깨에 둘러메고 교문을 나섰다. 길을 걷다 보니 계기판 위에 신문을 올려놓고 읽는 조가 보였다. 조는 나를 발견하고는 신문을 접어서 치웠다. 나는 웃으며 손을 흔들고 차 쪽으로 뛰어갔다.

"안녕, 베니."

"안녕하세요, 조."

나는 조수석에 앉았다.

"안전벨트."

"알아요."

얼굴 옆으로 따가운 시선이 느껴졌다. 뭔가 잘못되었다.

"목쉬었어?"

"조금요."

내가 목 부위를 문지르며 말했다.

"목소리가 좀 달라졌네."

조가 차에 시동을 걸었다.

"라디오 1번으로 돌리면 안 돼요? 이건 재미없어요."

조는 채널을 바꾸면서 짜증 섞인 한숨을 내쉬었다. 하지만 진심이 아니라는 게 느껴졌다. 조는 기어를 드라이브에 놓고 방향지시등을 깜빡거리며 도로로 나갔다.

그동안 나는 교문에서 나오는 한 남자애를 주의 깊게 지켜봤다. 익숙한 얼굴을 한 그 애는 다른 학생들과 약간 모양이 다른 재킷을 입고 있었다.

베니는 방향을 틀어 내가 왔던 쪽으로 걸어갔다. 우리 집과 시내가 있는 곳이다.

한편 내가 탄 리무진은 고속도로를 탔다. 그리고 처음으로 나온 출구를 따라 길고 한적한 시골길로 들어섰다. 멀리 언덕 위에 고성 같은 대저택이 보였다. 엄청나게 넓은 마당에 덤불로 조성한 미로, 각종 정원과 분수대가 둘러서 있고, 가운데에 저택이 자리하고 있었다. 저택 옆에는 올림픽 규격 수영장을 수용할 수 있을 만큼 커다란 건물이 하나 있었다.

 심장이 빠르게 뛰면서 절로 웃음이 나왔다. 하루쯤이야, 문제없이 살 수 있을 것 같았다. 그나저나 베니가 걱정이었다.

 순간 진동이 느껴졌다. 휴대폰을 꺼내 도착한 문자 메시지를 읽었다.

**버스야! 태어나서 처음!**
**아싸!**

 베니도 아직까지는 별 탈 없는 모양이었다. 베니는 버스를, 난 리무진을 타고, 곧 집에 도착해서 서로의 가족 품에 안기겠지.

 나는 오늘 티타임 간식으로 무엇이 나올지 생각했다. 베니가 먹을 메뉴는 이미 알고 있었다. 화요일이니까 생선 튀김에 감자칩하고 완두콩, 딸기 요거트 푸딩일 거다. 베니네 집에서는 뭐가 나올까? 너무 고급스러운 게 아니기를 바랐다.

 어느새 리무진은 도로에서 벗어났다. 조는 차를 세우고 창문을 내리더니 인터폰에 대고 신원을 말했다. 문 옆 높다란 기둥 위에는 감시 카메라가 자리 잡고 있었다. 삐익 소리가 들리고 나서 철문이 서서히 열렸다. 우리는 안으로 들어갔다.

 한참 동안 끝이 없을 것 같은 잔디밭이 이어지고 나서야 차는 마침내 자갈돌 깔린 저택 진입로에 도착했다.

 "다 왔다."

조가 말했다.

"감사합니다."

내가 문을 열고 차에서 내리며 말했다.

"가방!"

조가 뒤에서 외쳤다.

"아, 맞다……. 고마워요."

나는 조가 내미는 가방을 받아들었다.

"난 이제 주차하러 갈게."

리무진이 진입로를 빠져나갔다.

그제야 저택을 제대로 볼 수 있었다.

이렇게 대단한 집을 별것 아니라고 하다니, 베니를 이해할 수 없었다. 오늘까지도 풀리지 않는 수수께끼다. 항상 봐와서 익숙해졌을 수도 있다. 어릴 때부터 질리도록 살아온 집일 테니 자기 눈에는 그저 그래 보이겠지. 아니면 다른 사람들도 모두 그러고 사는 줄 안다거나.

그런데 나는 아니었다. 웅장한 광경을 눈앞에 두고, 그 자리에 얼어붙고 말았다.

그때 난생처음 보는 커다란 동물 한 마리가 잔디밭 맞은편에서 달려왔다. 시속 100킬로 가까운 속도로 미친 듯이 돌진했다. 스프링클러가 물을 뿜어내듯이 커다란 턱에 침이 질질 흘러내렸다. 이빨은 대못만 하고, 귀는 코끼리 저리 가라 할 만큼 컸다.

그때 휴대폰이 진동했다. 무시무시한 동물은 아까보다 훨씬 간격을 좁혀 왔다. 3초 후면 이제 난 죽는다. 문자를 확인했다.

**개 깜빡했다. 이름은 루돌프.**

고맙다, 베니. 알려줘서 정말 고마워. 덕분에 날 죽일 개 이름은 알고 눈을 감을 수 있겠구나. 기분 좋은걸. 저 무시무시한 이빨이 목덜미를 파고들 때 '아, 우리 루돌프가 날 물고 있구나!' 하면 되는 거구나. 진짜 다행이다.

정신을 차려 보니 500킬로그램은 되어 보이는 맹견 하나가 로켓처럼 다가왔다. 내 앞에 멈춰 선 루돌프는 부르르 몸을 털어 끈적끈적한 침을 사방에 튀긴 후 짖으려는 듯 입을 벌렸다. 그러더니 어리둥절한 표정으로 입을 다물고는 나를 노려봤다.

마치 사기꾼이라도 보는 것처럼.

루돌프는 으르렁거리며 내 주위를 돌기 시작했다.

"착하지. 착하다. 아이고, 우리 루돌프 착하다."

이름을 부르자 루돌프는 더 사납게 으르렁댔다.

나는 움찔했다. 저 개는 내가 베니가 아니라는 걸 알고 있다. 나는 최대한 친근하게 다가가서 머리를 쓰다듬으려고 손을 뻗었다. 그러자 루돌프는 대못만 한 이로 딱 소리 나게 깨물었다. 하마터면 손이 잘릴 뻔했다.

어떻게 하지?

누군가가 곧 이 모습을 보게 될 거다. 조금 있으면 조가 차고에서 나오겠지. 아니면 창문에서 누가 내려다보고 있을 수도 있다. 겁에 질려 마당 한가운데 서 있는 나와, 그런 나를 물어뜯으려 하는 커다란 루돌프를. 그러면 내가 가짜 베니라는 사실이 꼼짝없이 들통 나고 말 거다.

"자, 착하지."

그렇지, 가방이 있다! 나는 어깨에 메고 있던 걸 천천히 내려 루돌프에게 내밀었다.

"여기 있어, 루돌프. 베니 냄새잖아, 그렇지? 베니 가방이야. 자, 베니 가방 냄새 좀 맡아봐. 난 신경 쓸 거 없어. 그냥 그걸 나라고 생각해. 여기, 베니 재킷도 있어. 재킷 냄새도 맡아봐."

루돌프는 알쏭달쏭한 표정으로 킁킁거리더니 경계를 조금 풀었다. 몇 번 더 냄새를 맡아보고는 아예 진짜 베니를 본 것처럼 친근하게 달려들었다. 온갖 애교를 떨면서 바지를 온통 침 범벅으로 만들어놓았다. 나는 머리를 쓰다듬어줬다.

멀리서 누군가의 목소리가 들려왔다. 손을 들어 햇빛을 가리고 보니 어떤 여자가 말을 타고 있었다. 엄마가 좋아하는 가수, 밈시 토시였다.

나는 손을 흔들었다.

"다녀왔어요!"

"베니 왔구나! 오늘 하루는 어땠어?"

"괜찮았어요! 오늘 티타임 간식 뭐예요?"

"앨리스한테 물어보렴. 화요일에 항상 먹는 메뉴겠지."

밈시 토시가 외쳤다.

"가서 수영 좀 하고 와서 학교 숙제 하렴!"

"네, 갈게요."

루돌프가 어딘가에서 공을 물고 왔다. 공 역시 침 범벅이었다. 그 개를 중심으로 반경 2미터 이내는 모두 침으로 뒤덮이는 듯했다. 나는 고무공을 받아 들어 최대한 멀리, 덤불 속으로 던져 넣었다. 루돌프가 공을 가지러 뛰어가는 동안 나는 현관으로 올라가 저택 문을 열고 안으로 들어갔다. 아름다운 양탄자가 깔린 넓은 홀과 높은 계단이 눈에 들어왔다. 뒤에서 문이 닫혔다.

드디어 집이었다.

출출한 소황제께서 마침내 집에 돌아온 거다. 이제 간식을 먹고 올림픽 규격 수영장에서 수영을 하며 가볍게 몸을 풀겠지.

"저 왔어요! 누구 없어요?"

내가 외쳤다. 베니가 이렇게 하라고 했다.

"여기야, 베니."

어디선가 목소리가 들려왔다.

"부엌에 있어."

순간 머릿속이 하얘졌다. 그렇게 외웠던 지도를 통째로 잊어버리고 만 거다. 부엌, 부엌, 부엌이 어디더라? 왼쪽, 오른쪽, 아니면 그냥 직진? 그때 부엌이라 짐작되는 곳에서 프라이팬 떨어지는 소리가 났다. 소리를 따라 문을 열고 안으로 들어갔다. 한 여자가 잼을 만들고 있었다. 앨리스가 분명했다.

"안녕, 베니."

"안녕하세요."

"오늘 하루는 어땠어?"

"괜찮았어요."

"우유하고 과자 좀 줄까?"

"좋죠."

"식탁 위에 있어."

"감사합니다. 티타임은 언제예요?"

"보통 때랑 같지."

"메뉴도요?"

"그럼."

"고마워요, 앨리스."

"천만에."

"이따 봐요."

나는 우유와 과자가 담긴 쟁반을 들고 위층으로 올라갔다. 아직 부엌 모습이 눈앞에 아른거렸다. 믿기지 않는 광경이었다. 각종 접시들하며, 그 넓이하며, 냉장고 안의 수많은 음식들까지!

지금쯤 베니는 뭘 하고 있을까 궁금해졌다. 나는 꽤 잘 적응해 가고 있었다. 사실 시간이 가면 갈수록, 나한테는 원래 살던 집보다 이 저택이 더 어울리는 듯했다. 몇 년을 산대도 질리지 않을 거다. 정말 난 부자로 태어나야 했다. 완전 물 만난 고기였다.

계단을 올라가다가 내려오는 누군가와 마주쳤다. 빡빡 민 머리와 넓은 어깨, 무서운 인상으로 봤을 때, 경비 중 한 명이 분명했다. 스토커나 사인을 노리고 오는 팬들, 나 같은 침입자를 막기 위해 고용된 사람들이겠지. 머리카락이 있는 경비원이 스티브라고 했다.

그러니까 저 사람은······.

"안녕하세요, 토니."

"안녕, 베니. 학교 잘 다녀왔니?"

"네. 이따가 수영 갈 거예요. 한 30분쯤 후에?"

"그래, 따라가마."

토니는 다시 발걸음을 재촉했다.

베니가 말해주길, 수영장에는 혼자 들어갈 수 없다고 했다. 항상 토니나 스티브가 안전 요원으로 동반해야 한다고 했다.

나는 토니를 불러 세웠다.

"아, 맞다. 토니······."

"불렀니?"

"아빠 집에 왔어요?"

"아니! 당연히 아니지! 오늘 저녁 경기 있잖아, 잊었어?"

"아, 깜박했어요. 텔레비전에서 해요?"

"하긴 하는데 한밤중에 할걸."

"녹화해주실 수 있어요?"

"그럼."

"고마워요."

토니는 잠시 머뭇거리더니 물었다.

"베니, 혹시 목쉬었니?"

"네, 살짝 그런 것 같아요."

"그래, 목소리가 좀 다른 것 같더라. 약 받아서 먹어."

"그럴게요."

"목쉬었는데 수영해도 괜찮겠어?"

"아, 감기 아니에요. 뭐냐면…… 그, 학교에서 놀면서 소리 지르다가 이렇게 된 거예요."

"그래, 그럼. 30분 있다가?"

"네."

"그때 보자."

나는 위층에서 하루 동안 쓰게 될 내 방을 찾았다. 아마 베니 방 천장에는 머리 박은 자국 같은 건 없을 거다.

'큰 계단을 타고 올라가서 오른쪽으로 돌아. 걸어가다가 첫 번째 복도에서 왼쪽으로 틀고, 그다음 복도에서 반대로 틀면, 오른쪽에 두 번째로 보이는 방이 내 방이야.'

집에서 외운 대로 길을 찾아 눈앞에 보이는 문고리를 잡아 돌렸다. 고된 하루를 보내고 돌아온 베니 스핑크스께서 드디어 보금자리에 입성하는 거다. 나는 내 쌍둥이가 사는 모습을 사소한 것까지 품고 있을 방 안으로 발을 내디뎠다.

## 베니 스핑크스의 방

 소방차 두 대에 불도저까지 주차해놓고도 제트기 한 대, 하마 한 마리가 더 들어갈 수 있을 만큼 으리으리한 방이었다. 게다가 그 잡다한 물건들이란! 가게를 하나 차려도 될 것 같았다. 옷장만 있는 게 아니라 장식장까지 몇 개씩 있어서 그 안이 물건들로 가득 차 있었다.
 장롱과 서랍 문을 모두 열어봤다. 각종 전자 제품들부터 작은 벽을 다 덮을 정도로 큰 액정 텔레비전까지 없는 게 없었다.
 새로 산 것일지, 아니면 엄마 아빠가 선물 받은 것들을 그냥 물려받은 것일지 고민해봤다.
 아빠가 종종 말하기를 유명 인사나 부자들은 오히려 물건 사느라 돈 쓸 일이 별로 없다고 했다. 그런 사람들한테는 회사에서 자동차와 옷 같은 걸 무료로 제공해준다는 거다. 연예인이 사용하는 물건은 따라서 사고 싶어지는 게 대중심리니까, 회사 입장에서 볼 때는 꽤 괜찮은 광고 효과다. 그런데 부자들한테 이런 식으로 물건을 뿌리는 동안 가난한 사람들은 아무것도 받지 못한다는 게 꽤나 큰 모순으로 보였다.

나는 베니 물건들을 보며 벌어진 입을 다물지 못했다. 원하면 뭐든 써도 된다고 했지만, 당장 그럴 기분은 아니었다. 이런 풍요로움의 폭풍이 갑자기 몰려오자 조금 버겁기도 했다. 마치 사탕가게에 갇혀 있는 기분이었다. 뭐든 먹어도 되는데, 어디부터 시작해야 할지 갈피를 잡을 수 없는 거다.

장식장을 닫고 베니가 쓰는 개인용 욕실 문을 열었다. 욕조만 해도 어마어마한 크기였는데, 바닥에 푹 박혀 있어서 작은 수영장 같았다. 심지어는 황금 수도꼭지까지 달려 있었다. 오직 베니만을 위한 욕조다. 우리 집에 있는 건 이 반의 반만큼도 안 되는데……. 처음으로 질투심이 솟았다. 예전에는 구체적으로 감이 잡히지 않았는데 내 눈으로 직접 보니, 이건 심하게 불공평했다. 솔직히, 원래대로 돌아가지 말고 계속 베니 스핑크스로 살아버릴까 하는 생각도 했다. 하지만 말도 안 되는 일이기 때문에 바로 생각을 접었다.

나는 간식을 후딱 먹어치우고 화장실에 들른 뒤(물 내리는 손잡이까지도 금색이었다) 수영장에 가기 위해 베니의 수영복을 빌렸다. 본인에게 허락을 받았기 때문에 괜찮았다. 게다가 아직 포장도 뜯지 않은 새 수영복이 열두 개는 족히 되어 보였다. 모두 데리 스핑크스가 계약한 스포츠 용품 브랜드에서 무료로 협찬해준 것들이겠지.

2층은 한적했다. 수영을 하러 가기 전에 저택을 조금 둘러보기로 했다. 눈에 띄는 문마다 살짝 열어 안을 들여다보며 복도를 누볐다. 방이 얼마나 많은지 자칫 길을 잃을 지경이었다. 그 많은 침실은 저마다 다른 주제로 꾸며져 있었다. 동남아의 이국적인 분위기라든가, 심지어는 낡은 열차 내부처럼 생긴 방도 있었다.

더 놀라운 건 그렇게 돌아다니는 동안 아무도 만나지 않았다는 거다. 아래층에서 일하는 사람들 목소리만 작게 들려왔다. 나는 학교에서 돌아온 베니를 상상해봤다. 심심할 일은 없을 것 같았다. 커다란 침실 안을 이리저리 굴러다니면서 이것도 갖고 놀아보고 저것도 갖고 놀아보고 할 터이다.

하지만 그 적막함만큼은 도저히 적응할 수가 없었다. 우리 집 같으면 쉴 새 없이 시끌시끌한 대화가 오갔을 거다. 케빈 형이 셔츠가 어디 있냐고 묻고, 엘비스 형은 통화를 하고, 엄마는 직장에서 있었던 얘기를 늘어놓고, 아빠는 텔레비전에 대고 소리를 지르고, 뎁스는 숟가락으로 뭔가를 내리치고 있을 텐데. 하지만 여기서는 그런 자잘한 소음이 전혀 들리지 않았다. 두꺼운 방음 유리로 가운데를 막아놓은 것만 같았다.

아래층으로 내려갔다. 푹신한 카펫이 내 발소리를 모두 집어삼켜 버렸다. 집과 수영장은 실내 통로로 연결되어 있었다. 비 올 때 젖지 말고 오가라고 그런 걸 테지. 수영장이 물에 젖는 곳이라는 걸 생각하면 앞뒤가 안 맞지만 말이다.

나는 탈의실에 들어가 수영복으로 갈아입고 나왔다. 토니는 벌써 와 있었다. 반대편 끝 의자에 앉아 있었는데, 1킬로도 넘게 떨어져 있는 느낌이었다. 수면은 매끄러운 유리처럼 잔잔했다. 내가 뛰어들자 주위로 물결이 퍼져나갔다.

이게 다 내 거라니 기분이 묘했다. 무엇보다도 고요함에 숨이 막힐 것 같았다. 소리 지르고 웃는 아이들도 없고, 물구나무서기나 술래잡기를 하는 사람도, 떨어진 탈의실 열쇠를 찾으려 다이빙을 하는 사람도, 물속에 뛰어들어 다른 사람들을 괴롭히다가 안전 요원한테 경고를 받는 장난꾸러기도 없었다.

나뿐이었다. 잔잔한 망망대해를 표류하는 한 척의 조각배 같았다. 아스라한 육지를 향해 물을 밀고 나아가는 뗏목. 어느새 난 토니가 있는 반대쪽 끝에 도착했다. 토니가 고개를 끄덕이기에, 나도 따라서 고개를 끄덕이고는 다시 시작 지점을 향해 돌아섰다. 다 내 거다. 바닥에 박힌 이탈리아식 타일 하나하나까지 모두. 나는 작은 해신이 되어 수영장을 누볐다. 오늘 하루 이곳은 내가 다스린다.

물이 깊은 곳 가장자리로 가서, 제일 낮은 다이빙 보드 위로 올라가 물에 폴짝 뛰어들었다. 썩 괜찮은 다이빙이었다. 뭐, 잘했다고 할 수는 없을 테지만 적어도 배치기는 아니었다. 다음에는 조금 더 높은 곳에서 뛰어내렸다. 그다음엔 그보다 더 높은 다이빙 보드에서 시도했다. 한 층씩 높여가다 보니 어느새 가장 위까지 올라가게 되었다. 꼭대기에 서서 잔잔하고 맑은 물 아래로 비치는 수영장 바닥을 내려다봤다. 멀게만 느껴졌다.

"조심해, 베니!"

의자에 앉아 있던 토니가 소리쳤다.

여기서 멋진 다이빙을 하기엔 내 실력이 턱없이 부족했다. 그냥 뛰어내렸다간 커다란 가자미처럼 배치기를 하고 말겠지. 그래서 나는 양손을 허리에 딱 붙이고 뛰어내렸다. 아찔했다. 동시에 환상적이었다. 놀이공원에서 롤러코스터를 탈 때처럼 배가 간질거리면서 울렁거렸다.

풍덩!

발끝이 깊은 수영장 바닥에 닿았다. 나는 다시 수면 위로 튀어 올라갔다. 내가 멀쩡하다는 걸 알리기 위해 토니에게 엄지손가락을 올려 보였다. 그러자 토니도 칭찬하듯 똑같이 엄지손가락을 올렸다. 진심인 것 같지는 않았지만. 하긴, 감히 고용주 아들한테 '네 다이빙은 쓰레기야!'라고 말할 순 없겠지.

숨을 참으며 한 번에 수영장 가로 폭을 몇 번 횡단했다. 세로는 너무 길어서 할 수가 없었다. 동네 수영장에서는 세로 폭을 오가는 것도 쉬웠다. 다 오고서도 숨이 남을 정도였다.

수영은 이쯤에서 끝내기로 했다. 혼자서 수영장을 독차지하니 좋기는 했지만, 기대만큼 재미있지는 않았다. 차라리 사람들 때문에 정신없는 마을 수영장이 나은 것 같았다. 게다가 이렇게 독점하는 건 익숙하지 않았다. 여태까지는 무엇이든 항상 나눠 썼으니까.

"저 이제 가볼게요, 토니. 고마워요!"

토니가 반대쪽에서 손을 흔들며 자리에서 일어나서 신문을 접었다.

"그래, 베니. 이따 보자."

몸을 씻으러 샤워실로 들어갔다. 거기에는 뜨거운 물을 엄청난 수압으로 쏟아내는 강력 샤워기가 있었다. 원하는 온도의 물을 곧바로 등에 쏘아대는데, 물줄기가 얼마나 센지 어깨 마사지가 되면서 피로가 가시는 느낌이었다.

샤워를 마친 후 커다란 흰색 가운을 걸치고 방으로 돌아가 숙제를 했다. 우리 학교 숙제와 크게 다른 점은 없었다. 진도도 거의 비슷했다. 완벽히 풀지는 못했지만 그래도 그럭저럭 끝낼 수 있었다. 한두 개 정도는 틀릴 것 같았는데, 그래도 뭐, 안 한 건 아니니까 점수는 적당히 받을 수 있겠지 싶었다.

글씨체는, 교과서 앞장에 있는 예전 숙제들을 보고 베꼈다. 나와 거의 흡사했다. 서두른 건지 대충 한 건지, 가끔씩 휘갈긴 숫자들이 조금 다르기는 했지만 말이다.

러시아어 숙제는 건드리지 않았다. 봐봤자 할 수도 없었다. 내가 아는 러시아어라고는 '보드카' 하나뿐이었다. 러시아어는 나한테 외계어나 마찬가지였다.

수학 숙제를 막 끝냈을 때 내선 전화기가 울렸다. 받아야 할지 말지 고민하다가 결국 전화기를 들고 웅얼거리듯이 "여보세요"

하고 말했다.

"안녕 베니. 세상에, 목이 정말 많이 쉬었나 보구나."

"별거 아니에요. 하루 지나면 원래대로 돌아올 거예요."

"차 언제 마실래?"

부엌에서 일하는 앨리스가 분명했다.

"아, 아무 때나 괜찮아요."

"20분 후에 어때?"

"좋아요."

"그래, 그럼 그때 내려오렴."

"네, 고마워요."

"엄마는 오늘 밤에 있는 창단 축하연 때문에 안 계실 거야. 그래서 너 혼자 마셔야 할 것 같구나, 베니."

"아, 알겠어요."

"이따 보자. 평소 화요일 메뉴랑 같아."

"네."

전화를 끊었다.

화요일 메뉴가 뭐냐는 질문은 감히 할 수 없었다. 원래 알고 있는 게 정상일 테니까. 캐비어와 고급 와인을 곁들인 바닷가재 요리 정도 되겠지. 당연히 맛이 어떤지는 몰랐다. 그저 부자들이 많이 먹으니까, 베니도 아마 즐겨 먹을 거라 추측할 뿐이었다. 혹시 모르지, 도시락으로 샌드위치 사이에 넣어 학교에 싸 갈지도.

밈시 토시 일은 별로 놀라운 사실이 아니었다. 날마다 열리는 파티란 파티에 거의 다 참석한다고 들었기 때문이다. 엄마가 사 온 〈주간 오키도키〉에는 매주 다른 파티에 가 있는 밈시 사진이 실려 있었다. 새로 오픈하는 레스토랑이나, 영화제, 새 나이트클 럽에서 열리는 파티부터 영화 시사회까지 종류도 다양했다.

전에 아빠가 이런 말을 한 적이 있다.

"그 여자는 참 오지랖도 넓지. 뭐 새로 열리는 데마다 다 가 있 군. 기자들이랑 카메라맨들만 오면 아마 피클 병을 새로 딴대도 올 거야. 신문에 얼굴 실리려고!"

불공평하다는 생각이 들었다. 그냥 가수일 뿐인데. 어쨌든 밈 시가 사진 찍기 좋아한다는 건 맞는 말 같았다.

잠깐 동안 커다란 액정 텔레비전을 시청한 뒤 아래층 부엌으 로 갔다.

"안녕, 베니."

"안녕하세요, 앨리스."

"오늘은 여기서 먹지 말고 식당에서 먹는 게 어떻겠니? 내일 엄마 손님들이 오셔서 여기서 요리를 좀 해야 하거든."

"네, 좋아요."

"그럼 가서 앉아 있어. 가지고 갈게."

순간적으로 머릿속이 하얘졌다. 식당이 어디 있는지 생각나지 않았다. 눈에 보이는 문 하나를 활짝 열었다. 각종 통조림과 상자 로 가득 찬 찬장이었다.

"뭐 가져가려고 그러니, 베니?"

"케첩 있나 해서요. 캐비어에 찍어 먹으면 맛있을 것 같아서요."

앨리스가 웃었다.

"또 시작이구나. 말도 참 재미있게 잘하지."

처음 듣는 소리였다.

"가져갈게. 그냥 가서 앉아 있으렴."

다행히도 그 옆에 있는 문이 식당으로 통했다. 사실 말이 식당이지, 연회장에 가까웠다. 나는 접시가 놓여 있는 길고 커다란 식탁의 한쪽 끝에 앉았다.

앨리스가 차와 함께 간식을 들고 들어왔다.

생선 튀김에 감자 칩이었다. 콩하고. 우유 한 잔, 케첩, 그리고 딸기 요거트 푸딩.

우리 집이랑 똑같았다.

캐비어가 아니라는 사실에 살짝 실망하며 입에 꾸역꾸역 집어넣었다. 그래도 먹을 만했다.

앨리스가 떠난 뒤, 나는 트레일러에 버금가는 긴 식탁에 홀로 앉아 티타임을 즐겼다.

베니 스핑크스는 참 외로운 삶을 사는구나. 기사가 모는 리무진과 온갖 가전제품들, 강력한 샤워기가 구비된 올림픽 규격 수영장까지는 괜찮았다. 그런데 그걸 다 혼자 누리려니 좀 버거운 감이 있었다. 시비를 걸어대는 엘비스 형과 숟가락으로 머리를 때리는 여동생이 없다는 게 좋긴 했다.

그래, 조용하고 평화로운 게 좋기는 했다. 문제는…….

그때 문이 열렸다.

"안녕, 베니."

베니의 엄마, 아니, 이젠 내 엄마지. 밈시 토시가 안으로 걸어 들어왔다. 베니한테 실명을 물어본다는 걸 그만 깜빡했다. '오늘 하루 잘 지냈어요, 나의 아름다운 토시?' 이럴 수는 없으니 그냥 안전하게 "네, 엄마"로 갔다.

밈시가 다가와서 내 머리를 헝클어뜨리고는 입을 맞추었다.

얼굴이 화끈거렸다.

옆자리에 앉은 밈시가 말했다.

"오늘 하루는 어땠어?"

"어, 괜찮았어요…… 엄마."

"목이 쉬었네?"

"조금요."

"수영하지 말지 그랬어."

"괜찮아요."

"칩 하나 먹는다?"

"드세요."

밈시는 내 접시에서 감자 칩 하나를 집어 갔다. 텔레비전이나 잡지에서 보던 모습과는 사뭇 달랐다. 아, 물론, 엄청 비싼 옷에 완벽한 화장을 하고, 머리까지 멋있게 손질하긴 했다. 하지만 어떤 면에서는 그냥 평범한 엄마들과 별다를 게 없어 보였다.

"케첩 찍어 먹니, 베니? 원래 갈색 소스에 먹지 않았어?"

아, 맞다. 매운 소스 먹는다고 그랬었는데.

"그냥 한번 이렇게도 먹어봤어요. 기분 전환으로."

"어때?"

"괜찮아요. 칩 하나 더 드세요."

"아니야, 괜찮아. 어차피 오늘은 외식을 해야 해서."

"어디 가는데요?"

"음반 회사. 이번에 낸 새 노래 판촉 파티야."

"아, 그럼 늦게 돌아오세요?"

"아무래도 그럴 것 같아. 필요한 거 있으면 앨리스한테 부탁해."

"네."

"너무 늦게 자지 말고."

"네. 아빠는 언제 오세요?"

가기 전에 데리 스핑크스를 볼 수 있을까 궁금했다.

"잘 모르겠구나. 내일 아침이면 도착할 것 같아. 비행기 스케줄에 따라 다르겠지."

"학교 가기 전에 오실까요?"

"그럴 수도 있고. 베니……."

"네?"

"요즘 괜찮니?"

"네, 괜찮은데요."

갑자기 손발이 차가워졌다. 들켰을까 봐 조마조마했다.

"가끔씩 걱정이 되는구나."

"왜요?"

맙소사, 이건 아니다. 이러면 안 되는데. 진짜 아들도 아닌데 이렇게 진심을 담은 모자간 대화를 하게 되다니.

"항상 너무 혼자인 것 같아서……. 우리 세 식구가 함께 보낼 수 있는 시간을 더 만들어봐야겠어."

"그럼 좋겠네요."

"학교는 어때?"

"괜찮아요."

내가 칩을 입에 쑤셔 넣으며 대답했다.

"베니……."

"네?"

"자주는 못 보지만, 아빠도 너랑 같이 시간을 보내려고 많이 노력하고 있단다. 이해하지, 베니? 축구선수는 언제 어떻게 은퇴하게 될지 몰라. 중간에 갑자기 부상을 입을 수도 있고. 그래서 그전에 돈을 벌어놓으려는 거야, 아빠는. 지금은 정상 자리에 있지만 그것도 몇 년 안 남았으니까."

"알아요. 괜찮아요."

"정말이니?"

그렇다고 대답하려는 참에 문득, 솔직하게 대답 못 할 마음 약한 베니를 위해 조금 더 말해보는 것도 좋겠다는 생각이 들었다.

"괜찮긴 한데요, 엄마, 가끔은 좀 외로워지긴 해요."

"어머나, 베니……."

"친구들도 좀 놀러 올 수 있으면 좋겠고……."

"그래, 그럼 엄마가 바로 약속 잡아줄게. 학교 친구들 말하는 거지?"

"네. 그리고 다른 친구들도요. 인터넷에서 채팅하다가 만난 친구들도 있거든요. 그냥 평범한 애들요."

"음, 그건 좀 더 알아보고 하는 게 좋을 것 같구나. 아무나 초대할 순 없어. 그 아이들은 좀…… 위험할 수 있으니까."

"알아요. 그런데 빌이라고 제가 아는 애가 한 명 있는데요, 걔는 전혀 위험하지 않거든요. 그러니까…… 그렇게 위험하진 않아요. 가끔 초대해도 될까요?"

"생각해볼게."

"정말 괜찮은 애예요."

"나도 그럴 거라고 생각한단다. 일단은 약속을 잡아야 돼."

그때 밖에서 경적 소리가 들렸다.

"조구나. 차가 준비되었나 보다. 이제 가볼게, 베니."

"네, 엄마."

밈시가 작별 인사와 함께 입을 맞추자, 내 얼굴은 또다시 빨갛게 달아올랐다. 다행히 밈시는 눈치채지 못한 것 같았다.

"엄마."

나가려는 밈시 등에 대고 불렀다.

"어?"

"오늘 예뻐요."

"어머, 고마워."

"그리고 전 엄마 노래가 좋아요. 싫어하는 사람이 있다고 해도요."

밈시가 얼굴을 찡그리더니 이내 웃었다.

"고마워, 베니, 우리 아들. 칭찬으로 들을게."

"칭찬 맞아요."

그간 아빠가 밈시의 노래에 퍼부어온 각종 욕을 생각하면 이 정도 칭찬으로는 될 것도 아니었다. 물론 밈시는 그 사실을 모를 테지만, 이미 한번 뱉은 말은 말벌처럼 세상을 떠돌면서 언제든지 그 대상을 쏠 준비를 하기 마련이다.

밈시는 웃음을 띠우고 나한테 키스를 날린 후, 향수 냄새와 명품 옷의 후광만을 남긴 채 식당에서 나갔다. 사실 우리 엄마보다 딱히 더 예쁘지도 않았다. 굳이 다른 게 있다면, 엄마는 동네 체인점에서 옷을 사 입고, 장터 노점에서 액세서리를 고른다는 것 정도일까?

반대로 밈시는 하나에 적어도 50만 파운드는 나갈 다이아몬드와 옷을 걸치고 집 안을 돌아다녔다. 하지만 둘 다 누군가의 엄마였다. 다르거나 유명한 것과 관계없이, 결국에는 누군가의 엄마일 뿐이었다.

저녁을 마친 후 산책을 하러 나갔다. 아직 해가 지지 않아 베니의 자전거를 타고 저택 부지를 신나게 돌아다녔다. 자전거가 있다는 건 정말 신나는 일이었다. 타는 요령은 금방 익힐 수 있었다. 자전거를 타고 한참 동안 마당을 배회하다가 말을 구경하기 위해 마구간에 멈춰 섰다. 한 여자애가 말을 돌보고 있었다. 기억에 따르자면 이 아이는 타니아가 틀림없었다. 외국인이라 영어를 잘하지 못하지만 상관없었다. 잠시 동안 말 빗질하는 걸 돕고 나서 다시 자전거를 타고 집으로 돌아왔다. 하늘이 금방 어두워진 바람에 돌아오는 길에는 전조등을 켜야 했다.

 자전거를 차고에 세우고 자동차 구경을 했다. 비싸고 커다란 리무진부터, 그것보다 더 비싸고 작은 스포츠카까지 열두 대도 넘는 것 같았다. 포르쉐, 페라리, 재규어 등 없는 게 없었다. 저걸 언제 다 몰고 다니는 걸까 궁금했다.

 집에 돌아오자 앨리스가 핫초코를 만들어줬다. 핫초코와 과자 접시를 들고 방에 올라가서 커다란 텔레비전 앞에 앉아 방송을 봤다. 그래, 이런 게 사는 거지.

 사실 잘 몰랐다. 사는 거긴 하지. 나와는 좀 다르게. 하지만 정말 '삶'이라고 정의할 수는 있을까? 그래도 기분 전환 삼기에는 괜찮은 변화였다.

 〈심슨네 가족들〉 한 편을 본 후 이를 닦고 자야겠다고 생각했다. 이 모든 걸 나 혼자 누린다는 게 부담스럽고 어질어질했다. 당장이라도 어디선가 엘비스 형이 나타나 나한테 수건을 휘두를 것 같았다. 물론 그럴 일은 없었다.

잘 준비를 마치고 베니의 잠옷을 꺼내 입었다. 잠옷만 해도 한두 개가 아니었다. 누워서 천장을 올려다보니 한참 멀리 떨어져 있었다. 갑자기 벌떡 일어난다 해도 머리 박을 일은 결코 없었다.

갑자기 베니는 우리 집에서 잘 버티고 있는지, 엘비스 형의 동생으로서 안전하게 생존해 있는지 궁금해졌다.

난 잠옷이 두 벌밖에 없는데. 새걸 꺼내 입으라고 말해줬으니 내가 입던 걸 입지는 않을 거다. 옆에서 엘비스 형이 '세상에, 세상에. 지금 잠옷을 갈아입는 거야? 어울리지 않게 깔끔 떨고 앉았네. 이러다가는 아예 샤워까지 하겠다?' 하고 시비를 거는 모습이 떠올랐다.

나라면 '형이 어떻게 감히 샤워라는 단어를 입에 올려? 차라리 소똥이 형보다 더 깨끗하겠다', 이렇게 대답해줄 텐데.

과연 베니가 견딜 수 있을까? 맞설 용기를 낼 수 있을까? 정말 죽지 않고 다시 돌아올 수 있을까? 형이 조금만 살살 괴롭히기를 바랐다. 안 그랬다가는 아침에 반쯤 미친 상태로 천장에 머리를 박고 있는 베니를 보게 될지도 몰랐다.

문득, 베니가 벌써 소식을 보냈을 수도 있다는 생각이 들었다. 침대에서 나와 컴퓨터를 켜고 인터넷으로 들어갔다. 로그인 창에 이메일 계정과 비밀번호를 치고 엔터를 눌렀다.

그럼 그렇지, 벌써 이메일 하나가 도착해 있었다. 발신인은 베니 스핑크스였다.

## 거지가 된 왕자

안녕, 빌.

우리 집은 좀 어때?

이쪽은 작은 문제가 하나 생겼어.

난 지금 네 컴퓨터로 메일을 쓰고 있어.

그리고 바닥엔 네 형이 기절해 있고.

죽은 건 아니니까, 너무 걱정하지 않아도 돼.

어쩔 수 없이 기절시킨 건데, 금방 일어날 거야. 한 20분쯤 후에? 호신술 수업에서 배운 특별 기술을 써봤어. 혹시 모를 때를 대비해서 엄마 아빠가 호신술 수업도 듣게 했거든.

너도 형이 시비 걸 때 보통 이런 식으로 대응해? 아니라면 추천해줄게. 네 형이랑 같은 방에 살려면, 정말 좀 피곤할 것 같다.

그것 말고는 모든 게 계획대로 됐어. 바꿔치기를 하고서 난 버스를 타고 너희 집으로 왔어.

믿겨? 내가 버스를 타다니! 그것도 나 혼자서! 태어나서 처음이야. 이런 건 타본 적이 없어. 타면서 요금 내는 버스는 정말 처음이야. 진짜 대단하지 않아? 넌 정말 행운아인 줄 알아. 맨날 버스도 마음대로 탈 수 있고.

빗속에서 30분 동안 다음 버스 기다려보고도 그런 소리가 나오는지 보자.

도착하니까 솔직히 말해서 좀 긴장됐어. 네가 말해준 것처럼 뒷길로 가서 부엌문으로 들어가려는데, 진짜 그 순간에는 뒤돌아서 도망치고 싶었다니까.
바로 전화해서 그만두자고 할 뻔했어. 뭐, 어차피 넌 나로서의 하루를 벌써 시작했으니 소용없었을 테지만.
어쨌든, 용기를 내서 안으로 들어갔지.
너희 엄마가 동생하고 장을 봐 오신 모양이더라고. 식탁에 각종 채소랑 음식 재료들이 널려 있었어.
있지, 빌, 악의 담긴 말은 절대 아닌데, 부엌이 정말 작아 보였어. 내 말은, 정말 괜찮은 부엌이고 나도 진짜 마음에 들었는데, 그냥 우리 집하고 비교했을 때 꼭 무슨 축소판 같았어. 장난감 집처럼. 기분 상하지 않았으면 해. 정말 악의를 갖고 한 말은 아니니까.

어쨌든 난 들어가서 "다녀왔어요" 이랬지. 목소리를 너처럼 내려고 했는데 잘 안 된 것 같아. 동생은 얼굴을 찡그리고 너희 엄마는 나한테 어디 아프냐고 물어보시더라고.

목이 쉬었다고 대답했어. 그랬더니 화장실에 있는 무슨 약 같은 걸로 입을 헹구라고 하시길래, 나중에 그러겠다고 말했어.

그러고서 위층에 올라가려고 하는데, 이번에는 정말 이상한 표정으로 나를 쳐다보시는 거야. 뭔가 엄청 놀란 표정? 아니, 충격이라고 하는 게 더 맞겠다. 그러고서야 기억이 났지. 집에 오면 비스킷 통부터 찾는다며. 완전히 까먹은 거야! 뒤늦게 수습하면서 "아, 맞다. 내 비스킷" 하고 다시 부엌으로 돌아왔어.

너희 어머니가 그러시는 거야.

"그래, 빌. 무슨 독감이라도 심하게 걸린 줄 알았네."

그런데 더 끔찍한 일이 생겨버렸어. 비스킷 통이 어디 있는지 새까맣게 잊어버린 거야!

한참 동안 동생하고 어머니의 눈길을 받으면서 무슨 말뚝같이 가만히 서 있었어.

남은 건 한 가지 방법밖에 없었지. 도 아니면 모.

그래서 난 눈에 보이는 찬장 문을 아무거나 하나 열었어.

"빌, 청소함은 왜 열어?"

난 최대한 자연스럽게 대답했지.

"장난이에요, 하하."

하여튼 그 문을 닫고 옆의 또 다른 찬장을 열어봤어. 설비실이

더라고.

"어지럽게 그만 좀 돌아다녀."

너희 어머니가 보다 못해 일어나서 오른쪽 찬장에서 비스킷 통을 꺼내주셨어. 그래서 두어 개 집어서 얼른 다시 계단을 올라갔지. 의심스럽단 눈총을 한 몸에 받으면서. 진짜 그 시선이 얼마나 따가웠으면, 순간적으로 내가 네가 아니라는 걸 그냥 불어버릴까 했었어. 부담하고 긴장감이 정말 말도 아니었다니까. 그런데 방에 올라와서 혼자 있으니까, 또 버틸 만하더라고.

사실 집에서는 대부분 혼자 시간을 보내거든. 그래서 나 말고 다른 사람이 같은 공간 안에 있으면, 별일 아니라도 괜히 불편하고 부담스럽고 그래.

네 방은…… 음, 괜찮아. 괜찮긴 한데 좀 좁은 것 같더라. 혼자 써도 좁을 텐데 형이랑 같이 쓴다니……. 게다가 이층 침대에서 자기까지 하잖아! 천장에 커다란 홈 나 있는 거 봤어? 일어날 때 실수로 머리를 부딪힌 그 충격이 몇 년 동안 쌓여서 파인 것 같던데. 모를 수도 있을 테지만, 어쨌든 정말 큰 자국이 하나 있으니까 집에 오면 꼭 봐봐. 한눈에 딱 보일 테니까. 진심으로.

어쨌든. 우선 앉아서 비스킷을 먹으면서 수학 숙제부터 했어. 나름 열심히 했으니까 점수도 웬만큼 괜찮게 나올 거야. 답 쓸 때도 너랑 글씨체 최대한 비슷하게 했으니까 걱정 마. 스페인어는 들여다보지도 않았어. 봐봤자 시간 낭비일 것 같아서.

어쨌든, 그렇게 수학 숙제 다 끝내고 뿌듯한 기분으로 비스킷 먹으면서 네가 된 기분을 한껏 즐기고 있는데, 갑자기 아래층에서 쾅 하고 문 닫히는 소리가 들리더니 엄청나게 육중한 발소리가 뚜벅뚜벅 다가오는 거야. '뭐지?' 하고 생각하기도 전에 엘비스 형이 발로 방문을 차면서 들어왔어.

그러고선 나한테 뭐라고 했는지 알아?

"뭐 하냐, 돼지 새끼야? 어르신이 들어오셨으면 나와서 인사를 해야지."

도대체 무슨 의미로 한 말인 것 같아, 저게? 정말 뜬금없지? 게다가 '돼지 새끼'라니, 좀 심한 거 아니야? 진짜, 저런 형하고 같이 살아가는 네 인내심에 박수라도 쳐주고 싶은 심정이었어.

하여튼, 형이 이상한 소리를 할 때는 반격해야 한다는 네 말이 떠오르길래, 무슨 괴물이라도 본 것처럼 얼굴을 찌푸리면서 "꺼져, 멍청아. 나가는 길에 창문이나 열어. 형 때문에 질식할 것 같애" 하고 말했어.

너라면 더 유창하게 말했을 테지만 나로선 많이 노력한 거야. 난 이런 경험이 처음이기도 하고.

그런데 더 신기한 건, 형이 별다른 반응을 안 보이더라? 내 말을 완전히 무시했어. 그냥 셔츠를 갈아입더니, 벗은 걸 땅바닥에 내던지면서 "저거 빨래 통에나 갖다 놔, 새끼야" 이러더라. 그래서 난 "형이 알아서 해. 내가 네 종이냐?" 이렇게 대답했어. 그랬더니 형이 "다시 돌아올 때까지 이 상태기만 해봐. 죽을 줄 알아" 이러는 거야. 그래서 이번엔 "형이나 옷 입다가 질식해서 죽어버려라" 하고 말했어.

그러고서 형은 그냥 나가버렸어. 내가 네가 아닐 거라 의심하는 기색은 전혀 없었어. 그러니까 내가 진짜 빌 해리스가 아닐 거라 의심하는....... 무슨 말인지 알지?

너인 척하고 네 집에 들어와 있는데, 이상하게도 가족들 사이에 끼어 있는 게 하나도 어색하지가 않아. 적응하기까지 시간이 좀 걸리긴 했어. 우리 집에 있는 사람들은 가족보다는 가정부나 직원이 대부분이잖아. 보통 조용한 데다 집이 넓어서 있는지도 잘 모르겠단 말이지. 그런데 여기는 꼭 전쟁이라도 난 것처럼 집 안이 항상 북적대니까.

저녁 먹을 일이 가장 걱정이었거든? 차분히 앉아서 먹다 보면 가족들이 이상한 점을 눈치챌 수도 있으니까. 그런데 막상 저녁 때가 되니까, 다들 나보다는 먹는 데 더 집중을 하더라고. 아, 메뉴는 생선 튀김이었어. 우리도 화요일에 그거 먹는데. 케빈 형은 원래 말을 그렇게 안 해? 꾸역꾸역 먹더니 바로 자리에서 일어서더라. 엘비스 형은 어머니 눈을 피해서 내 칩을 몰래몰래 슬쩍해 대고. 참, 네가 알고 있는지는 모르겠는데, 네 여동생이 숟가락으로 계속 다른 사람들 머리를 때리더라. 처음에는 상관없었는데, 계속 맞으니까 조금 짜증 났어.

저녁은 괜찮았는데, 문제는 후식 먹을 때 생겼어. 초콜릿에 땅콩이 버무려진 아이스크림이었거든.

내가 제일 좋아하는 건데. 저 메뉴를 놓쳐버리다니! 화요일에는 보통 딸기 요거트인데? 진즉에 알았다면 바꿔치기 날짜를 나중으로 미뤘을 거다.

알레르기 때문에 감히 손도 못 댔어. 그래서 어쩔 수 없이 "배불러요. 더 못 먹겠어요" 하고 말았지. 그랬더니 가족들이 다 깜짝 놀란 표정으로 나를 보더라.

그럴 수밖에.

엘비스 형마저도 놀란 모양이었어.

설마 그걸 형한테 준 건 아니겠지?

결국 형하고 여동생한테 반씩 나눠줬지.

다행이다. 적어도 다 주진 않았네. 저런 돼지한테 땅콩 초코 아이스크림을 모두 주는 건 말도 안 되지.

차를 마신 다음에는 거실에 모여 앉아서 잠깐 텔레비전을 봤는데, 마침 엄마가 나와서 새 앨범에 수록된 최신 곡을 불렀어. 그런데 너희 아버지가 우리 엄마를 별로 좋아하시지 않나 봐. 차라리 동물원에서 울부짖는 늑대 소리가 낫다고 하셨어.

맙소사! 아빠, 제발. 미안해, 베니.

아무리 생각해봐도 그건 좀 아닌 거야. 그래서 아니라고 반박을 했거든. 그랬더니 나를 보고 이비인후과에 가서 진찰을 받아 보는 게 좋겠다고 하셨어. 청각에 장애가 있다면서.

어쨌든, 진짜 문제는 자러 들어갔을 때 생겼어. 네 잠옷을 입고 (네가 알려준 대로) 이층 침대에 누워서 책을 읽고 있는데 엘비스 형이 들어왔어. 아래에서 잡지를 읽더니, 갑자기 발로 매트리스를 뻥뻥 차는 거야. 정말 짜증 났는데, 최대한 정중하게 그만하라고 부탁했는데도 내 말은 들은 척도 안 했어. 오히려 더 세게 차더라고. 두 번째로 부탁했을 때도 무시당했어. 세 번째로 말하니까 그제야 대답을 하긴 했는데, 내킬 때 멈추겠다는 거야. 이러면 내가 대체 어떻게 해야 돼?

공평하게 조금 경고를 해주는 게 좋겠다 싶어서, 당장 그만두지 않으면 형 몰래 수련해온 비밀 권법으로 기절시켜 버리겠다고 했어. 그랬더니 "얼씨구, 퍽이나" 이러면서 "무슨 허접한 권법이길래? 굴러다니는 벌레 하나 못 기절시키는 새끼가"라던가? 하여튼 그런 식으로 말을 했어.

그러면서 또 매트리스를 차더라고. 그때는 진짜 화가 났어. 그래서 아래로 내려가서 피실피실 비웃고 있는 형을 그 자리에서 기절시켰어. 이제 슬슬 깨는 것 같아. 컴퓨터를 꺼야겠어. 여기 상황이랑 여태까지는 성공적으로 진행되고 있다는 사실을 보고하려고 메일 보내는 거야. 너도 잘하고 있을 거라고 믿어. 내일 4시 40분에 또 보자. 다음번에 바꿔치기할 때는 한 3, 4일 해봐도 좋을 것 같아. 아니면 아예 일주일을 통째로 바꿔 살거나. 내 방이 마음에 들었으면 좋겠다. 내일 봐. 이제 정말 가야 돼. 금붕어랑 도마뱀 밥 주는 거 잊지 마. 엘비스 형이 깨어나고 있어.

베니(일명 빌).

 솔직히 말해서 좀 충격이었다. 베니 스핑크스가, 호화롭고 사치스러운 삶을 사는 부잣집 도련님이, 그 대단한 엘비스 형을 쓰러트리다니. 내가 몇 년 동안 실패만 해온 일을 단 하루 만에 이뤄냈다. 형은 아마 자기가 기절했는지도 모르고 있을 거다.
 나도 그런 특별 호신술을 한번 배워보고 싶었다. 물론 돈이 어마어마하게 들 테니 말도 안 되는 소리다. 혼자서 익힌 간단한 조르기나 펀치로 만족해야 할 것 같았다. 사실, 자기 자신만큼 좋은 스승도 없는 법이다. 나처럼 나 자신 말고는 아무것도 없을 경우가 좀 문제이긴 하지만.
 그때 누군가가 방문을 두드렸다.
 "베니⋯⋯."
 앨리스 목소리였다.
 "불이 켜져 있길래. 벌써 잘 시간 지났어. 너 자는지 확인해달라고 하셨어."

"아, 알았어요. 물고기 밥만 주고 바로 잘게요."

"그래, 잘 자렴."

"네."

나는 메일을 닫고 금붕어와 도마뱀에게 밥을 준 후 불을 껐다. 방은 온통 캄캄했다. 창밖을 바라봤다. 바람에 흔들리는 나뭇잎 소리 말고는 정말 고요 그 자체였다. 차, 사이렌, 헬리콥터, 폭주족, 술집에서 노래하는 주정꾼 소리 같은 건 찾아볼 수도 없었다. 집하고는 완전히 다른 분위기였다. 그 도시의 소음들 속에서 베니가 잘 잘 수 있을지가 의문이었다.

침대에 막 누우려고 하는데 휴대폰이 진동했다. 새로 도착한 문자를 확인했다.

**네 형 코골이 미침.**

대충 '네 형이 코고는 것 때문에 미치겠어'란 뜻인 것 같았다. 뭐, 별일도 아니네.

**어떻게 해?**

곧바로 답장을 보냈다.

베개 밑에 귀마개.

특별한 권법으로 형을 한 번 더 기절시키는 방법도 있었지만, 코를 곤다면 이미 자는 모양이니 소용이 없을 것 같았다.

나는 넓은 방 안의 넓은 침대 위에 누워 오늘 있었던 일을 다시 되짚어봤다. 하루 종일 난 베니 스핑크스의 삶을 제대로 누릴 수 있었다. 자전거, 수영장, 밈시 토시를 엄마로 만난 것, 기사가 모는 리무진, 마구간과 옷장에 있는 잡동사니들까지.

내일 베니 아빠가 아침 비행기로 일찍 돌아온다면, 어쩌면 데리 스핑크스까지 보게 될지도 몰랐다. 유명하고 돈 많은 세계 최고 축구선수를 직접 만나는 거다. 그러고는 고급 사립학교에 등교해서 고급 친구들과 함께 고급 점심을 즐기고 고급 수업을 듣겠지.

그런데…….

이상하게 왠지…… 어딘가 실망스러웠다. 뭔가를 놓친 듯한 아쉬운 기분이 들었다. 사치스럽고 호화롭다는 것 빼고는 내 본래 삶과 별다른 점이 없지 않은가. 어떻게 이럴 수가 있지? 유명하고 대단한 베니의 생활이! 난, 거기에 대면 아무것도 아니었다. 그냥 베니 스핑크스 짝퉁, 다른 사람을 닮았다는 걸로 인기몰이를 하는 사기꾼일 뿐이었다.

나는 베개를 베고 누웠다. 크고 푹신푹신한 베개였다. 아마 진짜 깃털을 채웠을 거다. 천장도 한참 높은 곳에 있어서 머리를 박을 일이 없었다. 이 넓은 공간과 고요는 완벽한 부의 상징이었다. 정말 좋지 아니한가!

그런데도…….

뭔가가, 알 수 없는 뭔가가 허전했다. 편히 잠들 수가 없었다. 한참을 뒤척이던 나는 그제야 그 이유를 깨달았다.

나는…….

비웃지 마시길.

나는…….

엘비스 형을 그리워하고 있었다.

귀를 아무리 세게 틀어막아도 들려오던 단조로운 코골이. 어느새 그게 자장가처럼 바뀌어버리고 말았다. 형이 뒤척일 때마다 삐걱거리던 침대도 그리웠다.

불을 끄기 전에 "잘 자라, 돼지 새끼" 하고 말하는 형의 목소리가 듣고 싶었다. "형이나. 그리고 입 좀 다물고 자. 그 안에 구더기 꼬인다" 하고 대꾸할 수 없다는 사실도 슬펐다. 형이 "귀마개 말고 코르크로 똥구멍이나 제대로 막고 주무시지. 밤새 코가 썩는다" 하면 내가 "형 거는 코르크로 못 막잖아. 커다란 바가지나 가져와야 겨우 막을까 말까잖아" 하고 반박하곤 했는데.

그러면 늘 형은 매트리스를 차댔지.

정말 묘한 기분이었다. 집에 있을 때는 방 좀 혼자 쓰게 엘비스 형이 증발해버리기만 그렇게 바랐는데, 소원대로 이 넓은 공간을 나 혼자 쓰게 되니까 웬걸, 오히려 더 슬펐다.

형이 없으니 정말 쓸쓸했다.

웃기지 않은가? 아니, 내가 형을 그리워하게 될 줄 상상이나 했겠냐는 말이다.

가끔씩은 가장 바라던 걸 가지는 게 아예 갖지 못했을 때보다 더 끔찍하다고 생각한다. 대부분이 기대에 못 미치기 때문에.

항상 그렇듯 결국에는 피로가 이런저런 잡념들을 모두 이겼다. 어쨌든 참 길고 재미있는 하루였다. 결국에는 해낸 거야!

그래, 해냈다는 사실이 중요하다. 나와 베니가 직접 계획해서 실행했다. 희대의 바꿔치기 대작전을 성공적으로 끝낸 거다. 주위 사람을 감쪽같이 속였고, 이 사실을 아직 아무도 모르고 있다.

내일 학교에 가서 친구들까지 완벽하게 속이는 모습을 상상했다. 늙어서 손자들에게 두고두고 이야기해줄 만한 모험담이다. 그때쯤이면 이 엄청난 바꿔치기를 마침내 폭로할 수 있겠지.

그런 생각을 하니 기분이 한결 나아졌다. 나는 곧바로 잠이 들었다.

다음 날, 누군가 문 두드리는 소리에 잠에서 깼다.

"일어날 시간이야, 베니. 벌써 알람 울렸어."

순간적으로 내가 왜 이곳에 와 있는지 기억하지 못했다. 하지만 곧 정신을 차리고 소리쳤다.

"일어났어요. 내려갈게요. 고마워요, 앨리스."

하루가 또 이렇게 시작되는구나.

나의 하루. 이 세상에 단 하나뿐인 베니 스핑크스의 하루.

나는 거대한 욕실의 거대한 욕조 안에서 몸을 씻은 후 거울을 보며 베니 스핑크스처럼 머리를 다시 세웠다. 그러고는 옷을 갈아입고 가방 안에 베니의 책을 챙겼다.

앨리스가 아래층에서 외쳤다.

"베니, 오늘 경기야! 안 잊었지?"

"네, 고마워요."

나는 방구석에 놓인 스포츠 가방을 집어다가 안을 들여다봤다. 체육 도구랑 신발이 들어 있는 걸로 봐서 가져가는 게 맞는 것 같았다. 나는 가방 두 개를 양쪽 어깨에 메고 아침을 먹으러 부엌으로 내려갔다. 나가는 길에 마지막으로 베니의 넓은 방과 물건들을 돌아봤다.

베니, 하루 동안 너로 살면서 정말 재미있었어. 그런데 너희 집이 아무리 돈이 많고 부자라도, 난 아무래도 우리 집이 더 좋은 것 같아. 가끔씩 천장에 머리를 박긴 해도, 나한테는 거기가 더 익숙하고 친근해.

나는 문을 닫고 넓고 호화로운 계단을 따라 아래로 내려갔다.

그때까지만 해도 몇 시간 뒤에는 빌 해리스로 돌아갈 수 있을 거라 생각했다. 하지만 그건 내 착각이었다.

나는 꽤 오랫동안 베니 스핑크스로 남아 있게 될 운명이었다.

## 러니아어 수업

드넓은 부엌에 앉아 시리얼 한 그릇을 먹었다.

앨리스가 들어와 토스트를 만들어줬다. 밈시 토시는 아직 잔다고 했다. 밤늦게 돌아와서 아침잠이 필요할 거라고 덧붙였다.

"평소대로 해줄까?"

토스터에서 식빵이 나오자 앨리스가 물었다.

"네."

베니가 '평소'에 먹는 토스트는 마마이트(영국식 소스 - 옮긴이)를 바른 식빵이었다. 내 '평소'는 아니었지만, 그럭저럭 괜찮았다.

내가 컵에 오렌지 주스를 따르자 앨리스가 이상하다는 표정으로 나를 쳐다봤다.

"오늘은 오렌지 주스 마셔?"

나도 그랬을 테지만, 베니가 목록에서 몇 가지를 빼먹고 쓰지 않은 것이 분명했다. 오렌지 주스를 안 마신다는 건 처음 듣는 소리였다.

"어…… 새로운 시도를 해볼까 해서요."

"저기 사과 주스도 있어."

"아, 그럼 그냥 사과 주스를 먹어야겠다."

나는 앨리스가 가져다준 사과 주스를 따라 마셨다.

그때 경호원 토니가 신문을 읽으며 부엌으로 들어왔다. 아마 아침이 되면서 스티브와 교대를 한 듯했다.

"좋은 아침, 베니."

"안녕하세요."

"이겼어."

"이겼어요?"

"3대 1. 아빠가 두 골이나 넣었어."

"우와!"

"준비 다 됐니?"

"거의요."

"5분 후면 아빠가 돌아오실 거야. 조가 공항으로 마중하러 나갔거든."

"알았어요."

토니는 밖으로 나가고, 나는 빈 접시를 싱크대에 가져다 놓았다. 앨리스가 또다시 나를 보며 알쏭달쏭한 표정을 지었다.

"어머, 고마워, 베니. 내가 하면 되는데."

아예 웨이터가 하나 붙어 있는 것 같았다. 베니가 우리 집에서까지 그런 걸 바라면 안 될 텐데. 그건 썩 좋은 생각이 아니다. 만약 누군가가 내 접시를 정리해주기만 기다리고 앉아 있다가는, 아예 통째로 정리당하는 수가 있다. 나는 앨리스에게 인사를 한 후 가방을 들고 복도로 나갔다. 높고 고급스러운 창문으로 햇빛이 쏟아져 내렸다. 대리석 바닥을 걸어가고 있는데, 앞문이 열리면서 텔레비전과 신문에서 수백만 번은 본 사람이 내 눈앞에 나타났다.

데리 스핑크스였다.

나도 모르게 사인을 해달라고 할 뻔했다.

"베니……."

끔찍했다. 밈시 토시를 대할 때보다 더 그랬다. 완벽한 사기꾼에 가짜가 된 기분이었다. 내가 진짜 베니가 아니라는 걸 알아챌 것만 같았다.

데리는 아주 피곤해 보였다. 이렇게 일찍 온 걸 보니 가장 빠른 비행기를 탄 모양이었다. 얼굴이 창백하고 힘이 없었다.

"왔어요…… 아빠!"

내가 겨우 말했다.

데리 스핑크스가 아리송한 표정으로 나를 바라봤다.

"목소리가 왜 그래? 조금 달라졌는데."

"쉬어서요. 별거 아니에요."

"오랜만에 얼굴 보니까 좋구나, 베니. 엄마는?"

"아직 주무셔요."

"늦잠 자는구나."

"경기는 잘하셨어요? 아빠가 두 골이나 넣었다고 토니가 말해줬어요."

"어. 조금 정신없는 경기긴 했는데, 어쨌든 이겼어. 녹화했니?"

"토니한테 부탁했어요."

"잘했다, 아들."

데리 스핑크스가 몇 발 더 다가왔다. 바로 앞에 있으니 텔레비전에서 본 것보다 훨씬 컸다. 손으로 내 머리를 헝클어뜨리며 말했다.

"이발 좀 해야겠다, 이 더벅머리."

"아예 싹 다 밀어버릴까요?"

"그래라. 저번에 아빠가 했던 것처럼. 반삭 가보자!"

그 말과 함께 데리 스핑크스는 나를 내려다보며 씨익 웃었다.

"학교는 어떠니, 베니?"

"괜찮아요."

그러자 데리는 몸을 낮추고 나와 눈높이를 맞추었다.

"럭비 문제는 어떻게 됐어? 좀 나아졌니?"

럭비 문제? 그런 소리는 들은 적이 없다. 축구를 못한다고 했지 럭비 얘기는 꺼낸 적도 없는데? 나는 럭비에 대해 아는 게 하나도 없다. 축구보다도 모른다. 태어나서 해본 적조차 없다. 아,

공이 다른 것들처럼 동그랗지 않다는 것쯤은 안다.

"아…… 해결해나가는 중이에요."

내가 둘러댔다. 딱히 뭐라 해야 할지 생각나지 않았다.

"걱정 마. 한 학기만 지나면 종목도 바꿀 수 있을 테니까."

"네, 알았어요. 이제 학교 가봐야 될 것 같……."

"가기 전에 우리 아들 한번 안아보자!"

베니 아빠가 가방을 내려놓고 사랑을 듬뿍 담아 나를 힘껏 껴안았다.

숨이 막힐 정도였는데, 다행히 금방 놔주었다. 다시 한 번 머리를 헝클어뜨리며 씩 웃고 나서 데리가 말했다.

"그럼 가봐라. 이따 보자."

"다녀오겠습니다…… 아빠."

나는 잽싸게 달려 나갔다.

그렇게 유명한 사람과 마주하다니! 믿기 힘든 일이었다. 대단한 줄로만 알았던 데리 스핑크스가 평범한 사람들처럼 옷을 입고, 숨 쉬고, 말하고, 가방을 들고 서 있었다. 그것도 내 앞에!

한 번에 감당하기엔 충격이 너무 컸다.

차를 타니 기분이 한결 나아졌다. 아직까진 베니나 나나 순조로웠다. 학교에서는 어떻게 될까?

어쩌면 같이 사는 가족보다 학교에서 만나는 또래들을 속이기가 훨씬 어려울 수도 있다. 서로의 약점 같은 걸 꿰고 있어서, 만약 누군가에게 허술한 부분이 보인다 싶으면 바로 미사일로 돌변

해 목표물로 돌진하곤 하니까.

베니가 친구 두어 명을 들며 경고해줬다. 어째서 '친구'인지는 알 수 없었지만, 말을 들어보니 딱 봐도 치졸하고 비겁한 녀석들 같았다. 제러미 포렛이랑 롤런드 스미스를 특히 조심하라고 당부했다. 그러니까 제아무리 값비싼 고급 사립학교도 일반 학교와 별반 다른 점이 없다는 얘기다. 어디를 가나 말썽을 일으키는 아이들은 꼭 있다.

나는 신사숙녀의 자녀들을 위한 치들홈 사립학교 교문 앞에서 내렸다. 조에게 인사를 하자 조는 어제와 같은 곳에 25분까지 와 있겠다고 했다. 나는 손을 흔들고 진입로를 걸어가는 다른 학생들 사이에 섞여 들었다.

"안녕, 베니!"

"안녕!"

누군지는 몰랐지만 '안녕' 뒤에 이름을 붙이지 않는다고 해서 큰일이 나지는 않는다. 그래도 몇몇 얼굴들은 알아볼 수 있었다. 베니가 미리 학급 사진을 스캔해서 보내줬기 때문이다. 사진에는 이름도 다 적어줬다. 그걸 보고 아이들 이름과 생김새를 대충 외워뒀다. 나도 우리 반 사진을 베니한테 보내줬는데, 비키 펀스에 동그라미를 치고 화살표를 그어 '위험'이라고 표시해놓았다.

"안녕, 베니."

"안녕, 피어스."

피어스란 아이는 머리색을 보고 알아봤다. 터번을 쓰고 다니는 애시원도 쉽게 맞힐 수 있었다. 먼저 인사해보는 것도 나쁘지 않을 거라고 생각했다.

"안녕, 애시원."

"안녕, 베니."

식은 죽 먹기네.

"어, 이게 누구야. 멍청이 스핑크스잖아!"

아, 애네가 제러미 포렛이랑 롤런드 스미스겠구나. 리무진이 온 걸 보고 계속 내 주위를 어슬렁거린 모양이었다.

"남 말 하네."

내가 목소리를 낮게 깔며 말했다.

"야, 스핑크스!"

제러미 포렛이 말했다. 금발인 녀석이다.

"어제 텔레비전에서 그거 니네 아빠 맞지?"

나는 곧바로 이 둘의 문제점을 깨달았다. 질투심이었다. 데리 스핑크스가 유명 인사라는 데 질투를 하는 거였다.

"그게 왜?"

"멀쩡한 직장은 언제 구하신다니? 다 큰 성인 남자가 뭐 하는 짓이냐? 그래, 우리 아빠 말마따나 반바지 입고 운동장이나 뛰어 돌아다니고! 하!"

롤런드 스미스가 빈정댔다.

"어, 알았으니까 너희 아버지는 길거리 청소나 열심히 하시라 그래."

그러자 둘은 입을 떡 벌리며 돌처럼 굳어버렸다.

"너, 뭐라고 그랬냐?"

"귀 막혔냐?"

베니가 왜 별것도 아닌 아이들 때문에 스트레스를 받는지 납득이 갔다. 말발이 부족하기 때문이다. 하지만 엘비스 형과 몇 년을 함께 살아온 나에게, 재치 있는 입담은 생존을 위한 필수품이나 다름없다. 베니도 형하고 며칠만 더 지내면 얘네 상대하는 것쯤은 누워서 떡 먹기일 텐데…….

"우리 아빠가 무슨 청소부라도 된다는 거야?"

롤런드 스미스가 경악하며 말했다.

"난 그런 말 한 적 없는데?"

나는 순진무구한 표정으로 둘을 지나쳐 학교 건물로 향했다.

예상대로 제러미와 롤런드는 아무 반응도 하지 못하고 얼어붙어 있었다. 한참 동안 그렇게 충격에서 헤어나지 못하더니, 뒤쪽에서 제러미 목소리가 어렴풋이 들려왔다.

"지가 뭐 잘났다고 저래?"

그 순간만큼은 정말 베니 스핑크스가 된 기분이었다.

나는 아이들을 따라 학교 안으로 들어갔다. 교실과 자리는 매일을 보고 익혀둬서 찾는 데 아무 문제도 없었다. 가방을 두고 아침 조회를 하러 강당으로 갔다. 우리 학교와는 비교도 안 되게 으리으리했다. 지붕에서 물이 샐 때 받쳐놓는 양동이 따위는 하나도 없었다.

그래도 역시 아침 조회는 아침 조회일 뿐이었다. 아마 학교 조회를 처음 개발한 사람은 떼돈을 벌었지 싶다. 모든 학교가 똑같은 양식을 가져다 사용하니까.

새 소식, 애국가와 교가 제창, 기도 조금, '항상 열심히 최선을 다합시다', '화단을 밟지 맙시다', 특별 공지사항. 그러고 나서 교실로 들어가 수업을 시작했다.

그때부터가 악몽이었다.

첫 시간이 러시아어 수업이라는 사실은 듣지 못했다. 베니는 굳이 일러줄 필요가 없다고 생각했을지 모르지만, 난 러시아어를 단 한 마디도 몰랐다. 게다가 숙제까지 안 했는데.

선생님한테 죄송하지만 집에 숙제를 두고 왔으니 내일 다시 제출하면 안 되겠냐고 물었다.

"그러렴, 베니. 이번 한 번뿐이다. 자, 그럼 방금 한 말을 다시 한 번 해봐. 대신 러시아어로."

아마 얼굴이 잘 익은 사과처럼 새빨갛게 달아올랐을 거다.

"어……"

모든 시선이 내게로 쏠렸다.

"해봐, 베니. 평상시에도 잘하잖아."

윈위드 선생님이 말했다.

"어…… 죄, 죄송합니다스키. 제가…… 제가 까먹어스키, 숙제스키, 그래서 가, 가져오겠스키…… 내일스키."

윈위드 선생님의 입이 벽난로처럼 쩍 벌어졌다. 안에 석탄을

퍼 넣어도 될 정도였다.

"뭐 하는 거니, 베니? 지금 장난치는 거야?"

형편없다는 건 나도 알고 있었다. 진짜 베니였다면, 정말 형편없는 거겠지.

"아침부터 정말 예의 없고 버릇없는 행동이구나. 벌점이다. 벌점 두 번만 더 받으면 그때는 나머지 공부야!"

나는 반성하는 표정을 지으려 노력하며 고개를 숙였다. 옆에서 제러미 포렛과 롤런드 스미스가 소리를 죽이고 히죽히죽 웃는 게 보였다.

윈위드 선생님이 벌점 카드를 작성해 나한테 내밀었다.

"이제 모두 교과서 꺼내세요. 베니, 그것도 안 가져왔다면 옆에 러티샤와 같이 봐라. 오늘 수업에서 단 한 마디라도 꺼내면 그때는 모두 벌점이에요. 책 보고 수업에 집중하세요."

더 이상 말을 하지 말라니 다행이었다. 하지만 내내 이해할 수 없는 외계 언어 같은 걸 듣고 있자니, 45분이 그렇게 지루하고 길 수가 없었다.

수업 도중에, 갑자기 양심의 가책을 느꼈다. 베니가 스페인어를 하나도 모른다는 사실이 떠올랐기 때문이다. 그런데 스페인어 수업이 러시아어와 마찬가지로 수요일 1교시라고 일러두는 걸 깜박 잊어버렸다. 내일 학교에 가면 나머지 공부를 하게 될까? 뭐, 어차피 벌써 여러 번 받아본 벌이다.

## '터치다운'

아무도 나를 데려가려 하지 않았다.
믿을 수 없었다.
예전과 똑같았다.
한 가지 다른 점이라면 여기가 신사숙녀의 자녀들을 위한 치들홈 사립학교 운동장이라는 것 정도? 양쪽 팀 주장은 하나같이 나를, 베니 스핑크스를 피했다.
나는 지지리도 못하는 아이들, 여름에 다이어트 캠프에 다녀왔을 법한 아이들, 우유병만큼 두꺼운 안경을 쓴 아이들과 불면 날아갈 것 같은 아이들 틈에 끼어 멍하니 서 있었다. 이 정도일 줄은 몰랐다. 아마 베니는 귀띔해주는 걸 잊어버렸거나, 아니면 부끄러워서 차마 말을 꺼내지 못했나 보다.
우리나라에서 가장 잘나가는 축구선수의 아들 베니 스핑크스가 팀원 고를 때 기피 대상이라니! 물론 종목이 럭비이긴 했지만 어쨌든 놀라지 않을 수 없었다.

"그럼 우리는 코린 데려갈게."

코린은 내 뒤에 서 있던 아이다. 흘끗 쳐다보니 럭비 장비를 갖춰 입은 새끼 코뿔소 한 마리가 서 있었다. 코린은 이름이 불린 쪽으로 걸어갔다. 그 애 바지 뒷주머니에는 크림빵 같은 것이 들어 있었다. 배고플 때 꺼내 먹을 비상식량인 모양이었다. 코린 다음으로는 페리그린이 뽑혀 갔는데, 성냥개비가 영양실조에 걸리면 꼭 그럴 것 같은 모양새였다.

운동장 반대쪽에서는 여자애들이 하키 경기에 앞서 간단히 몸을 풀고 있었다. 쟤네는 나를 받아줄까? 안 받아주겠지. 남자아이들보다 더하면 더했지 덜하지는 않을 거다.

"이번엔 라이어넬이네, 그럼."

라이어넬이 발걸음을 옮겼다. 렌즈 한쪽을 잃어버려서 한 눈을 감고 있었다. 걷는 품새가 금방이라도 휘청거릴 것같이 불안했다.

이제 남은 건 나와 루퍼트라는 아이뿐이었다. 루퍼트는 〈정글북〉에 나오는 곰을 닮았다. 어깨는 좁고 배는 커다란 게, 팔도 기름해서 고릴라 같아 보이기도 했다.

이제야 뽑힐 수 있겠군. 설마 마지막까지 남겠어. 아무리 그래도 표주박처럼 생긴 고릴라보다는 베니 스핑크스가 낫지.

"루퍼트!"

루퍼트가 길게 늘어진 팔로 잔디를 쓸며 어기적어기적 팀원들이 있는 쪽으로 걸어갔다.

"그래, 그럼 스핑크스는 청팀. 남았으니까 어쩔 수 없지?"

내가 청팀으로 자리를 옮기자 홍팀 아이들은 마음이 놓인다는 표정을 지었다. 반대로 우리 팀 아이들은 사형선고라도 받은 사람처럼 고개를 저으며 한숨을 푹푹 내쉬었다.

"이번 판은 벌써 졌다."

누군가가 투덜거렸다.

뭐야, 베니 이 자식, 그냥 못하는 수준이 아닌가 보네. 완전 끔찍한 모양인데?

"좋아, 빨리 몸 풀고 바로 시작하자."

체육 담당 디빅 선생님이 말했다. 여러 마디 말보다는 역시 호루라기 한 방이 가장 효과가 컸다.

학생들은 서로 공을 주고받으며 운동장을 돌아다녔다. 내 쪽으로 던지지 않으려고 안간힘을 쓰는 게 눈에 보였다. 하지만 차례가 돌아가다 보니 결국에는 나한테 공이 오고 말았다.

"이번에는 떨어뜨리지 마, 스핑크스!"

이걸 대체 어떻게 떨어뜨린다는 거지? 크기가 작은 것도 아닌데. 나는 공을 받아 옆으로 패스했다. 오히려 내 패스를 받은 아이가 깜짝 놀라며 공을 놓치고 말았다.

그 아이가 호들갑을 떨었다.

"미쳤어. 스핑크스가 공을 잡았어! 이건 기적이야!"

기적? 누워서 떡 먹기였다. 럭비는 처음 해보지만, 뭐가 어렵다는 건지 이해가 되지 않았다. 글쎄, 손으로 공을 잡을 수 있는데 왜!

축구를 할 때마다 그런 충동에 휩싸이곤 했다. 아무리 똑바로 차려고 해도 공은 늘 원하지 않는 방향으로 굴러갔다. 이걸 들고서 골대까지 달릴 수만 있으면 얼마나 좋을까 하는 생각을 한두 번 한 게 아니다. 하지만 공에 손을 댈 때마다 심판은 호루라기를 불며 상대 팀에게 프리킥을 선언했다.

"좋아! 이제 시작한다!"

나는 가장 뒤쪽 줄에 배치되었다. 여기 있으면 적어도 피해는 안 끼칠 거라고 생각하는 모양이지.

호루라기 소리와 함께 전반전이 시작되었다. 청팀 대 홍팀.

럭비는 축구와 다르게 폭력성이 적당량 가미된 스포츠였다. 축구에서는 심판이 안 볼 때 몰래 다른 선수를 괴롭히는 게 고작인데, 럭비는 심판이 보든 안 보든 상관없었다. 공만 뺏을 수 있다면 다리를 잡고 늘어지든 발을 걸어 넘어뜨리든, 무엇이든 마음대로 할 수 있었다.

내가 늘 하고 싶었던 것들이다. 축구를 할 때는 아무리 공을 빼앗아보려 해도 소용없었다. 아이들 다리가 너무 빠르고 동작도 능숙했다. '그냥 넘어뜨리거나 밀쳐버리면 공을 빼앗을 수 있는데…….' 항상 그런 생각을 했다.

내 눈에는 럭비라는 게 꽤 괜찮아 보였다. 공을 손으로 주울 수도 있고 다른 선수들을 때리고 밀어버릴 수도 있었다.

이거 완전히 나를 위한 스포츠잖아! 딱 내 타입이야!

"스핑크스! 정신 차리고 공 받아!"

나는 골대 근처에 홀로 서 있었다. 어느 쪽에서 오는 건지, 누가 던진 건지도 몰랐지만 일단 손을 내밀어 공을 받았다. 그러고는 이제 뭘 해야 하나 알 수가 없어서 그냥 가만히 서 있었다.

그때, 100명은 돼 보이는 아이들이 황소 떼처럼 우르르 달려왔다. 홍팀 전부가 나를 향해 전속력으로 달려들었다.

"뛰어, 스핑크스! 뛰어!"

더 생각할 틈도 없었다. 뛰었다. 전에도 말했지만, 난 일직선으로 달리는 데 소질이 있다. 그렇다고 굽은 길을 못 달린다는 건 아니고, 특히 술래잡기는 내 전문이었다.

홍팀 250명이 나를 덮치기 일보 직전에 겨우 자리를 뜰 수 있었다. 어라, 아닌가? 럭비팀이 몇 명이더라? 제대로 세지는 못했지만 어쨌든 꽤 많았다. 나는 화려한 기술을 뽐내며 아이들을 제치고 달렸다. 넘어지기라도 하면 그대로 압사당할 게 뻔했다.

"달려, 스핑크스! 달려!"

당연한 거 아냐? 아니면 그냥 여기 서서 죽으라고?

나는 운동장을 곧장 가로질렀다. 어느새 중앙선을 지나 4분의 3 지점까지 와 있었다. 몇 명을 빼고는 이미 다 따돌렸다. 그 아이들은 뒤쪽에서 뒤늦게 나를 쫓아오고 있었다.

반대로 우리 팀은 아무도 달리지 않았다. 무슨 UFO라도 보는 듯 입을 멍하니 벌리고 멍청하게 서 있었다. 뭘 그렇게 구경하는 건가 궁금했지만 지금은 볼 시간이 없었다.

마침내 나는 공을 안전하게 든 채로 반대쪽 끝에 도착했다.

그런데 이제 뭐 하지? 다시 돌아가나?

상대편이 코앞까지 다가왔을 즈음 청팀 모두가 입을 맞춰 소리쳤다.

"터치다운 해, 터치다운! 이 병신아, 터치다운 하라고!"

터치다운? 그게 뭔데!

뭐라는 건지 알 수가 없었다. 이제는 공을 들고 있는 것도 지쳐서 바닥에 내려놓았다. 가져갈 테면 가져가라. 죽기보단 차라리 공을 빼앗기고 말지.

순간 심판이 호루라기를 불며 외쳤다.

"트라이!"

내가 점수를 딴 거다.

우리 팀은 미친 듯이 소란을 떨었다. 만세를 부르며 환호성을 질렀다. 터치다운이란 게 축구로 말하자면 골인을 뜻하나 보다. 아이들이 나한테 와서 등을 한 번씩 쳐주며 "잘했어, 베니", "오, 죽이는데?", "진짜 쩔었어" 같은 말로 격려를 해줬다.

그 후 한 명이 '컨버트'에 성공했다. 트라이 후에 골킥으로 추가 득점하는 걸 말한다고 했다. 심판은 다시 한 번 호루라기를 불었다.

우리 팀이 벌써 5점을 앞서고 있었다.

그다음부터는 다들 나한테 공을 보냈다.

도대체 이게 왜 어렵다는 건지 아무리 생각해도 이해가 안 됐다. 완전 간단하지 않은가. 그냥 똑바로 달리다가 중간중간 다른 팀 선수들을 따돌리고 마지막에 공을 바닥에 내려놓으면 된다.

솔직히 말하자면, 너무 쉬워서 금방 지겨워졌다. 전반전에 이미 39점을 따냈다. 후반전은 하나 마나일 것 같았다.

매번 터치다운을 할 때마다 우리 팀은 나를 한 번씩 치며 "왜 여태 제대로 안 했어, 베니!"라든가 "아빠가 가르쳐줬어?" 따위 말을 던졌다.

난 최대한 겸손한 자세로 이런 것쯤은 별것도 아니라고, 다른 사람들도 모두 할 수 있을 거라고 말했다. 단거리 달리기에 조금 소질이 있는 것뿐이라고 덧붙였다.

문제는 진짜 베니 스핑크스가 돌아온 다음 일이다. 오늘 하루는 영웅이 되었지만, 아이들은 다음 주에도 이렇게 잘해주기를 바랄 텐데, 이를 어쩌나.

이따가 교문에서 만나면 이 상황을 잘 설명해줘야겠다고 생각했다. 꾀병을 부리거나 발목을 삐었다며 거짓 진단서를 떼어 오라고. 진단서만 선생님한테 넘기면 무사 통과였다.

앞으로 럭비를 하지 않는다고 해도 오늘 얻은 영광은 아이들 사이에서 두고두고 기억될 거다. 이걸로 러시아어 시간 때 받은 벌점을 만회할 수 있기 바랐다.

후반전에는 열 번 터치다운을 했다. 더 할 수도 있었지만, 굳이 그러고 싶지는 않았다. 잘난 체해봤자 좋을 것도 없었다.

경기가 끝나자 점심시간이었다. 신사숙녀의 자녀들을 위한 치들홈 사립학교 급식은 꽤 맛있었다. 우리 학교보다 질도 좋고 종류도 다양했다. 하지만 나는 늘 그렇듯 피자와 감자 칩을 먹었다. 괜히 새로운 걸 시도했다가 탈이라도 나면 큰일이다. 채소나 샐러드도 많았지만 그런 걸 잘못 먹었다가는 체할 수도 있다.

식당에 앉아 피자를 먹으며 부자 아이들, 신사숙녀의 자녀들을 둘러봤다. 애들도 베니처럼 올림픽 규격 수영장이 달린 대저택에 살까? 아무리 가난해도 우리 집 같은 데서 사는 아이는 없을 거다.

이건 꼭 적군 본부에 잠입한 스파이가 된 기분이었다. 작은 행동 하나까지 모두 신경이 쓰였다. 하긴, 아무도 의심하지 않는데 나 혼자 의식하는 것 같기는 했다.

그런데 그중에서 나를 계속 쳐다보는 여자애가 있었다. 베니 스핑크스에게 관심이 있는 모양이었다. 호감을 갖고 있거나, 어쩌면 베니가 모든 걸 털어놓은 아이일지도 모른다. 그래서 그렇게 나를 바라보며 연기에 점수를 매기는 게 아닐까.

이름은 벨라였다. 고개를 들 때마다 그 고동색 눈과 마주쳤다. 표정이 마치 '베니 스핑크스가 아닌 것 다 알아, 빌 해리스. 내가 너보다 한 수 위야. 사실 다른 애들이 속아 넘어가는 게 웃기지. 하지만 난 안 속아. 혹시나 해서 알려주는 거야. 내가 입만 한 번 놀리면 넌 그 자리에서 끝장이야. 지금이라도 다 불어버릴 수 있지만 널 생각해서 안 하겠어. 다행인 줄 알아' 하고 위협하는 것 같았다.

쟤가 사실대로 말한다고 해도 믿을 사람이 누가 있을까? '선생님, 죄송한데요, 베니 스핑크스가 사실은 진짜가 아니에요. 저 애는 바꿔치기 작전으로 몰래 온 가짜예요. 우리를 속이고 있는 거예요.' 누가 그 얘기를 곧이곧대로 들을까?

미친 줄 알 거다.

좀 더 자세히 알아보기 위해 베니한테 슬쩍 문자를 보냈다.

벨라? 걘 누구임?

벨라 윌튼.
엄마가 유명 발레리나야.
잘 있지? 난 괜찮음.
4시 40분에 보자.

베니도 그럭저럭 버티고 있는 모양이었다. 다시 보니까 벨라한테는 정말 발레리나의 피가 흐르는 듯했다. 베니가 알려준 정보 때문에 괜히 그렇게 보이는 걸 수도 있다. 베니 여자친구가 아닐까 하는 생각도 했지만, 그런 말은 없었다. 하긴, 누구든 비밀은 있는 법이다. 모두가 그렇지 않은가.

지리, 역사, 생물로 이어지는 오후 수업은 좀 지루했다.

사립이든 공립이든, 학교는 학교이고 수업은 수업이다. 과목에 따라서 재미있기도 하고 지겹기도 했다. 아무리 시계를 봐도 시간이 흐르지 않을 때도 있었다.

베니를 위해 오늘 새로 내준 숙제들을 종이에 받아 적었다. 베니도 내 숙제를 적어놓아야 할 텐데…….

마침내 4시 15분이 되었고, 영원히 끝나지 않을 것 같던 나머지 5분도 지나갔다. 종이 울렸다. 이젠 다시 빌 해리스로 돌아갈 시간이다. 이층 침대와 천장의 자국, 삶은 달걀 놀이를 하는 동생이 있는 집으로.

언젠가는 뎁스도 자라서 숟가락 장난을 그만두겠지. 그때가 되면 그 장난이 그리워질까?

나는 책가방을 싸고 스포츠용품 가방도 잊지 않고 챙겼다. 나가는 길에 몇몇 아이들에게 인사를 하고 진입로를 따라 교문으로 걸어갔다. 문 옆에는 커다란 버드나무가 변함없이 긴 나뭇가지를 늘어뜨리고 우뚝 서 있었다.

4시 33분.

그때 누군가 나와 발걸음을 맞추며 인사했다. 매튜 팀스라는 평범한 아이였다. 정보 목록에서 아빠가 은행장이라는 걸 본 것 같았다.

별 뜻 없이 심심해서 부른 모양이었다.

"안녕, 베니."

"안녕, 매튜."

그냥 지나갔으면 했다. 난 버드나무 아래에서 베니를 만나야 했다. 이렇게 교문 밖까지 걸어갈 수는 없었다. 벌써 리무진이 와서 기다릴 텐데, 조한테 들키면 꼼짝없이······.

"너네 아빠 토요일에 또 경기 있지, 베니?"

"어, 음, 그런 것 같아. 아, 매튜, 내가 있지 볼일이 있어서. 잠깐 갔다 와야 할 것 같은데······."

"아, 그래, 베니. 어서 가. 내일 보자."

"그래, 잘 가."

"안녕."

다행히도 매튜는 그냥 갔다. 나는 얼른 버드나무 아래로 들어갔다. 아무도 못 본 것 같았다.

4시 37분인데 베니는 아직도 오지 않았다. 금방 나타나겠지.

나는 넥타이를 느슨하게 풀고 기다렸다. 재킷에 있는 내 물건들을 꺼내 바지 주머니에 쑤셔 넣었다. 이렇게 하면 바로 옷만 바꿔 입고 나갈 수 있을 거다.

드디어 롤렉스 시계가 4시 40분을 가리켰다.

지금쯤이면 와야 할 텐데. 그래도 아직 늦은 건 아니었다. 제시간에 딱 맞춰 올 거라고 기대하지도 않았다.

길을 잃었나? 발걸음이 나보다 느린 걸 수도 있다. 버스를 탔다가 차가 막히는 걸지도 모른다. 아니면 나의 삶이 마음에 든 나머지 그냥 눌러 살기로 마음먹었다거나.

에이, 그건 좀 아니다.

엘비스 형을 죽이고 도주를 했다거나.

아니지, 엘비스 형이 베니를 죽였다거나?

전화를 걸어봤다. 통화음만 들리고 받지 않았다. 벨소리가 무음으로 되어 있어서 못 들은 걸 거야. 지금 전화를 받을 상황이 아닐 수도 있고. 어쩌면 휴대폰을 잃어버렸을지도 몰라. 아니면 학교 사물함에 두고 온 걸지도……. 나는 음성 메시지를 남겼다.

"베니, 나야, 빌. 기다리고 있어. 벌써 45분이 다 돼가서. 어디쯤이야?"

최대한 침착하려 노력했지만 뜻대로 되지 않았다. 걱정이 자꾸만 나를 옭아맸다. 다시 시계를 들여다봤다. 50분이었다.

이 자식, 도대체 어디 가 있는 거야?

불안은 공황 상태로 발전했다. 왜 안 오지? 무슨 일이 있나? 아직까지 안 온 걸 보면? 지금쯤이면 여기 내 앞에 서 있어야 한다. 이건 말도 안 된다. 약속은 약속이고, 거래는 거래지.

순간 괜찮은 생각이 머리를 스쳤다. 나는 집으로 전화를 걸었다. 자기가 베니라는 걸 잊어버리고 그냥 우리 집에 갔을 수도 있다. 깜빡해버린 거다. 가벼운 뇌진탕 때문에 기억상실증에 걸린 건 아닐까? 케빈 형이 전화를 받았다. 나는 얼른 목소리를 바꾸어 말했다.

"여보세요, 빌 좀 바꿔주시겠어요? 학교 친구예요."

"빌 아직 안 왔는데. 뭐 전해줄까?"

"아뇨, 나중에 다시 걸게요."

그때 나무 밖으로 무언가가 보였다.

발 두 개였다. 커다란 구두를 신은 발 두 개가 초조하게 제자리를 돌고 있었다. 발 주인의 혼잣말이 들려왔다.

"어디 있지? 왜 안 오는 거야."

리무진 기사 조였다. 기다리다 지쳐서 베니를 찾으러 올라온 모양이었다. 빙글빙글 돌던 조는 이내 시야에서 사라졌다. 주정차 금지구역에 차를 세웠으니 딱지를 떼지는 않을까 걱정돼서 가는 걸 테지.

베니는 어디 있지? 난 어떻게 해?

교문 밖으로 나갈 수는 없었다. 조한테 들키고 말 텐데. 그러면 조는 부글부글 끓어오르는 화를 참으면서 최대한 예의 바르게 인사를 하고 큰일이 난 건 아닌지 묻겠지. 고용주 아들한테 늦게 왔다고 따질 수는 없을 테니까.

그럼 나는 뭘 해야 하지? 그냥 뛰어? 곧장 집으로? 아니면 조한테 사실대로 털어놓고 이제 곧 진짜 베니가 올 테니 조금만 더 기다려달라고 말해?

이젠 5시였다. 뭔가 잘못되었다. 어딘가에서 문제가 크게 터진 거다. 이건 조금 늦은 정도가 아니다. 게다가 베니도 조와 내가 기다린다는 걸 아는데, 이렇게 생각 없이 늦을 것 같진 않았다.

분명 무슨 일이 있는 거다. 교통사고? 그러면 어떻게 하지? 부모님 얼굴을(베니 부모님이나 우리 부모님이나) 무슨 면목으로 뵈어?

혹시 죽은 거 아냐?

5시 5분.

일은 완전히 틀어져버렸다.

재미있던 기분도 싹 가셨다. 애초에 왜 이런 짓을 벌였는지 후회가 들었다. 그냥 우리 집 이층 침대에 누워 천장의 홈을 감상하며, 엘비스 형의 시비를 어떻게 하면 멋있게 받아칠지나 궁리하고 싶었다.

어디 있는 걸까? 어떻게 나한테 이럴 수가 있지? 약속은 약속대로 해놓고 왜 늦는 거야? 빨리 원래대로 바꿔치기를 해야 한다. 베니로 영원히 살 수는 없다. 그건 계획에 없는 일이다.

버드나무 아래서 마냥 기다린다고 뾰족한 수가 생기는 것도 아니었다. 뭔가 행동을 취해야 했다.

길가에서 차 경적 소리가 들려왔다. 아마 조일 테지. 되는대로 짜증을 부리고 있을 거다.

나는 나뭇가지 아래에서 나왔다. 학생들은 거의 다 학교를 빠져나간 모양이었다. 아래쪽에서 진입로를 올려다보자 아직 집에 가지 않은 몇몇이 눈에 들어왔다. 테니스를 하거나 나머지 공부를 하거나 방과 후 활동을 하는 아이들 같았다.

이제 어쩐다? 나는 다시 한 번 문자를 확인했다. 새로 온 건 없었다. 전화를 걸어도 묵묵부답이었다.

그래, 그럼 이제 됐어. 당당하게 걸어 나가서 리무진 창문을 툭툭 두드리고 말을 해야겠다.

'조, 사실은 말이에요…….'

모든 걸 설명할 거다. 베니 스핑크스가 아니라는 것부터, 진짜 베니가 나가서는 아직 돌아오지 않은 것까지.

그것 말고는 방법이 없었다. 그냥 이렇게 넋 놓고 기다릴 수는 없으니까. 나는 나무 아래서 나와 교문으로 걸어갔다. 교문에는 학교를 수호하는 돌사자가 우뚝 서 있었다. 하지만 지금 가장 중요한 사실을, 바로 베니가 어디 있는지를 모르는 그것들은 아무 짝에도 쓸모없었다.

아, 다 망했다. 대망의 바꿔치기 대작전은 썩어빠져 구린내가 풀풀 나는 우유처럼 처참히 실패하고 말았다. 정말 싫었다. 진심으로 이 장난을 후회했다. 그만두고 싶었다. 하지만 지금 와서 후회한들 어쩌겠는가. 일단은 무사히 끝낼 방법을 궁리해야 했다.

나는 눈을 부라리고 있는 거대한 돌사자들과 교문을 지나 신사숙녀의 자녀들을 위한 치들홈 사립학교를 빠져나왔다.

리무진은 바로 앞에 서 있었다. 조는 지치고 화난 표정으로 운전석에 앉아 계기판을 두드리고 있었다. 나를 보자 안심이 된 모양이었다. 손을 뻗어 금세 조수석 문을 열어줬다.

"베니! 어디 있었어?"

"미안해요, 조. 사실은……."

"괜찮아, 이제 왔는데 뭐. 빨리 타. 가는 길에 백화점 들러서 어머니도 태우고 가야 돼. 전화해서 좀 늦는다고 해야겠다."

뭐라 할 새도 없이 차에 쫓기듯 탔다. 하려던 말은 그대로 삼

켜버리고 말았다.

그때 더 괜찮은 생각이 떠올랐다.

그냥 말하지 않고 기다리자. 베니한테서 전화가 오기를 기다리며, 베니 스핑크스의 삶을 좀 더 누리는 거다. 예상 외로 별일 아닐 수도 있다. 휴대폰으로 연락해서 일정을 다시 잡으면 될 테니까 별 문제 없다. 하루 미루는 것쯤은 괜찮다. 아니면 그냥 내일 아침에 바꿔도 되고.

그래, 괜히 호들갑 떤 거야. 하루만 더 베니로 살자. 베니는 나로 살고. 그 정도는 봐줄 수 있어.

난 금방 마음을 가다듬고 문을 닫았다.

"안전벨트."

"네."

"네?"

"했어요. 라디오 채널 좀 바꿔주세요."

조는 방향 지시등을 켜고 도로로 차를 몰았다. 조금 가다가 왼쪽으로 길을 꺾었다. 한적한 지름길이었다. 퇴근 시간대 교통체증을 피해 자주 이용하는 모양이었다.

일은 순식간에 벌어졌다. 눈 깜짝할 새도 없었다. 조용한 골목을 반쯤 갔을 즈음, 커브 길 뒤에서 차 한 대가 튀어나와 앞을 가로막았다.

급히 브레이크를 밟은 조가 욕을 날렸다. 급정거를 하는 바람에 안전벨트가 몸을 조였다. 얼마 지나지 않아서 또 다른 차 한

대가 나타나더니 이번에는 뒤를 막았다. 차에서 내린 사람들이 리무진 쪽으로 달려왔다. 그제야 상황을 파악한 조가 계기판의 잠금 버튼을 눌렀지만, 이미 문은 열리고 말았다. 열린 틈 사이로 총을 든 손이 비집고 들어왔다.

  손의 주인은 총구를 조의 관자놀이에 대고 눌렀다. 놀라움과 공포로 인해 조의 턱이 뻣뻣이 굳어가는 게 보였다.

  "움직이지 마. 머리에 바람구멍 나기 싫으면."

  남자는 조수석 문으로 접근하는 사람들에게 소리쳤다.

  "애야. 끌어내!"

  문이 열리고 손 여러 개가 안으로 들어왔다. 메스꺼울 정도로 달달한 냄새를 풍기는 젖은 천 조각이 나와 조의 얼굴을 감쌌다. 발버둥 치며 빠져나오려 해봤지만, 결국에는 숨을 들이쉴 수밖에 없었다.

  곧바로 온몸이 나른하고 무거워졌다. 힘이 빠짐과 동시에 걱정도 싹 사라졌다. 머리가 핑핑 도는 느낌을 마지막으로 눈앞이 캄캄해졌다.

## 귀걸이

"입만 뻥끗해봐. 바로 개밥 되는 거야."

한순간, 난 내가 우리 집 이층 침대에 누워 있는 줄 알았다. 엘비스 형이 시비를 걸고 있으니 이제 곧 아래에서 매트리스를 뻥뻥 차겠지.

그런데 평상시와 다르게 침대가 고속도로를 질주하는 느낌이었다. 게다가 엘비스 형이 매트리스를 차대지도 않았다.

"알겠어?"

나는 고개를 끄덕였다. 험악한 얼굴 두 개와 새까만 콧구멍 두 쌍이 눈에 들어왔다. 그중 한 코에는 아래쪽으로 깊은 흉터가 나 있고, 다른 콧구멍 한 쌍에서는 연기가 모락모락 피어올랐다. 담배 연기다. 흉터 있는 사람은 그게 싫은 듯 손부채질을 했다.

나는 승용차 뒤쪽 바닥에 누워 있었다. 참 마음에 들지 않는 자세였다. 자리에 앉은 남자들이 발로 짓누르고 있어서 더더욱 유쾌할 수 없는 상황이었다.

"입만 다물면 별 문제 없을 거야. 알겠어?"

나는 입을 멍하니 벌리고 또다시 고개를 끄덕였다. 두려움이 엄습했다. 이 사람들은 뭐지? 날 어쩌려는 거야? 어디로 데려가려고? 아까 천 조각에 묻어 있던 액체는 대체 뭐지? 그것 때문에 이렇게 머리가 아픈 건가? 아니면 멀미가 나서 그런 건가?

"야, 비니, 너무 빨리 달리지 마. 100 넘으면 과속으로 잡힌다고. 70으로 낮춰."

차 속도가 조금 느려졌다. 내 시야에 들어오는 건 얼굴과 콧구멍과 파란 하늘 조금이 전부였다. 두 남자 모두 처음 보는 사람들이었다.

앞좌석에서 세 번째 얼굴이 불쑥 나타났다. 뒤의 둘과 마찬가지로 험악한 인상이었다. 귀걸이와 턱수염이 눈에 띄었다.

"그래, 베니. 걱정 마라. 곧 집에 돌아가서 수영장에서 물 튀기며 놀 수 있을 거야. 올림픽 경기 규격 수영장이었지, 아마?"

귀걸이 남자가 말했다.

콧구멍으로 연기를 내뿜던 남자 말이 떠올라 잠자코 고개만 끄덕였다.

"그럴 줄 알았어. 어쨌든 겁먹을 필요 없어, 베니야. 이제 네 아빠가 돈만 가지고 오면 돼. 설마 안 가져오겠어. 네가 삶의 낙인 놈인데."

"눈에 넣어도 안 아플 자식이지. 지 고슴도치 새끼, 제……."

연기 나는 콧구멍 말이 끝나지 않자 귀걸이가 핀잔을 줬다.

"알았어, 그만해! 하루 종일 하고 앉아 있겠다. 어쨌든 베니 아가야, 지레 겁먹고 바지 적실 필요는 없단다."

말문이 막혔다. 바지를 적실 생각은 애초에 없었다. 이 상태로는 하루 종일 오줌을 참아야 할 판국이었다.

"네 아빠가 돈 갖고 오면 넌 곧장 요람에서 푹 쉴 수 있을 거야. 알겠지?"

나는 그제야 입을 열었다.

"이 나이에 무슨 요람에서 자요. 침대지."

흉터가 나를 발로 쿡 찔렀다.

"어머나, 어머나."

남자가 말했다.

"이 버르장머리 없는 놈 좀 보소? 말뚝으로 꼬치가 되어봐야 정신을 차리겠니, 우리 아가야?"

"내가 왜 네 아가예요. 그리고 버릇없지 않거든요."

내가 으르렁거리자 흉터가 또다시 발로 나를 짓눌렀다.

"어머나, 어머나."

발목을 물어버릴까도 생각했지만 두 가지 이유 때문에 그만두었다. 첫째로는, 맛이 역겨울 것 같았다. 흉터는 양말을 자주 갈아 신을 인물로는 보이지 않았다. 둘째로, 이런 자세에서 섣불리 공격을 했다가는 오히려 내가 더 얻어맞을 게 뻔하다.

귀걸이 얼굴이 다시 나타났다. 아마도 유괴단 두목인 듯했다.

귀걸이가 흉터에게 말했다.

"여어, 괜히 애 다치게 하지 마."

"이 새끼가 건방지게 구는데."

"내버려둬. 금방 지칠 테니까."

그러곤 나한테 씨익 웃어 보였다.

"그렇지, 베니 아가?"

당신 아가 아니라고 반박해봤자 별 소용이 없을 것 같았다. 그래서 난 작전을 바꿨다.

"저기요, 왜 저한테 이러시는지 모르겠는데, 제가 누군지 아세요?"

차를 운전하는 비니까지 남자 네 명이 일제히 킬킬거렸다.

"누군지 아냐고? 그럼 모를 것 같냐? 우리가 장난으로 애들 납치나 하는 사람인 것 같아? 당연히 알지! 웃기는 놈이군!"

연기 나는 콧구멍이 말했다.

귀걸이가 나를 내려다보며 웃음을 띠었다. 그 모습이 더 사악해 보여서 차라리 다시 찡그려줬으면 싶었다. 그게 덜 무서울 테니까.

"아주 잘 알지, 베니 군. 모르는 게 없단다. 몇 주 동안 너만 조사하고 돌아다녔거든. 네 특징부터 자주 가는 길이나 버릇, 하루 일과까지 모조리 꿰고 있어. 매일 너를 어떻게 잡아갈까만 궁리했지. 그러니 이렇게 순조롭게 풀리는 거 아니겠어? 꼭 실타래

술술 풀리는 것처럼 말이야."

나머지 셋이 맞장구를 쳤다.

"그러니 걱정 마라, 아가야. 네가 누군지 잘 아니까. 우리 베니 스핑크스 도련님."

내가 누군지 모르는구나. 자기네 생각이 맞는 줄 알고 있어. 그런데 어쩌지? 난 빌 해리스인데.

"네 아빠가 누군지도 알고……."

'인터네티'에서 공유기 설치를 담당하는 톰 해리스지.

"아니, 사실 베니 스핑크스 아빠를 모르는 사람이 세상에 어디 있겠어!"

"얘 엄마도 그렇고."

연기 나는 콧구멍이 말했다.

그래, 제니 해리스가 우리 엄마다. 일주일에 오전 두 번, 오후 세 번 사회 복지관에서 시간제 도우미 일을 하시지. 온 동네에 아주 유명해.

"노래도 못하면서! 차라리 그 목소리로 유리컵이나 깨보지 그래!"

연기 나는 콧구멍이 비웃었다.

"하하하하!"

넷은 신나게 웃었다.

"어쨌든 절대로 모를 일은 없다는 거야. 그리고 네 값어치도 잘 알지. 적어도 네 아빠가 생각하는 네 몸값 정도는 알고 있어.

다른 사람들한테는 별 필요도 없는 존재겠지만. 그래서 한……."

귀걸이가 흉터와 콧구멍을 보며 물었다.

"몸값을 말해주는 게 좋을까? 알고서 괜히 의기양양해지는 거 아니야?"

"이미 건방진데 뭐."

콧구멍이 대답했다.

"하긴, 그렇긴 하지."

귀걸이가 고개를 끄덕였다. 그러고는 나를 내려다봤다.

"자, 베니 군. 몸값은 한 300만 파운드 정도로 잡고 있어."

300만? 나는 침을 꿀꺽 삼켰다.

"그 정도는 바로 부쳐주지 않겠어? 그렇잖아, 300만 정도는 뭐 한두 주만 일하면 금방 벌 수 있을 것 같은데? 뭐냐 그 계약들 하고 스폰서들 덕에. 그래, 그만큼 떼어줘도 전체로 보면 기별도 안 갈 거야."

이쯤에서 뭔가 반항적인 말을 던져야 할 것 같았다. 그럴싸한 게 떠오르지 않아서, 위기에 처한 주인공이 주로 하는 대사를 대충 내뱉었다.

"당신들은 절대 해낼 수 없을 거야."

이게 빈도수 높은 대사 1위다. 아마 2위는 '시간이 없어!'였던 것 같다.

귀걸이가 아무렇지도 않은 표정으로 나를 내려다봤다.

"웃기고 있네. 그럴 리가 있니. 그렇지? 300만이라고. 그냥

400만 파운드쯤 불러볼까? 아냐, 그건 너무 심한가. 300만을 4로 나눠봐. 계산해봐라, 꼬마야. 사립학교에서 산수도 가르치지 않던?"

"75만 파운드요."

"똑똑하네. 계산기도 필요 없겠어. 한 사람당 75만 파운드라. 네 아빠는 구두끈 광고만 해도 5분 안에 벌 수 있는 돈이지?"

글쎄. 우리 아빠가 그 정도 돈을 손에 쥐려면 은행을 털거나, 복권에 당첨되거나, 베니 스핑크스를 납치하는 수밖에 없다.

베니 스핑크스.

어디 있는 걸까? 진짜 베니는 어디를 가고 왜 내가 여기 있는 거지? 아까 왜 약속 장소에 나타나지 않았을까? 혹시 내가 떠나고 뒤늦게 온 거 아니야?

하지만 만약 그랬다면, 오는 길에 리무진 주위에 모여 있을 경찰들과 인파도 봤을 테고, 기절했다 깨어난 조의 진술도 들을 수 있을 텐데. 사람들 시선은 온통 내 교복을 입고 걸어오는 베니 스핑크스에게 쏠리겠지…….

곧바로 상황을 파악하는 사람은 아무도 없을 거다. 멍청하게 서서 머리를 긁적이며 한참 동안 생각을 하고 있으면, 그제야 베니가 다가가서 왕자와 거지 대작전에 대해 모두 털어놓고 유괴범들이 사람을 잘못 데려간 거라고 말하겠지, 그러면 그게 뉴스에 나고, 잠시 후 베니 유괴 사건에 대한 반응을 살펴보려고 텔레비전을 켠 이 네 명은…….

자기들이 유괴해 온 아이가 300만 파운드짜리 베니 스핑크스가 아니라 한 푼어치도 안 되는 빌 해리스라는 걸 알게 되겠지.

실망할 텐데. 미리 사실대로 말해줄까 생각해봤다. 그런데 그렇다고 해도 믿지 않을 것 같았다. 빠져나갈 궁리를 한다고 생각할 테지.

그냥 비위 맞춰주면서 연기 좀 하다가 텔레비전에 뉴스가 나오면 그때 설명하기로 마음먹었다.

그때 또 다른 생각이 머릿속을 스쳤다.

베니가 버드나무에 나타나지 않았으면? 정말 무슨 사고라도 난 거라면? 그럼 아무도 내가 나라는 걸 알려주지 않을 거다. 우리 엄마 아빠는 어떻게 되지? 베니가 내가 되어 영원히 눌러 살기라도 하면? 에이, 그러진 않겠지? 설마 그러겠어? 나도 나로 눌러 살기가 싫은데. 그렇게 호화로운 생활을 하다가 우리 집처럼 좁은 곳에 오래 있으면 답답해서 어떻게 견뎌. 내가 그랬듯이 베니도 엄마 아빠가 그리워질걸.

"뭐 하냐, 꼬마야? 왜 갑자기 엿 먹은 벙어리가 됐어."

흉터가 말했다.

"꿀이거든."

연기 나는 콧구멍이 바로잡았다. 흉터는 콧구멍 말을 무시하고 나를 발로 툭툭 찼다.

"어? 왜 말을 안 해."

웃기네. 방금 전까지만 해도 말하면 죽여버리겠다고 하더니 이제는 조용하다고 뭐라 한다. 팥죽 끓듯 변덕을 부리며 뭐 하나 제대로 결정하지 못하는 전형적인 어른들 모습이다.

"다음 출구로 나가."

귀걸이가 비니에게 지시했다.

"알았어."

방향 지시등 똑딱거리는 소리가 나더니 차가 방향을 틀었다. 교차로를 만났는지 속도가 느려지면서 잠시 멈추는 듯하다가, 이내 다시 빨라졌다.

한동안은 침묵이 지속됐다. 20분쯤 지나서 차가 울퉁불퉁한 비포장도로에 들어섰다. 비니는 운전을 멈추고 시동을 껐다.

"왔다. 즐거운 나의 집."

비니가 말했다.

"너희가 애 데리고 들어와."

귀걸이가 흉터와 콧구멍에게 말했다.

"차는 숨겨놔."

이건 비니한테 한 소리였다.

"아, 잠깐! 트렁크에서 짐 좀 꺼내고. 노트북은 어디 있어?"

"여기, 내 옆에."

콧구멍이 말했다.

"이리 줘."

콧구멍이 귀걸이에게 작은 노트북을 건넸다.

"가자."

"이건 애들 장난이 아니야. 그러니까 괜히 이상한 짓 했다가 다치지 마라. 알아들었어?"

콧구멍이 말했다.

먼저 내린 콧구멍과 흉터는 내가 따라 내리기를 기다렸다. 오랫동안 누워 있어서 몸이 뻣뻣해진 탓에, 나는 거의 끌려 나오다시피 했다. 이 상태로 도망가는 건 말도 안 됐다. 걷기조차 힘들었다.

그래도 트렁크 안에 넣어서 데려오지 않은 게 고마웠다. 좁고 답답한 공간은 도저히 견딜 수가 없다. 트렁크에 있었다면 지금쯤은 거의 미쳐버렸을 거다.

다짜고짜 집 안으로 끌고 들어가는 바람에 주위를 제대로 살펴보지 못했다. 시골인 것은 확실했다. 녹슨 양철 지붕이 덮인 오래된 차고와 통나무집, 다 쓰러져가는 여름 별장 따위가 눈에 띄었다. 유괴범들이 나를 데려간 곳은 회색 시멘트와 철근이 그대로 드러나 있는 집이었다. 가구도 별로 없고, 축축한 이끼 냄새가 났다.

"그 햇빛 조금 들어오는 뒷방에다 가두고 문 잠가."

그래도 준비를 좀 해둔 모양이었다. 방은 그럭저럭 편안했다. 침대에다 책 몇 권, 텔레비전까지 있었다.

"놀고 있어, 아가야. 화장실 가고 싶으면 말하고. 비니가 조금 있다가 차 갖고 올 거야. 그렇지, 비니?"

억지로 간식 담당을 떠맡은 비니가 우거지상을 지었다.

"비니가 만든 오븐 칩은 정말 죽이지."

"생선 너겟하고 통조림 콩도."

흉터가 덧붙였다.

"수석 요리사야, 수석 요리사. 제이미 올리버(영국의 유명 요리사-옮긴이)가 울고 갈 실력이라니까."

귀걸이가 말했다.

"태우지나 말라고 해, 하하하."

콧구멍이 끼어들었다.

그리고서 넷은 방문을 잠그고 나갔다.

나는 텔레비전을 켜고 안테나를 이리저리 움직여 신호를 잡았다. 〈심슨네 가족들〉이 나왔다.

채널을 돌렸다.

"오늘의 뉴스입니다."

문밖에서도 똑같은 소리가 났다. 비니, 흉터, 콧구멍, 귀걸이는 동시에 숨을 죽였다. 아나운서 목소리로 보건데 같은 방송을 보고 있었다.

"충격적인 소식입니다. 국민 남동생 베니 스핑크스가 오늘 오후, 치들흄 사립학교 앞에서 유괴되었습니다. 베니 스핑크스는 세계적인 축구선수 데리 스핑크스의 아들로······."

밖에서 환호성이 들렸다.

"부인 밈시 토시는 보컬 그룹 케첩걸의 원년 멤버로 현재는 솔로 활동을 재개하고······."

"그게 활동이냐……."

"그게 보컬이야……."

'아, 저 아저씨들. 조용히 좀 하지.'

나는 볼륨을 높였다.

"현재 데리 스핑크스와 밈시 토시는 깊은 충격에 빠져 있으며, 유괴범들에게 아이를 해치지 말아달라고 부탁하고 있습니다."

"마치 여차하면 애를 죽이기라도 할 것처럼 말하네. 우리는 완전 신사인데."

귀걸이가 구시렁거렸다.

아나운서가 말을 이었다.

"경찰 측은 유괴범이 고도의 실력을 가진 전문적인 조직이라고 판단하고 있습니다. 자세한 경위는 알려지지 않았지만, 이번 사건을 담당하게 된 데이비드 트렘렌슨 형사는, 이미 유괴범 측에서 먼저 돈을 요구해 왔으며, 현재는 진위 여부를 판단하는 중이라고 밝혔습니다. 다음으로 해외 소식입니다."

문밖이 고요해졌다. 나도 텔레비전을 껐다. 저 넷이 무슨 대화를 할지 궁금했다.

유괴범들은 아주 당황한 모양이었다.

"이게 뭔 일이래? 어떻게 벌써 연락을 받아? 우린 아직 연락 안 했는데?"

비니 목소리였다.

"구라야. 그럴 거야."

말은 그렇게 하지만 확신은 없는 듯, 귀걸이의 목소리가 가늘게 떨렸다.

"경찰이 구라를 치는 거야."

흉터가 말했다.

"뭐 하러?"

"몰라, 뭔가 있겠지. 우리를 속이려고?"

"말이 안 되는데. 뭐 하러 그런 거짓말을 해?"

콧구멍이 말했다.

"무슨 생각이 있나 보지."

"뭔데?"

"내가 어떻게 알아?"

"일단 노트북 줘봐. 그리고 빨리 가서 감자 칩 가져와. 배고파 죽겠다."

"알았어, 알았어!"

"애도 데려와."

잠겼던 문이 찰칵 소리를 내며 열렸다. 콧구멍이 방 안으로 얼굴을 비죽 들이밀었다.

"너 오란다."

나는 콧구멍을 따라 부엌으로 갔다. 텔레비전은 부엌에 놓여 있었다. 비니가 오븐을 켜고 커다란 봉지에 든 냉동 감자 칩을 오븐용 쟁반에 쏟았다.

"케첩 있는 사람 있냐?"

흉터가 물었다. 아무도 대답하지 않았다.

"이리 와봐, 베니."

귀걸이가 랜 선을 연결하며 말했다. 곧 인터넷이 연결되었다. 귀걸이는 미리 만들어둔 계정으로 로그인을 했다. 주소는 Kidnap@yawwho.com이었다.

"네 이메일 좀 불러봐. 엄마 것하고 아빠 것도."

알 리가 있나. 베니 것은 알지만 데리의 메일 주소를 내가 무슨 수로? 대충 베니 메일 주소에서 B.SPINKS를 빼고 D.SPINKS를 집어넣어 불러줬다. 맞기를 바랐다.

"좋아, 이제 연락을 해보자고."

귀걸이가 자판을 두드렸다. 내가 빤히 쳐다보는 걸 알고는 씨익 웃었다.

"몸값 요구하기도 더럽게 힘드네. 안 그래, 베니?"

400만 파운드라고 치는 게 보였다. 이판사판인 것 같았다.

"옛날에는 이런 것도 다 종이 편지로 주고받곤 했는데. 옛날 영화 본 적 있니? 신문에서 오려낸 글자를 엽서에 차곡차곡 붙여서 보내지 않던? 흔적 없이 깔끔하게. 글씨체를 남기면 안 되잖아?"

나는 귀걸이가 입력하는 내용을 가만히 지켜봤다.


아이를 놓아주는 곳과 시간은 가격 합의 후에 상의. 이 주소로 답장 바람.

"이것 봐. 그런 옛날 편지하고 똑같지 않냐? 흔적도 없지, 지문도, 글씨도 없어. 그 오래전 인간들도 머리는 있었던 거야, 안 그래?"

또 뭐라고 막 쳤는데, 등으로 가리는 바람에 보지 못했다.

"문제는, 예전엔 시간이 오래 걸렸다는 거지. 편지 부치고, 그쪽에 도착할 때까지 기다리고, 그럼 다시 편지로 답장을 부치고. 잘못해서 우체국에서 누락되거나 없어지기라도 하면 문제는 점점 커지는 거지. 물론 요즘은……."

귀걸이는 자신이 쓴 편지를 다시 한 번 훑었다.

"……요즘은, 기술이라는 게 있잖아. 바로 보내고, 바로 답장하고. 지체라는 게 없어. 아무도 모르게 버튼 하나면……."

귀걸이가 전송을 눌렀다.

"짠! 하고 모든 게 끝나는 거지."

넷은 잠시 동안 잠자코 있었다. 혹시나 '없는 주소'라며 오류 메시지가 뜨지는 않을까 걱정하는 것 같았다. 다행히 메일은 무사히 발송되었다. 내 짐작이 맞았나 보다.

"다 됐네."

귀걸이가 만족스러운 목소리로 말했다.

"이제 그쪽에서 읽을 때까지 기다려야겠지, 답장이 오려면? 칩은 다 돼가, 비니?"

"하고 있어, 하고 있다고."

"좋아, 유괴하니까 막 배고프지 않냐? 400만 파운드로 뭐 하고 놀지도 아득하고."

"스페인 여행은 어때? 강렬한 태양."

콧구멍이 말했다.

"난 바하마 갈래. 아름다운 바하마."

흉터가 말했다.

"그럼 난 남아메리카."

비니가 말했다.

"남아메리카가 어디 붙어 있는지도 모르는 새끼가."

귀걸이가 비웃었다.

"그 정도는 나도 알아. 아메리카 남쪽에 있잖아."

비니가 대꾸했다.

"난 호주 갈래. 남반구로 도주하는 거지. 데리 스핑크스 돈 받아다가 캥거루랑 오순도순 살겠어."

귀걸이가 말했다.

노트북에서 딩동 소리와 함께 팝업창이 떴다.

'새 메일이 도착했습니다'라고 쓰여 있었다.

"왔구나."

귀걸이가 말했다.

"새 메일이 도착하셨어. 빨리도 보내네."

그러고는 나를 향해 씩 웃었다.

"아빠가 벌써 돈을 세고 계신 모양이야. 400만 파운드는 뭐 별 것도 아니지. 주머니에 넣어갖고 다니는 돈 아니야, 그 정도는?

웨이터들 팁이랑 비상금으로 항상 준비해놓지? 하긴, 맨날 그러고 사니 부자로 사는 기분이 어떤지도 잘 모를 거야, 아마? 아가야, 넌 정말 편하게 사는 거란다. 이제 곧 느끼게 될 거야."

귀걸이는 팝업창을 클릭해서 메일을 열었다.

"그럼, 어디서 언제 만날지부터 상의해볼까. 돈은 어떻게 받을까나."

하지만 도착한 답장 내용은 귀걸이의 예상과 전혀 달라서, 표정이 급속도로 이상해졌다. 비니, 흉터, 콧구멍도 비슷한 얼굴로 넋을 놓고 귀걸이를 지켜봤다.

오븐 안의 칩이 슬슬 걱정되었다.

"그러다 칩 타는 거 아녜요?"

하지만 비니는 내 말을 듣지 않았다. 사실 그중 아무도 내 말에 귀 기울이지 않았다. 네 사람 모두 노트북 화면만 멍하게 바라봤다.

"이게 뭔 개 같은 소리야? 장난치는 건가? 이게 지금 놀자는 걸로 보여? 사람 하나 병신 돼봐야 정신을 차리겠어?"

귀걸이가 말했다.

그러고서 무서운 표정으로 고개를 홱 돌리는데, 순간 오싹했다. 귀걸이가 내 쪽을 봤다. 다 나 때문이라는 듯이.

나는 노트북 앞으로 천천히 다가갔다.

주소는 어떻게 알았습니까? 더 이상 이쪽으로는 메일을 보내지 말아주시기 바랍니다. 지금 이런 장난이나 한가하게 받아들이고 있을 상황이 아닙니다. 이미 경찰 조사 후 진짜인 것으로 판명 난 유괴범에게서 몸값 요구를 받았습니다. 자세한 건 더 이상 말하고 싶지 않군요. 아들을 납치당한 부모한테 이런 장난이나 치고 있는 당신 같은 사람을 이해하지 못하겠습니다. 대체 의도가 뭔가요? 그러니 즐겁습니까?

다시 한 번 부탁이니 이 주소는 사용하지 말아주십시오. 진범들과 메일을 주고받아야 하는데 댁처럼 쓰레기 같은 인간들이 보내는 장난 편지는 전혀 반갑지 않습니다.

D.S.

유괴범들은 번갈아가며 서로를 쳐다보더니 이내 내게로 시선을 모았다. 나한테서 해답이 나오기를 바라는 것 같았다. 설명을 해줘야 하나.

"뭐야, 이게 무슨 수작이야?"

콧구멍이 말했다.

"생각 중이잖아. 생각 중이야. 말이 안 되는데. 근데 이렇게 된 걸 보면 어딘가 우리가 놓친 부분이 있는 거잖아."

귀걸이가 말했다.

그렇다. 분명 놓친 부분이 있다. 유괴범들은 가장 중요한 전제 하나를 모르고 있었다. 바로 베니 스핑크스가 두 명이라는 사실을! 하나는 진짜, 하나는 가짜라는 걸.

베니 스핑크스가 두 명이라?

그럼 유괴범이 두 팀인 것도 말이 되지 않는가?

답이 나왔다. 베니가 버드나무에 나타나지 않은 이유를 마침내 알았다. 오는 길에 납치를 당한 거다. 이 사람들과 비슷한 생각을 가지고 있는 또 다른 유괴범에게. 내가 유괴되기 한 10분에서 15분 전에 납치당했으리라 짐작이 갔다.

베니 스핑크스 두 명.

유괴범 조직 두 팀.

두 번의 몸값 요구.

"점점 정신없어지는데. 우리가 간과한 게 있는 것 같아."

비니가 말했다.

오븐에서 연기가 피어올랐다. 결국 칩은 타버린 모양이다.

## 리트머스 시험지

그날 밤은 유독 길었다. 나는 시골 환경에 익숙하지 않았다. 지금까지 가본 곳 중에서는 교외에 있는 베니네 집이 그나마 시골에 가까웠다. 거기는 그래도 살 만했는데, 여기는 전혀 달랐다. 일단 난 갇혀 있었다. 둘째로 밖에서 올빼미가 울었다.

비니 목소리가 들렸다.

"불길한 징조인데, 올빼미는. 아무래도 이상해."

괜한 소리 하지 말라고 귀걸이가 타박했지만, 비니는 기분이 나아지지 않았다. 계속해서 예감이 안 좋다며, 늦기 전에 손을 떼고 여기서 달아나자고 설득했다. 나는 그냥 집에 버려두고, 누군가 알아서 데려가도록 연락만 해두자고.

나머지는 그 말에 전혀 귀 기울이지 않았다.

"400만이 그렇게 호락호락해 보여? 가겠다면 막지는 않아. 어차피 너 하나 사라지면 우리 몫이 더 많아지니 좋지 뭐."

콧구멍이 말했다.

돈 얘기가 나오자 결국 비니는 떠나지 않기로 마음을 굳혔다. 하지만 불안함까지 가시진 않았는지, 끝없이 주절거렸다. 올빼미도 뭐가 그렇게 슬픈지 그날따라 유독 많이 울어댔다. 마침내 인내심이 바닥난 귀걸이가 당장 닥치지 않으면 타버린 칩과 함께 오븐 구멍에 머리를 처박아버리겠다고 엄포를 놓았다.

잠시 후 비니가 내 상태를 확인하러 방으로 들어왔다. 귀걸이가 보낸 것 같았다. 아무래도 이 조직에서 비니는 순박한 졸병 역할, 귀걸이는 사악한 두목을 담당한 모양이었다. 방에 들어온 비니가 침대 끝에 걸터앉았다.

"괜찮냐, 베니?"

"네."

"걱정하지 마라, 아가야. 돈만 오면 바로 집에 보내줄 테니까. 우리도 400만 파운드나 되는 애를 감히 다치게 할 생각은 없어. 알겠지?"

"네, 알았어요."

"참, 베니 군. 우리가 서로 이름을 안 부르는 게 좀 이상하지 않았어? 네가 나중에 풀려난 후에 경찰에 신고할까 봐 그러는 거야. 유일하게 들은 게 내 이름 '비니'일 텐데, 그것도 가명이라는 거지."

"네, 어렴풋이 짐작은 하고 있었어요."

"그러니까 나중에 풀려나도 나를 '비니'라고 신고해봤자 소용 없다는 거다."

"아, 그렇겠네요."

"내 이름은 피트야. 그니까 네가 '비니'가 널 납치했다고 말하고 다녀도, 그건 아무 효력이 없다는 거지."

"그럴 테죠."

방금 자기 입으로 실명을 말한 줄은 눈치채지 못한 것 같았다. 난 그냥 잠자코 있기로 했다.

비니가 방을 나갔다. 혼자 남은 나는 팔베개를 하고 누워서 흠집 따위 없는 깨끗한 천장을 바라보며 오늘 일어난 일을 다시 정리해보기로 했다. 그럼 적어도 귀걸이보다는 먼저 다음 상황에 대비할 수 있겠지.

과학 담당 파울러 선생님은 '어떻게 저런 생각을 했을까?' 싶은 혁신적인 발명가들도, 사실을 들여다보면 같은 생각을 하는 다른 연구자들과 많은 경쟁을 치러야 했다고 말했다.

"시대를 타는 건 아이디어야." 선생님이 말했었다. "동시대 사람들은 서로 비슷비슷한 아이디어를 갖기 마련이지. 전기, 비행기, 라디오, 텔레비전, 자동차, 모두. 위인전에는 그렇게 안 쓰여 있지? 마치 그 한 사람이 모든 공을 세운 것처럼 쓰여 있잖아. 근데 그렇지가 않아. 같은 걸 개발하려고 연구하고 궁리하는 사람들이 꽤 많았다고. 그러니까 지금 우리 주위에 있는 것들은 다 언젠간 발명될 운명을 가졌던 거야. 다시 한 번 말해줄까? 시대를 타는 건 아이디어다!"

베니 스핑크스 유괴도 마찬가지다.

이 시대에 유행하는 아이디어다. 제일 잘나가는 축구선수의 아들을 납치해서 몸값을 받아내고 도망간다. 휴대폰, 디지털 카메라와 더불어 훌륭한 돈벌이가 되는 현대의 발명품이 아닌가?

두 유괴범 조직은 한동안 학부모인 것처럼 위장해서 학교 밖에 차를 대놓고 베니의 행동반경을 조사했을 거다. 언제 등교하고 언제 하교하는지, 가장 접근하기 쉬운 순간과 감쪽같은 납치 방법……. 그러면서도 서로의 존재를 까맣게 몰랐을 터이다.

그리고 마침내 범행 당일, 아마 한 팀은 처치 길에서, 다른 팀은 딘 길에서 눈이 빠져라 교문만 지켜보고 있었을 거다.

그러다 그중 한 팀이 나를 만나러 몰래 학교에 들어가려는 베니를 발견하고 옳다구나, 바로 납치를 해 간 모양이다. 내 재킷을 입고 있었을 테지만 교복이란 게 으레 그렇듯 모양이 거의 비슷하니까 알아채지 못했을 테지.

어쨌든 그 시간에 학교로 들어가는 데 의문 따위 품지도 않고, 베니를 유괴해서 트렁크에 넣어 길을 곧장 달려 나갔을 거다. 귀걸이 쪽이 아무것도 보지 못한 건 당연하다.

나는 뒤늦게 나왔다. 학교 앞에는 사람이 거의 없었고, 범행을 막을 사람이라고는 리무진 기사 조밖에 없었다. 딘 길에 숨어서 우리를 지켜보던 귀걸이 일당은 지금이 기회다 하고 재빨리 튀어나와 나를 납치한 거다.

문제는, 누가 진짜 베니 스핑크스인가 하는 거다. 어느 쪽 유괴범들이 돈을 받게 될까? 그리고 가짜 베니 스핑크스, 즉 나는 어떻게 되는 거지?

생각하기 싫었다. 엄마 아빠 생각이 났다. 지금쯤 나를 걱정하고 계시겠지. 전화도 해보고 동네를 돌아다녀봐도 나오질 않으니, 아마 경찰에 실종 신고를 했을지도 모른다.

그래, 제아무리 베니 스핑크스가 대단한 아이라고 해도, 나도 사람인 이상 내 실종 사건도 빛을 보고 대중의 관심을 받을 권리가 있다.

귀걸이가 사건의 전말을 알아내기까지는 얼마나 걸릴까? 아마 베니 스핑크스와 똑같이 생긴 빌 해리스라는 아이가 실종되었다는 게 뉴스에 나자마자 깨닫게 되겠지. 바로 알아차릴 거다. 문을 따고 달려들어 자고 있는 나를 흔들며 '그래, 네놈은 뭐냐? 진짜야, 가짜야?' 하고 추궁할 게 뻔하다.

그럼 뭐라고 대답해야 하나?

가짜라고 대답하면 나를 놔줄지도 모른다. 하지만 믿지 않을 수도 있다. 아니, 믿어주지 않을 게 확실하다. 당연하지. 왜냐면 진짜 베니 스핑크스라도 그런 말은 할 테니까. 자기가 가짜니까 놓아달라고.

그런데 내가 빌 해리스라는 사실을 믿어준다 해도 문제가 남는다. 베니도 아닌 것이 자기들 얼굴이랑 목소리를 다 알고 있으니, 어쩌면 오히려 더 풀어주지 않을 수도 있다. 그냥 죽이려고 하겠지.

베니는 뭐라고 할까? 어떻게 해야 베니와 내가 둘 다 안전할 수 있을까? 일단은 유괴범들이 제대로 파악하지 못하게 교란 작전을 펼치는 게 좋겠다.

그래! 무슨 일이 있든, 난 내가 진짜 베니 스핑크스라고 주장하겠어! 그게 가장 생존 확률이 높아 보였다.

나는 곧바로 잠이 들었다. 옷을 벗기도 귀찮아서 교복을 입은 채로 이불 위에 누워 잤다. 꿈결에 엘비스 형이 과연 나를 보고 싶어 하는지, 걱정은 하고 있을지, 아무도 없는 이층 침대 매트리스를 발로 차는지 생각했다.

"어이! 너! 이리 와!"

이른 아침이었다. 유괴범들은 나를 침대에서 끌어내 부엌까지 질질 끌고 가서는 텔레비전 앞에 앉혔다. 뉴스가 나오고 있었는데, 뭔지는 모르겠지만 소식 하나가 끝나가고 있었다. 네 명 중 하나가 채널을 돌려 다른 뉴스로 바꿨다.

내 소식이었다.

"경찰은 현재 노리스 이스트 학교 학생 빌 해리스 군의 실종 사건에 대해 자세한 경위를 파악 중입니다. 전날 평상시와 같이 등교한 후 하교하는 모습까지 목격되었다고 합니다. 경찰은 빌 해리스 군의 사진과 신상을 공개하며, 친절하고 바른 학생이고, 학교생활에서나 가정에서 아무런 문제가 없었다고 밝혔습니다.

빌 군의 부모는 아들이 조속히 돌아와주길 바라며, 목격자의 연락이 들어오기만을 기다리고 있습니다. 빌 군은 보통 키, 보통 체격이며, 축구선수 데리 스핑크스의 아들 베니 스핑크스로 오해받는 일이 자주 있었다고 합니다."

흉터, 콧구멍, 비니와 함께 식탁에 앉아 있던 귀걸이가 텔레비전을 껐다.

"자, 말해보실까나?"

귀걸이가 말했다.

"뭘요?"

나는 최대한 순진무구한 표정으로 되물었다. 출출했다. 비니가 토스트를 만들어줄까, 아침은 언제쯤에야 먹을 수 있을까 궁금했다.

"뭘요? 지금 뭐냐고 물었냐, 이 X 같은 놈아?"

귀걸이는 좀 화가 난 모양이었다.

"두 명이 있는 거지? 베니 스핑크스라는 X새끼랑 빌 해리스라는 XX놈이랑! 같은 날 동시에 유괴된 거고! 근데 한 놈은 400만 파운드나 하는데 다른 X 같은 새끼는 X도 안 되는 XXX라는 거 아냐. 지금 우리가 궁금한 건 딱 한 가지야. 베니인가 뭔가 하는 그 XXX이 어느 놈이야."

왜 굳이 X 자를 섞어야만 표기 가능한 저런 표현을 쓰는 건지 알 수가 없었다. 나를 포함해 자라나는 어린 새싹들과 청소년들에게 좋지 않은 본보기가 될 텐데. 뭣도 모르는 애들이 멋있는 건

줄 알고 따라 쓰면 어떻게 하려고.

"그래, 어서 대답해봐. 넌 어떤 놈이야?"

"당연히 베니 스핑크스인데요."

"증명해봐."

콧구멍이 말했다.

"어떻게요?"

"너희 아빠 이름이 뭐야?"

콧구멍이 물었다.

"이 XX새끼야!"

귀걸이가 소리쳤다.

"얘 아빠 이름 모르는 XXX가 어디 있어! 정글 한복판에 사는 치타도 알겠다. 그런 거 물어봤자 소용없어."

"그럼 엄마 이름 대봐."

"아, 닥쳐봐, 좀!"

귀걸이는 노트북을 열었다. 그리고 무슨 말인가를 마구 치더니 이메일을 보냈다. 잠시 후 답장이 날아왔다.

"좋아, 꼬마야. 답장이 왔어. 네 부모가 문제를 보냈네. 진짜 베니만 맞힐 수 있는 문제. 자, 말해봐. 침실 벽지 색이 어떻게 되지?"

"파란 줄무늬요. 남색 테두리가 있는. 그리고 바닥 쪽으로 기울어진 커다란 창문이 있고, 그 오른쪽으로는 딱 맞게 짜인 찬장, 왼쪽으로는……."

"됐어, 됐어. 파란 줄무늬면 됐어."

귀걸이가 메일을 보내자 또다시 금방 답장이 왔다. 이번에는 나머지 셋도 모두 노트북 앞에 달라붙어 어깨 너머로 답장을 살펴봤다.

"어떻게 됐어?"

콧구멍이 물었다.

"맞대."

귀걸이가 대답했다.

뒤의 셋이 짧게 환호성을 올렸다. 하지만 귀걸이는 별로 즐거운 표정이 아니었다.

"왜 그래? 그럼 얘가 진짜 베니 맞는 거잖아?"

비니가 물었다.

"아냐. 그 아래도 읽어봐. 다른 쪽에 잡혀 있는 녀석도 답을 맞혔대."

귀걸이가 말했다.

순식간에 신나던 분위기가 사그라졌다. 그때 갑자기 비니의 낯빛이 밝아졌다. 뭔가를 깨달은 듯 일그러졌던 얼굴도 환하게 피었다.

"아, 알겠다."

"뭐?"

"베니가 두 명 있는 거야."

비니 말에 귀걸이가 이를 갈았다.

"그 정도는 우리도 알아. 방금 뉴스에 나왔잖……."

"아니, 베니 스핑크스한테 쌍둥이 형제가 있는 거지. 예를 들어 조이 스핑크스라든가……."

"조이 스핑크스?"

"그래. 태어날 땐 일란성으로 같이 태어났는데, 그중 조이라는 애가 비정상이었던 거지. 그래서 언론에 밝히지 않고 다락 같은 데다 숨겨놓은 채로 몇 년을 산 거야. 침대에 묶여서……."

"침대에 묶여?"

"어, 요강하고."

"요강?"

"그리고 밥 같은 건 문 밑으로 넣어주는 거지."

"문 밑으로?"

"어, 그러다가 어느 날 주체할 수 없는 힘 때문에, 뭐 예를 들어 이빨이 비정상적으로 세다거나 해서 자기를 묶고 있던 쇠사슬을 끊고 탈출해서……."

"쇠사슬을 끊는다고?"

"그래, 그러고서 창문으로 나와 도망친 거지. 베니의 옛날 교복을 훔쳐 입고는 바로 학교로 향한 거야. 아마 복수를 하려고 한 거겠지. 베니가 그렇게 정상적인 생활을 하는 동안 자기는 침대에 묶여서……."

"요강하고?"

"맞아, 요강…… 그리고 문 밑으로 밀어주는 밥을 먹으면서 생활했다는 사실이 분해서."

"비니……."

"어?"

"비니, 여태 네가 하는 말 잘 들었는데, 솔직히 말해서……."

"어?"

"그런 쓰레기 같은 추측은 태어나서 처음 들어본다. 다른 애가 또 납치됐대잖아. 아까 텔레비전은 우리 셋만 봤냐? 베니 스핑크스하고 똑같이 생긴 애가 유괴됐대잖아. 보리스인지 뭔지 하는! 쌍둥이 형제는 뭔 개소리야? 애들 생각할 동안 넌 가서 토스트나 만들어 와! 넌 그게 돕는 거야!"

"지금 이것도 도와주려고 한 거라고!"

비니가 입을 내밀며 식빵을 들고 토스터에 다가갔다.

귀걸이는 깊은 생각에 잠겨 가만히 앉아 있었다. 생각의 바다가 주위에서 넘실대는 게 보일 것만 같았다.

갑자기 귀걸이가 손가락으로 '딱!' 소리를 내며 말했다.

"알았다!"

나머지 셋이 기대에 찬 눈빛으로 귀걸이를 쳐다봤다.

"핑글 녀석들이야!"

"핑글?"

"그래, 틀림없어. 아니면 누구겠어? 딴 애들은 다 은행이나 현금 수송 차량 털고 있는데, 핑글, 걔는 유괴만 하잖아."

"뱁스 핑글 말하는 거야?"

흉터가 물었다.

"어, 뱁스 핑글하고 그 패거리."

귀걸이가 고개를 끄덕였다.

"이제 어떻게 하지?"

콧구멍이 물었다.

"휴대폰 줘봐."

"내 거?"

"당연하지. 내 거로 걸면 추적당할지도 모르잖아."

"아, 근데 이걸로 걸면 내가 추적당하잖아."

"난 상관없어. 그 여자 번호가 어떻게 되더라?"

"몰라."

콧구멍이 어깨를 으쓱했다.

"그럼 집 번호라도. 음성 메시지에 휴대폰 번호가 있을 테니까."

"그건 알 것 같다."

흉터가 작은 주소록을 꺼내 뒤적거렸다.

귀걸이는 흉터가 불러준 번호로 전화를 걸었다. 그리고는 녹음된 목소리에 귀를 기울이더니 펜을 들고 나무 탁자 위에 번호를 써 내려갔다. 귀걸이는 전화를 끊고 새 번호로 다시 걸었다.

"여보세요? 뱁스 핑글? 나야. 그래. 알지? 야, 지금 너희랑 우리랑 문제가 좀 생긴 것 같은데, 맞아?"

유괴범들의 눈이 귀걸이에게로 쏠렸다. 귀걸이는 슬쩍 웃어

보인 후 고개를 끄덕였다.

"그래, 그럴 줄 알았어. 그럼 우리, 힘을 합치는 게 어때? 돈은 반으로 나누고. 괜찮아? 너네는 얼마 요구했어? 아, 그래? 우린 400 달라고 했어."

"얼마 요구했대?"

흉터가 옆에서 물었다.

귀걸이가 손가락 세 개를 펴 보였다.

"그럼 400으로 유지한다. 아니면 500으로 올려도 될 것 같애. 애들 몇 명이야? 너까지 합해서. 넷? 우리도. 그럼 500을 8로 나누면, 그러면……."

"62만 5,000파운드씩 돌아가겠네요. 하루 일한 것치고 꽤 괜찮은 벌이인데요?"

내가 끼어들었다.

"입 좀 다물어봐!"

귀걸이는 나한테 말하고 나서 휴대폰에 대고 다시 말했다.

"아니, 뱁스 너 말고. 여기 애가 문제야. 머리 좋다고 좀 나대. 좋아, 그럼, 나머지는 만나서 상의하는 게 낫겠다. 우리가 가거나 너희가 오면 돼. 그래, 그럼 너희가 오는 걸로 한다. 그쪽이 더 안전할 것 같네. 애 데리고 최대한 빨리 와. 누가 진짜고 가짜인지는 그다음에 보자. 여기가 지금 어디냐면…… 아, 비니, 애 못 듣게 방에 가둬."

나는 토스트 몇 개를 들고 방에 다시 갇혔다. 잠깐 텔레비전을 보다가 껐다. 밖에서 유괴범들이 상의하는 게 들렸다. 내가 듣지 못하도록 목소리를 낮게 깔았다. 나는 까치발로 마루를 가로질러 문에 귀를 댔다.

"내가 방법을 알아."

귀걸이가 말했다.

"뭐랄까, 일종의 리트머스 시험지라고 보면 되지. 진짜 베니 스핑크스는 빨갛게 변하고, 나머지는 아무 반응 없을 거야. 어디서 읽었던 것 같아. 괜히 토 달 필요 없어. 확실히 구분해낼 수 있는 방법이니까. 근데 좀 극단적이니까, 마지막 방법으로만 써야 할 거야. 비니……."

"어?"

"차 갖고 가게에 가서 내가 말한 것 하나 사가지고 와."

"알았어."

"핑글 패거리가 다른 애 하나랑 같이 여기로 오면, 그때 파악할 수 있겠지."

"가짜는 어떻게 할 거야? 알아낸 다음에?"

"그냥 어딘가 버려두고 와야지. 애를 두 명이나 데리고 있긴 싫다. 유모도 아니고. 베니 스핑크스만 있으면 돼. 그리고 이제는 확실히 알아볼 방법도 있으니까."

바깥쪽 문이 쾅 닫히는 소리에 이어 얼마 후 차에 시동을 거는 소리가 들려왔다. 나는 침대에 누워 천장을 보며 유괴범들의 대화를 곱씹어봤다.

무슨 소리지? 리트머스 시험지라니? 나와 베니 스핑크스를 가려낼 그 대단한 방법이 대체 뭘까?

그때 잊고 있던 사실이 머릿속을 스쳤다. 맞다. 그거겠구나! 악당들의 계획이 눈에 훤히 보였다. 그래, 그 방법밖에 없었다.

뜻대로 하게 두지는 않을 테다. 나는 홀로 궁리하며 계획을 짰다. 이미 내가 한발 앞서 있으니, 머리를 잘만 굴리면 이 경주에서 이길지도 모른다.

일단은 그 사람들에게 내가 베니라는 사실을 확신시켜야 했다. 그래서 진짜 베니가 풀려나고 집에 도착하면, 그때서야 내가 가짜라는 걸 밝히는 거다. 우리 집에서는 500만 파운드를 받아낼 수 없으며, 가족들이 나를 버렸다기보다도 그럴 만한 재산이 없다고 말이다. 당장 긁어모을 수 있는 돈이라고는 휴가 가려고 모아둔 것과 부엌문을 받쳐놓은 커다란 병 속에 든 동전이 전부라고.

그게 내 계획이었다. 내가 베니라고 하고 진짜 베니를 놓아준다. 그런 다음 내 정체를 밝히고 나도 풀려난다.

바꿔치기 대작전이 형편없이 실패하긴 했지만, 이번에까지 그러리란 법은 없겠지?

차 소리가 들렸다. 비니가 돌아온 모양이었다.

"가져왔어."

보지는 못했지만 뭔지는 알 수 있었다. 비니가 식탁에 내려놓은 것은 틀림없이 그거다.

"좋아. 그거면 됐어. 일단은 숨겨놔."

귀걸이가 말했다.

찬장이 열렸다 닫히는 소리가 났다.

"오케이. 좀 있으면 핑글 녀석들도 올 거야."

한 20분쯤 후에 또 다른 차 소리가 들렸다. 핑글 패거리라는 유괴 조직인 것 같았다.

한 여자가 말했다.

"데리고 들어와. 다 들어오기 전까지는 입에서 테이프 떼지 마."

안대를 하고 테이프로 입을 막은 채 유괴범들에게 끌려 들어올 베니를 떠올렸다. 손발이 묶여 있을지도 몰랐다.

어쩌면 트렁크에 실려 왔을지도.

집 문이 또다시 열리고 닫히면서 밖은 웅성거리는 소리로 가득 찼다. "안녕", "잘 지냈냐" 같은 인사말이 들리고, 유괴범들 사이에서 쓰는 은어가 오갔다.

그다음으로 귀걸이의 목소리가 들렸다.

"그럼, 이제 우리 애 데리고 와서 나란히 놓고 살펴보자."

딸깍하며 잠긴 문이 열렸다. 문밖에 콧구멍이 서 있었다.

"나와봐라, 꼬맹아."

나는 콧구멍을 따라 부엌으로 나갔다. 귀걸이, 흉터, 비니, 뱁스 핑글로 보이는 한 여자, 그리고 험상궂게 생긴 똘마니 세 명이 식탁에 둘러앉아 있었다.

그리고 베니도. 진짜, 100퍼센트 오리지널, 순수 혈통 베니 스핑크스. 재킷은 아직도 내 걸 입고 있었다.

우리 눈이 마주쳤다.

"미안, 빌. 이렇게 될 줄은 몰랐어."

베니가 말했다.

"괜찮아, 빌. 네 잘못 아냐. 걱정 마."

내가 대답했다. 저들이 알아채면 안 되니까.

고개를 돌리자 식탁 한가운데에 덩그러니 놓여 있는 흰 접시가 보였다.

그 위에는 샌드위치가 있었다. 바로 먹으면 딱 좋을 신선한 샌드위치. 리트머스 시험지. 이 상황을 정리해줄 시험약. 진짜를 가려낼 방법.

난 샌드위치 내용물을 알고 있었다. 물론 베니는 모르겠지.

간단했다.

그건 땅콩버터였다.

## 진짜 베니 스핑크스를 풀어주시죠

핑글 패거리와 귀걸이 일당은 식탁을 가운데 두고 마주 앉았다. 나와 베니는 나머지 양쪽 자리에 마주 보고 앉았다. 분명 그들 중 누군가가 〈주간 오키도키〉나 그 비슷한 잡지에서 베니한테 땅콩 알레르기가 있다는 기사를 읽었을 거다. 그러니 땅콩버터 샌드위치를 준비했지. 그 샌드위치가 바로 리트머스 시험지, 결정 요인, 기나긴 연장전 끝의 페널티킥인 셈이다. 하지만 나는 접시를 본 체도 하지 않았다. 전혀 관심 없는 것처럼 굴었다.

귀걸이가 먼저 나섰다.

"좋아, 거짓말 않고 사실대로 말하는 거다. 누가 베니고 누가 빌이지?"

"저요!"

나와 베니가 동시에 대답했다.

귀걸이가 조금 화난 듯 다시 물었다.
"정정하지. 일단, 빌이 누구야?"
"쟤요."
우리가 대답했다.
귀걸이의 얼굴이 실룩거렸다.
"차라리 내가 더 잘하겠어."
뱁스 핑글이 말했다.
한순간에 똘마니들 앞에서 웃음거리가 된 귀걸이는 침입자에게 영토를 빼앗긴 늑대처럼 얼굴을 일그러뜨리며 뱁스를 째려봤다. 하지만 금세 웃으며 '그래, 그럼 넌 얼마나 잘하는지 보자' 하는 표정으로 말했다.
"그러면 네가 물어봐."
"그러지."
뱁스 핑글은 꽤 멋있게 생긴 여자였다. 팔 둘레에는 팔찌 모양 문신을 새겼다.
"한 번에 한 명씩 가지. 너!"
뱁스가 나를 가리켰다.
"네가 베니 스핑크스야?"
"네, 맞아요."
그러자 뱁스는 베니를 돌아보며 물었다.
"그럼, 네가 빌 해리스?"
내가 대답을 가로챘다.

"맞아요, 쟤가 빌이에요."

"너한테 안 물어봤어. 얘한테 물었잖아. 바보도 아니고 그런 것 하나 혼자 대답을 못 하겠어?"

"까먹었을 수도 있잖아요."

"너 안 닥칠래? 입을 아예 꿰매줄까?"

콧구멍이 한마디 했지만 나는 물러서지 않았다.

"그냥 도와주려는 것 갖고 왜 그래요?"

"그만 좀 떠들어! 영영 이러고 앉아 있을래? 뱁스, 계속해."

귀걸이가 말하자 뱁스는 다시 베니를 쳐다봤다.

"넌 이름이 뭐니?"

베니가 '빌 해리스'라고 대답하면 무사히 풀려날 거다. 내 정체는 그 후에 밝히면 된다. 베니한테 신호를 보내려고 식탁 밑으로 다리를 찼다.

그런데 다리 주인은 핑글 패거리 중 하나로, 험악하게 생긴 남자였다.

"아! 누구야? 누가 지금 내 발목 찼어?"

남자는 바로 건너편에 마주 보고 앉아 있던 비니를 노려봤다.

"너야? 한 번만 더 그래봐. 귀를 뽑아서 콧구멍에 박아줄 테니까."

그러자 비니가 벌떡 일어났다.

"뭐라고, 이 새끼야? 그럼 난 네 코를 뽑아서 귓구멍에 쑤셔 넣어줄 테다!"

핑글 쪽 남자도 자리에서 일어섰다.

"너, 나랑, 한판 뜨자!"

뱁스가 참지 못하고 끼어들었다.

"진정하고 앉아, 전기톱. 지금 중요한 얘기를 하고 있는데 이렇게 식탁 아래로 발장난이나 하고 있으면 되겠어?"

"쟤가 먼저 시작했어."

"웃기시네."

왜 전기톱이라고 불리는 건지 궁금했지만, 지금은 그걸 물어보기에 적당한 때가 아닌 것 같았다.

"알았으니까 어쨌든 그만해. 자, 그러면……."

뱁스가 베니를 위협적인 눈빛으로 노려봤다.

"불어봐. 네 실명이 뭐야."

"베, 베니 스, 스핑크스요."

유괴범들이 베니 스핑크스에 대해 조금만 더 자세히 조사했더라면 누가 진짜인지 이때 알아냈을 거다. 하지만 진짜 베니가 말을 더듬는다는 사실을 전혀 모르는 듯했다.

"좋아, 그럼 둘 다 베니 스핑크스라는 거지?"

우리는 고개를 끄덕였다. 잠시 동안 정적이 흘렀다. 정말 조용하고 평화로운 순간이었다. 그때 갑자기 뱁스가 손바닥으로 책상을 쾅 내리쳤다.

"말이 되는 소리를 해!"

뱁스의 목소리가 얼마나 쩌렁쩌렁한지 다들 깜짝 놀라 펄쩍

뛸 뻔했다.

"분명 한 녀석은 거짓말을 하고 있어. 누구지? 어느 꼬맹이가 거짓말을 하는 거야?"

베니와 나는 손가락으로 서로를 가리켰다.

"쟤요."

"나 지금 폭발하기 일보 직전이야."

뱁스 핑글이 말했다.

"난 이미 한계야. 이제 이건 그만하고, 다음 전략을 시도해봐야겠어."

귀걸이가 말하고는 식탁 한가운데 놓인 샌드위치를 쳐다봤다.

"잠깐만!"

뱁스는 땅콩버터를 쓰고 싶지 않은 것 같았다. 당연하다. 그만큼 위험하다는 소리이기도 하다. 베니의 알레르기가 얼마나 심각한지는 아무도 몰랐다. 생각 없이 땅콩버터 샌드위치를 먹였다가는 두드러기에서 그치지 않고 심장마비로 죽어버릴지도 모를 일이다.

살아 있는 베니 스핑크스는 500만 파운드라는 가치가 있다. 하지만 만약 죽으면? 유괴범들도 입장이 난처해진다. 알레르기가 있는 걸 알면서 억지로 땅콩을 먹여 죽게 만든다면 그건 살인이다. 유괴와 살인은 전혀 다른 이야기다.

"이봐, 뱁스. 내 생각에는 우리가 데려온 애가 진짜야. 일단 리무진에 타고 있었어. 기사랑 같이 있었다고. 그 학교 재킷도 입고 있었고. 근데 너희 애는? 길에서 납치한 거잖아? 그리고 뭐 입고 있었지?"

귀걸이가 말했다.

"그때는 똑같아 보였는데."

"다시 제대로 봐봐."

우리는 아직도 교복을 입고 있었다.

"그러니까 얘가 진짜지. 딱 봐도 보이지 않아? 아니라면 왜 학교 재킷까지 입고 리무진에 타고 있었겠어. 그렇지, 네가 실수한 거야 뱁스. 잘못 데려왔어."

귀걸이의 주장에 뱁스 핑글은 약간 기가 죽은 듯 보였다. 옆에서 콧구멍과 흉터, 비니가 환호하며 고개를 끄덕이고, "그래, 그건 어떻게 설명할래?" 같은 말을 지껄였다.

그렇다고 포기할 뱁스가 아니었다.

"그쪽 베니가 진짜면, 눈 색깔은 어떻게 된 건데?"

뱁스는 외투 주머니에서 돌돌 말린 잡지를 꺼내 식탁 위에 던졌다. 〈주간 오키도키〉였다. 데리 스핑크스와 밈시 토시의 일상을 다룬 특집호인 모양이었다.

스핑크스 가족 셋이 한데 모인 사진도 나와 있었다. 사진 속 베니의 눈은 초록빛이 도는 갈색이었는데, 내 눈은 초록빛이 도는 파란색에 가까웠다. 이전까지는 아무도 눈치채지 못한 미미한 차이점이었다.

잠시 사진을 뜯어보던 귀걸이는 코웃음을 치며 잡지를 다시 식탁 위로 던져놓았다.

"인쇄 문제잖아. 아니면 빛 때문에 그런 거거나. 이런 걸로 너희 애가 진짜라는 건 말이 안 되지. 다른 잡지 가져와봐. 색깔이 또 달라져 있을걸. 사진은 마음대로 조작할 수 있어."

말을 마친 귀걸이가 갑자기 무언가 생각난 듯 교활한 표정을 지었다.

"선천성 모반은 어떨까?"

귀걸이는 나와 베니를 번갈아 쳐다봤다.

"스핑크스 집안에서 유전되는 모반을 가진 건 누구지? 둘 중에 어떤 놈이야? 그럼 알 수 있겠네."

"스핑크스 집안에서 유전되는 모반이 뭔데요?"

내가 물었다.

"네가 알 거 아냐?"

"그런 거 없는데요."

내가 대답했다.

부엌이 또다시 조용해졌다. 그때 귀걸이가 식탁 너머로 뱁스에게 윙크를 해 보였다. 이제 땅콩버터가 올 차례다. 이미 각오한 일이다. 최대한 감쪽같이 연기를 해야 한다.

귀걸이가 의자에 편히 기대어 앉았다.

"서두를 거 없어. 정신도 산만한데, 기분도 전환할 겸 차 한잔 마시는 게 어때, 뱁스?"

"나야 좋지."

"비니, 가서 주전자 올려."

항상 잔심부름을 담당하는 비니가 짜증스럽다는 표정을 지으며 일어나 개수대로 갔다.

"너희들은 어떠니? 꽤나 출출할 텐데."

"별로요."

내가 말했다.

"저도요."

베니가 합류했다.

"글쎄, 먹을 수 있을 때 먹어둬. 이제 언제 또 식사를 하게 될지 모르잖아? 여기 있다. 베니, 그리고 베니. 어서 맛 좀 봐."

귀걸이가 샌드위치 접시를 우리 앞으로 밀었다.

"꿀, 마마이트, 치즈 샌드위치야."

땅콩버터 얘기는 안 하는군. 아마 쥐꼬리만큼 발라놓았을 거다. 알레르기가 있는 사람만 반응할 수 있을 정도로.

"레모네이드 줄까, 얘들아?"

"네."

"고맙습니다."

"비니!"

비니가 마지못해 음료수를 가져다줬다.

모든 시선이 우리에게 쏠렸다. 우리는 레모네이드를 마셨다. 한 모금 삼킨 후, 베니가 샌드위치 접시를 내 쪽으로 밀었다.

"샌드위치 먹을래, 베니?"

"너부터 먹고, 베니."

내가 대답했다. 하지만 의심받지 않으려고 한 말이다. 계획대로라면 내가 먼저 먹는 게 옳았다.

"아니야, 너 먼저 먹어."

베니가 고집했다. 휴, 다행이다.

"그래, 그럼. 고마워, 베니."

나는 손을 뻗어 샌드위치를 집었다. 입을 벌리고 한 입을 베어 물었다. 우물우물.

그리고……

정말 내가 생각해도 놀라운 광경이었다. 그렇게 엄청난 발작 연기는 거기 있던 사람 중 누구도 본 적이 없을 거다. 특히 특수 분장 따위는 전혀 없이 입의 거품을 그럴싸하게 재현해낸 게 아주 자랑스러웠다.

샌드위치가 이에 닿자마자 나는 경련을 일으켰다. 팔과 다리를 있는 대로 꼬며 식탁 위에 쓰러져서 주먹으로 죽어라 두드리고 발길질을 해댔다.

"쟤 잡아! 저러다 다치지 않게 해. 식탁에서 끌어내려!"

양쪽에서 내 팔을 잡아당겼다. 나는 계속해서 발을 구르고 몸을 주체할 수 없을 정도로 떨었다. 아니, 유괴범들 눈에는 주체할 수 없는 것으로 보였겠지만, 나한테는 정교하게 연출한 행위 예술이었다. 다 죽어가는 신음 소리를 내며 눈을 까뒤집었다. 엘비스 형을 놀리려고 종종 써먹던 기술이다.

"눈깔이 없어졌어! 눈이 뒤로 돌아갔나 봐!"

콧구멍이 소리쳤다.

"꽉 잡아. 그냥 경련일 뿐이야."

귀걸이가 말했다.

추가적으로 호흡 곤란 흉내를 내보는 것도 괜찮을 것 같았다. 그래서 바람 새는 소리를 내며 손으로 공중을 할퀴었다. 반응을 보려고 잠시 눈을 원래 상태로 되돌렸다.

"호흡 곤란인가 봐! 대체 뭘 한 거야? 이 머저리야!"

뱁스 핑글이 소리 질렀다.

"베니 스핑크스가 땅콩 알레르기니까 이러면 알아낼 수 있을 거라고 생각했지!"

"그러다 애 죽으면 알아내는 게 대체 무슨 소용이야!"

"조금 먹는다고 죽기야 하겠어?"

귀걸이는 내가 '말려 들어간 혀에 숨이 막히는' 소리를 내자 불확실한 어조로 "아닌가?" 하고 덧붙였다. 표정만 보면 마치 앉은자리에서 500만 파운드를 잃어버린 사람 같았다.

"숟가락 가져와서 애 숨통부터 트이게 해봐! 비니! 숟가락!"

누군가 그렇게 소리치자 비니가 투덜거렸다.

"왜 맨날 나야? 주전자에 물 담는 것도 나고, 레모네이드 따라 오는 것도 나고, 어제는 감자 칩까지 요리하고……."

"요리는 무슨, 태웠으면서."

"오늘 아침에는 토스트도 하고, 샌드위치도 자르고, 이제는 숟가락까지 가져와야 해? 다른 사람한테 시키면 안 돼?"

"아아아아아아아! 아아아아아아! 아아아아아아아!"

내가 비명을 질렀다. 그러고는 꾸루룩꾸루룩 끔찍한 소리를 냈다.

"그냥 빨리 가져와! 혀가 목구멍으로 넘어가려고 하잖아!"

"그러나 저러나 숟가락은 왜 필요한 건데? 그거 갖고 뭐 하려고? 콘플레이크라도 먹이게?"

"혀 잡아 뽑으려면 숟가락이 있어야 된다고, 이 멍청아! 됐다, 그냥 내가 가져오고 말지."

귀걸이가 찬장 서랍 하나를 휙 잡아당겼다. 도구들이 바닥에 와르르 떨어졌다. 귀걸이는 그중 커다란 은숟가락 하나를 집어 식탁 위에서 거품을 물고 버둥대는 나한테 다가왔다.

별로 마음에 들지 않는 숟가락이었다. 그걸로 내 목구멍을 후비게 놔둘 수는 없었다. 그래서 조금 나아진 시늉을 하기로 했다.

"아아아아아아, 으으으으으으!"

"괜찮아, 괜찮아! 혀는 나왔어! 근데 눈이 또 뒤집어졌네."

뱁스 핑글이 말했다.

나는 혀를 입 밖으로 축 늘어뜨렸다. 눈은 잠시 후에 원래 상태로 되돌렸다.

그러던 중 맞은편에 앉아 있던 진짜 베니 스핑크스와 눈이 마주쳤다. 베니는 나한테도 땅콩 알레르기가 있다고 생각했는지 겁에 질린 표정이었다.

나는 윙크를 해 보인 후 다시 한 번 경련을 일으켰다. 그러면서 샌드위치 접시를 쳐서 바닥으로 떨어뜨렸다.

"조심해! 또 시작이다!"

그럴싸해 보이기 위해 눈도 뒤집고 입에 거품도 다시 물었다. 그렇게 몇 번 더 발작을 일으킨 후 서서히 가라앉혔다. 그 와중에 베니와 눈이 마주치면 괜찮다는 신호를 보냈다. 알아들을 수 있기를 바랐다. 난 괜찮을 테니 걱정할 필요 없다고.

발길질을 멈추고 온몸을 축 늘어뜨렸다. 마지막으로 커다란 풍선 하나를 분 후 거품 내는 것도 그만뒀다.

"이제 됐나 보다. 이젠 괜찮을 거야."

콧구멍이 말했다.

"그러게. 점점 정신이 드나 봐."

뱁스 핑글의 패거리 중 하나가 말했다.

"와, 깜짝이야. 땅콩버터 조금 먹는다고 저렇게 될 수도 있네."

흉터가 말했다.

"그러게, 출근 날에 너 같은 놈이나 내볼 꾀병인데 말이야."

귀걸이가 말했다.

흉터의 얼굴이 빨개지고 모두가 신나게 웃었다. 흉터는 귀걸이를 노려봤지만 두목에게 감히 따지고 들지는 못했다.

"어쨌든, 뱁스. 그쪽 애가 가짜고 우리 애가 진짜인 게 확실해졌네."

"이전에 합의한 건? 설마 말을 바꾸지는 않겠지."

"당연하지. 약속은 약속인데. 돈은 여덟로 나눈다."

"얘는 어떻게 할 거야? 가짜 말이야."

"처리해버려. 돈이나 되겠어? 빌 해리스는 필요 없어. 넌 얼마나 되냐? 한 50파운드는 돼? 하하하."

나는 베니와 눈을 마주쳤다. 괜히 영웅 의식 발휘하지 말고 그냥 가. 난 괜찮을 테니까, 그냥 빠져나가.

"오케이, 빌, 넌 나 따라와라."

"어디로 데려가?"

뱁스가 물었다.

"없애야지."

귀걸이가 그렇게 말한 순간, 나는 영원히 없애버린다는 건 줄 알고 기겁했다.

"안대 씌우고 낯선 곳에 데려가 내려주면 알아서 집에 찾아가겠지. 여기가 어디인지도 모를 테니까 신고도 못 하고."

"알았어."

"베니 부모한테는 메일을 다시 보내야지. 이번에는 진짜 베니를 찾았다고."

그러고서 '가짜 베니' 일행은 집을 나갔다. 내 옆에서는 비니가 커다란 은숟가락을 들고 내가 다시 경련을 일으키기만 기다리고 있었다. 언제든지 숟가락을 내 목구멍에 쑤셔 넣으려고 호시탐탐 기회를 노리는 것 같았다.

흉터와 전기톱이 베니를 데려가 차에 태웠다. 뱁스 핑글과 귀걸이는 노트북 앞에 앉아 데리 스핑크스에게 메일을 보냈다. 진짜 아들을 찾았다는 소식과 함께 더 높은 몸값을 요구했다.

한 시간쯤 지나서 흉터와 전기톱이 돌아왔다.

"잘했어?"

"마을 밖에 떨궈놨어. 버스나 택시 타고 가라고 주머니에 돈도 좀 넣어줬고. 별일 없을 거야. 안대도 씌워놓고 손도 묶은 채로 두고 왔는데, 매듭이 느슨했어. 금방 풀었을 거야."

"아무도 안 봤지?"

"그럼. 여기는 어떻게 돼가?"

"슬슬 맞춰가고 있어. 처음에 500은 안 된다고 하더라고. 그러더니 얘가 진짜 베니인지 믿지 못하겠다고 하길래 그러면 조금 잘라서 보내주겠다고 했어. 귀 같은 것 하나 베어서 봉투에 담아 보내면 좋겠지."

나도 모르게 손을 귀에 갖다 댔다. 전기톱이 그 모습을 보고 놀리듯 말했다.

"어때, 꼬마야? 걱정되냐? 그래, 준비를 해두는 게 좋을 거야. 곧 귀 하나가 댕강 날아갈 거거든. 상자에 예쁘게 포장해서 집으로 보낼 거니까. 귀를 후비려면 지금 미리 후벼둬. 하하하!"

"그러지 마세요."

"그래, 그러면 손가락을 잘라주지. 이런 호의는 아무한테나 베푸는 게 아니란다."

"손가락 자르기도 싫은데요."

"그럼 발가락. 이건 정말 특별한 경우야."

"그냥 아무것도 안 자르면 안 될까요?"

"이런, 이런, 까탈스럽긴."

"자르지 않으면 까탈스럽게 안 굴게요."

그냥 농담이었나 보다.

"배고파요. 샌드위치 좀 만들어주세요."

아침 시간도 훨씬 지난 데다 발작 연기를 하는 바람에 힘이 없었다.

모든 시선이 비니에게로 쏠렸다. 비니는 나를 보며 "저기 재료 있으니까 네가 알아서 만들어 먹어" 하고 말했다. "버릇없는 부잣집 꼬맹이 같으니라고. 불쌍해 보이려고 저러는 거야. 부잣집 도련님 주제에 불쌍한 척해봤자 하나도 안 불쌍해"라고 중얼대는 걸 언뜻 들은 것 같기도 했다.

나는 직접 샌드위치를 만들기로 했다. 아무도 나한테 신경을 쓰지 않았다. 뱁스와 귀걸이는 답장을 하는 사람이 경찰일지 데리 스핑크스일지에 대해 상의하고 있었고, 나머지는 노트북을 둘러싸고 앉아 있었다.

나는 두껍게 썰어놓은 식빵 두 개로 그럴싸한 샌드위치를 만들었다. 우선 잼이 담긴 병 하나를 꺼내 듬뿍 발랐다. 그리고 다른 병 안에 든 것도 잔뜩 쏟아부었다.

내 입맛이 특이한 건지도 모른다. 이렇게 먹는 걸 역겨워하는 사람도 꽤 있기 때문이다. 하지만 나는 이 조합을 가장 좋아한다.

커다란 식빵에 잼. 그리고 땅콩버터.

음, 맛있다.

냉장고에서 우유를 꺼내 유리잔에 가득 부었다. 그러고는 샌드위치와 컵을 들고 식탁 끝에 앉아 먹었다.

먹는 소리가 귀에 거슬렸는지 유괴범들이 하나둘 고개를 돌려 나를 바라봤다. 어느새 부엌은 빵 먹는 소리가 시끄럽게 들릴 정도로 잠잠해졌다.

나를 멍하니 바라보던 귀걸이는 샌드위치로, 이어서 잼이 있는 곳으로 시선을 돌렸다. 하나 더 먹고 싶을지도 몰라서 병을 넣어놓지 않았다. 조리대에는 칼과, 잼, 그리고…….

땅콩버터가 있었다.

뚜껑이 열린 채로. 내용물이 반 넘게 줄어든 채로.

음. 냠, 냠, 냠.

"야! 너 뭐 먹는 거야!"

귀걸이가 말했다.

나는 계속해서 빵을 씹었다. 대답하는 것보다 이게 나을 것 같았다. 캠벨 선생님이 늘 말하기를 "말이 행동만 못하다"고 했다.

마법에라도 걸린 것처럼 모두 입을 다물고 나를 쳐다봤다. 오싹한 정적이 흘렀다. 들리는 거라곤 떨어진 동전 하나가 데구루루 굴러가는 소리뿐이었다.

## 탈출

　나는 무표정하게 샌드위치를 씹었다. 유괴범들의 시선이 나한테 못 박혔다. 어디선가 동전 몇 개가 연이어 땡그랑땡그랑 떨어졌다. 냉장고 소리, 전구가 깜박이는 소리가 정적을 메우는 동안, 유괴범들은 그제야 조금씩 상황이 파악되는 듯했다.
　아무도 입을 열지 않았다.
　이게 아니었나? 한순간 후회가 되었다. 땅콩버터 샌드위치를 대놓고 만들어 먹는 게 기대만큼 좋은 생각은 아니었나 보다. 내가 예상한 반응은 이런 게 아니었다.
　유괴범들은 숨죽인 채 발작이 일어나기를 기다렸다. 이런 상황에서 샌드위치를 먹으려니까 입이 텁텁했다. 목이 마른데 컵은 이미 비어버렸다.
　"우유 좀 주세요."

대답하는 사람이 없기에, 그냥 알아서 마시려고 자리에서 일어섰다. 불편한 침묵이 한동안 지속됐다. 나는 냉장고에서 우유를 꺼내 유리잔에 따른 후 다시 식탁으로 돌아왔다. 부엌은 여전히 조용했다. 그때 갑자기 몸이 붕 떠올랐다.

귀걸이가 한 손으로 내 멱살을 잡아 들어 올렸다.

"이 쥐새끼 같은…….''

"거기여, 아으씨 때매 으으 흐이자나여. (저기요, 아저씨 때문에 우유 흘리잖아요.)"

우유를 입에 머금은 채로 겨우 말했다.

하지만 귀걸이는 내가 우유를 흘리든 말든 별로 상관없는 듯했다.

"죽여버리겠어, 이 X 같은 새끼!"

또 시작이다. X 자는 별로 좋지 않은 신호였다.

뱁스 핑글도 자리에서 일어나 나한테 바싹 다가왔다.

"이 못된…… 이런 미친……. 넌 범죄를 저지른 거야! 사기를 쳤다고! 그래, 네놈 자식, 어쩐지 의심스러웠어."

"그래, 꼬맹아."

귀걸이가 비어 있는 손으로 주먹을 쥐었다 폈다 했다. 한 대 치고 싶어서 근질근질한 것 같았다.

숨이 막혀서 말을 하기가 어려웠지만 이 상황을 진정시키기 위해 꾸역꾸역 내뱉었다.

"이딴 아자서 애기하는 게 어애여. 문명인들 압게 해겨라져.

(일단 앉아서 얘기하는 게 어때요. 문명인들답게 해결하죠.)"

목 주위가 더 세게 조여왔다. 순간 샌드위치에서 비어져 나온 찐득한 땅콩버터 덩어리가 귀걸이의 신발 위로 떨어졌다.

"이런 XXXXXXX! XXXXXXXX 새끼!"

귀걸이가 갑자기 멱살을 놓는 바람에 난 의자 위에 털썩 떨어졌다. 뒤쪽에 떨어져 보고 있던 비니가 다가와서 내 얼굴에 대고 삿대질을 했다.

"우린 너한테 최선을 다해줬어, 알아? 너를 믿었다고, 네놈 따위를! 다치지 않게 살살 납치해서, 오는 길에도 트렁크에 넣는 대신 차에 편안히 눕혀주고, 방에 침대랑 텔레비전까지 놔줬어. 아침에 토스트도 만들어주고, 어제는, 좀 심하게 잘 익긴 했지만, 어쨌든 감자 칩도 요리해주고. 근데 은혜를 이런 식으로 갚다니. 이 배은망덕한 자식! 너 같은 놈은 유괴당할 자격도 없어! 널 낳은 부모님이 걱정이다. 특히 어머니는 어떻게 이런 놈을 견디고 사신다니!"

쉴 새 없이 말을 쏟아낸 비니는 지쳤는지 팔짱을 끼고 의자에 앉았다. 내 쪽으로는 고개조차 돌리지 않은 채 "애새끼들이란. 어떻게 저런 걸 키워?" 하고 덧붙였다.

조용히 앉아 있던 콧구멍이 무서운 기세로 식탁을 찼다. 시선이 모두 그쪽으로 쏠렸다.

"참 잘됐네. 어? 이제 어쩔 거야? 저런 X만 한 꼬맹이한테 당해놓곤!"

귀걸이만 X 들어가는 단어를 쓰는 게 아니었다. 나도 한번 써볼까 하는 마음이 동했다.

"한 시간 전만 해도 500만 파운드가 우리 손에 있었는데, 이젠 X만도 못한 쓸모없는 새끼뿐이라니!"

섭섭한 소리. 베니 스핑크스는 아니지만 나도 나름대로 쓸모 있는 사람인데.

콧구멍이 말을 이었다.

"안 그래? 진짜 대단해들. 이 짓을 하느라고 쏟아부은 시간이며, 돈이며. 근데 이제는 겨우 50파운드도 못 받게 생겼잖아! 거기다가 처리해야 할 꼬맹이만 하나 늘었지, 지금쯤이면 경찰들도 쫙 깔려 있을 테지. 진짜 좋아서 미치고 팔짝 뛰겠네. 이건 뭐, 충치 치료하려고 치과 갔더니 아말감 없다고 쫓겨난 후로 가장 즐거운 날이야! 미친!"

모두 콧구멍과 같은 기분인지, 유괴범들은 잡아먹을 듯 사나운 눈빛으로 나를 노려봤다. 뱁스 핑글 패거리들이 특히 더 화가 난 듯했다.

그중 하나가 입을 열었다.

"없애버려야겠어. 흔적이 남지 않게."

다른 한 명이 말을 받았다.

"영원히 잠을 재워버리는 건 어때? 물속에서?"

그러자 처음에 말을 꺼낸 사람이 맞장구를 쳤다.

"그래, 발에 시멘트를 발라놓고 밤이 되면 강에 떨어뜨리는 거지."

"육교에서 밀어버리는 것도 괜찮지 않냐? 아니면 집 짓는 재료로 쓰는 거야. 잘게 잘라서 콘크리트에 섞는 거지."

전기톱이 제안했다.

"잠깐만, 하나 잊은 게 있어."

귀걸이가 말했다.

"뭐?"

귀걸이의 얼굴에 환한 미소가 번졌다.

"생각해봐. 사실 변한 건 없는 거야."

"뭔 소리야? 알맹이는 날아가고 쭉정이만 하나 남았는데."

흉터가 말했다.

"아냐, 아냐. 잘못 생각하고 있어. 아니지. 여기 계신 이 꼬마가 어떤 분이냐? 기발한 머리로 베니 스핑크스 대신 호랑이 소굴에 들어간 용감한 녀석이란 말이야. 그렇지, 용감하지 않아? 배짱 있잖아. 영웅처럼 모든 위험을 감수하고 베니 스핑크스를 구했어. 그럼 베니 부모가 뭐라고 생각할까?"

"음, 고마워하겠지?"

흉터가 말했다.

"바로 그거야. 고맙고, 감사하고, 기쁘고, 절이라도 하고 싶을 거란 말이지. 근데 또 뭐가 있는지 알아? 가책이 느껴질 거라고! 베니 대신에 남의 아들을 궁지로 몰아넣었다는 양심의 가책이. 그렇잖아, 얘 덕분에 자기 아들이 도망칠 수 있었으니."

"그래서?"

"그래서 어쨌든, 우리는 이 가난한 꼬맹이네 부모한테 500만 파운드를 부치라고 할 거야. 당근 그런 돈은 못 구하겠지. 그럼 누가 대신 내줄 것 같아?"

"아, 데리 스핑크스!"

"바로 그거야. 안 내주면 사람들이 뭐라고 하겠어? 지 아들 살리려고 가난한 집 아들 죽인 파렴치한 놈이다, 돈도 많으면서 그것 한 푼 안 내주는 구두쇠다, 이러겠지."

뱁스 핑글이 씨익 웃었다.

"맞는 말이네. 어쨌든 돈은 부치게 되어 있단 소리잖아. 안 낼 수가 없으니까."

"그럼 유괴 작전은 아직 유효한 거야?"

"유효해. 노트북 좀 줘봐."

귀걸이가 의자를 끌고 와 노트북 앞에 앉았다. 뭐라고 쓰는지는 보이지 않았지만, 뒤에 서 있는 유괴범들이 모두 감탄하는 표정으로 그 내용을 읽고 있었다.

"24시간 내에 돈을 부칠 것."

귀걸이가 타자를 치며 말했다.

"그렇지 않으면 경고의 의미로 아이의 일부분을 받게 될 것임."

"그래, 예를 들어 발톱 두 개라든가."

흉터가 말했다.

"아니면 그냥 발가락 두 개를 자르는 게 어때!"

비니가 맞장구쳤다.

유괴범들은 한동안 신나게 웃었다. 속이 울렁거렸다. 농담 같으면서도, 어쩐지 진심이 섞인 듯한 느낌을 떨쳐버릴 수 없었다.

나는 신발을 내려다봤다. 발가락 두 개를 한쪽 발에서 자른다는 것일까, 양쪽 발에서 하나씩 자른다는 것일까? 어느 쪽이든 바람직하지는 않았다.

콧구멍이 빈정거렸다.

"샌드위치 마저 먹지 그러냐, 꼬마야. 왜 그래? 입맛이 없어?"

없었다. 난 다시 침대와 텔레비전이 있는 그 골방에 갇혔다.

침대에 누워서 현재와 미래, 특히 과거에 대해 생각했다. 엘비스 형, 학교, 축구팀에서 가장 마지막으로 뽑히던 일, 그리고 탈의실의 헤어드라이기 때문에 송두리째 바뀌어버린 내 인생.

갑자기 친구가 늘었고 심지어는 나와 같이 있는 걸 다른 사람들한테 보이려 안달이 난 비키 펀스까지 거머리처럼 달라붙었다. 원래는 말 한 번 안 걸던 애였는데 말이다. 그린 광장에서는 멋진 스케이트보더들과 어울렸다. 그 애들은 그전까지 나란 존재조차 몰랐을 거다. 비키 펀스와는 함께 영화를 보러 가고, 스타벅스에서, 비록 내가 사주긴 했지만, 함께 스무디를 마셨다. 마치 영화배우라도 된 것처럼 한쪽 팔에 여자친구를 끼고, 그 친구들까지 우르르 몰고 다녔다. 모두 새로운 머리 모양과 베니 스핑크스 덕이었다.

베니 스핑크스. 만약 베니가 없는 세상에서 내가 머리를 말리고 나왔다면?

그래, 모두가 웃으며 70년대 록 스타 같다고 놀렸을 거다. 하루 종일 놀림에 시달리고 집에 갔다면, 곧바로 머리를 감고 다시 비 맞은 생쥐 스타일로 원상 복귀했을 테지.

하지만 유명하고 부유한 아이 베니 스핑크스가 존재한 덕분에 그런 일은 벌어지지 않았다.

닮은꼴로 대역을 서서 돈을 벌던 날, 그러던 중 진짜 베니 스핑크스를 만났다. 예상과 달리 베니가 꽤 괜찮은 녀석이라는 걸 그때 알았다.

그러다 바꿔치기 작전을 세우고, 그렇게 바라던 사치스러운 생활을 딱 하루 누리고서는 그것도 별게 아니라는 걸 깨달았다. 제아무리 베니 스핑크스도 럭비를 못하면 학교 체육 시간에 홀대를 받았다. 나의 예전 모습과 다를 것이 없었다. 어찌 보면 베니도 고민거리를 가지고 있는 평범한 학생에 불과했다.

어쨌든 학교도 무사히 마치고, 끝까지 잘될 줄 알았는데, 중간에 이런 이중 유괴를 당하게 되었다. 내 알레르기 연기 덕에 베니는 무사히 풀려났고, 계획대로라면 나도 지금쯤 집에 가고 있어야 했다.

하지만 일은 또다시 틀어지고 말았다. 랍비 번스의 명언, "망칠 일은 어떻게든 망치게 되어 있다"는 게 틀린 소리가 아니었다.

나는 지금 욕심 많은 유괴범 무리에게 붙잡혀 있다. 데리 스핑크스에게 500만 파운드를 요구하며, 만약 지불하지 않으면 내 발가락을 하나씩 잘라서 택배로 부치겠다고 위협하고 있다.

그래도 돈이 오지 않는다면 어떻게 될까? 아마 발가락을 조금 더 자르거나 더 중요한 부위로 범위를 넓혀가겠지.

왜? 무엇 때문에 이런 어처구니없는 상황까지 오게 된 걸까?

그래, 문제는 나였다. 바보 같은 계획 때문이다. 하루 동안 베니 스핑크스가 되어보겠다는 분에 넘치는 생각을 하다니, 멍청한 짓이었다.

집에 가고 싶었다.

천장의 자국을 다시 보고 싶었다.

침대 밑에서 매트리스를 차대던 엘비스 형이 그리웠다. 아침마다 내 머리를 삶은 달걀 취급하며 숟가락으로 두드리던 뎁스도. 마주칠 일이 거의 없던 케빈 형과 (엘비스 형이 어질렀는데도) 방 좀 치우라고 항상 잔소리하던 엄마, 하루 일을 마친 뒤 '인터네티' 작업복을 입고 집에 돌아와 고된 생활을 투덜거리던 아빠.

더 이상 베니 스핑크스 행세는 하기 싫었다.

기사가 모는 리무진, 올림픽 규격 수영장, 밈시 토시, 치들흄 사립학교 따위는 다 잊어버리고 싶었다.

빌 해리스가 좋았다. 태어나서 처음으로 그 못난 빌 해리스가 그리워졌다. 다른 누구도 아닌, 나 자신으로 있고 싶었다.

아직 '내 자신'이 어떤 인간인지는 확실치 않지만, 이제부터 서서히 찾아가기로 마음먹었다. 축구팀으로 뽑지 않아도, 함께 스무디를 먹으러 가지 않아도 상관없다. 마음대로 하라지. 난 엄마 아빠와 뎁스와 케빈 형과 엘비스 형만 있으면 된다. 지금은 그냥 집에 가고 싶다. 이 지긋지긋한 베니 스핑크스 연극을, 그만둘 수 있으면 좋겠다!

문제는 내가 갇혀 있다는 거다. 난 아직도 베니 스핑크스의 대역에 불과하다. 데리가 500만 파운드를 보내기 전까지 난 꼼짝없이 묶인 몸이다.

내 인생 최악의 순간이었다. 베니 스핑크스처럼 유명하고 멋있어지기를 바란 게 어제 일 같은데, 어느새 난 안쓰러운 인형에 불과한 모습으로 갇혀 있었다.

'다시 빌 해리스가 될 수 있다면 정말 기쁠 텐데.'

생각해보면, 빌로 사는 것도 썩 나쁘지만은 않았다. 이제야 깨달았다. 정말 괜찮은 녀석이었는데, 제 나름대로 특별한 아이였는데…….

"마저 먹는 게 어때."

어둑어둑 해가 지고 있었다. 비니가 우유 한 잔과 샌드위치가 담긴 접시를 가지고 방에 들어왔다.

"저녁이야. 네가 좋아하는 메뉴다. 땅콩버터하고 잼. 또다시 발작 일으키기만 해봐."

"몸값 일은 어떻게 되어가고 있어요?"

"쳇, 기도나 하고 있어라."

비니는 콧방귀를 뀌었을 뿐, 별다른 설명 없이 문을 쾅 닫고 나갔다.

기도나 하라고? 무슨 의미지? 그쪽에서 돈을 안 내겠다고 했나? 아니면 몸값을 좀 낮춰달라고 했나?

500만 파운드는 어떻게 생겼을까? 그걸 다 담으려면 서류 가방이 몇 개 필요할까? 경찰의 도움을 받아서 가방에 추적 장치 같은 걸 달 수는 없나? 그 정도는 유괴범들도 예상하고 있으려나?

이 사람들이 나한테 경과를 말해줄 리 없다. 내가 알아봤자 좋을 게 없을 테니까. 이제 내가 할 수 있는 일이라고는 방에 갇혀 죽을 때까지 우유와 땅콩버터 샌드위치를 먹으며 사는 것뿐이다. 아니면 그전에 전기톱이 '우리 돼지, 도살장에 갈 시간이에요!' 하면서 뭔가를 등 뒤에 감추고 들어올지도 모르지.

나는 몸을 움츠리며 발가락을 오므렸다. 샌드위치를 먹을 마음이 나지 않았다. 점점 어두워지는 방에 누워서 멍하니 천장만 바라봤다. 빛이 들어오는 창문은 열리지 않도록 창틀에 고정되어 있었다.

창틀. 못으로 박혀 있는 창틀.

불을 켰다.

재킷 주머니를 더듬었다. 스위스 칼이나 그 비슷한 게 없을까 뒤져봤지만 손에 잡히는 건 만년필뿐이었다.

뚜껑을 열고 자세히 들여다봤다. 누가 베니 스핑크스 것 아니랄까 봐, 백금으로 만들어 한눈에 봐도 비싼 만년필이었다. 뚜껑에는 가슴 주머니에 꽂을 수 있도록 작은 클립이 달려 있었다. 클립은 끝으로 갈수록 화살촉처럼 폭이 좁아졌는데, 그 모양이 꼭 드라이버 같았다. 드라이버!

나는 창문 널빤지와 만년필 뚜껑을 번갈아 쳐다봤다. 먹힐 것 같았다. 클립을 뚜껑에서 떼어내기만 하면 되었다.

문제는, 창문까지 올라갈 방법이다. 가까워 보이면서도 너무 멀었다. 의자를 가져다가 딛고 올라가봤지만 여전히 창문은 멀기만 했다. 침대 위에 의자를 올려놓고 올라갈까 싶었지만, 매트리스가 너무 푹신해서 그랬다가는 우르르 무너질 게 분명했다. 그래서 그냥 관두기로 했다. 나는 의자를 제자리에 가져다 놓고 다시 침대에 누워 탁자 위의 전등을 껐다. 창밖으로 달이 빛났다. 부엌에서는 귀걸이 일당이 500만 파운드로 무엇을 할지 상의하는 소리가 들려왔다.

경찰들이 오진 않을까? 베니의 도움을 받아 이곳을 찾아낼 수도 있겠다는 생각이 들었다. 아, 그런데 안대를 하고 나갔구나. 올 때도 트렁크에 갇혀서 온 모양이었으니, 어딘지 모르겠지.

이메일 추적 같은 건 못 하나? 아빠가 공유기 설치 기술을 총동원해서 아이피 추적에 성공하면, 엄마도 '인터네티'를 다시 보게 될 텐데. 아냐, 아예 흔적이 없는 이메일 계정일 수도 있다. 귀걸이는 바보가 아니다. 아마 복잡한 웹 서버 뒤에 아이피를 숨겨놓았을 거다. 편지마다 새로운 가상 계정을 만들어 답장을 하는지도 몰랐다.

마지막으로 500만 파운드. 데리 스핑크스가 그만한 돈을 낼 리 없다. 자기 아들도 아닌데. 그리고 아무리 부자라고 해도 500만 파운드면 어마어마한 돈이다. 그래도 협상은 조금 해주려나? 아니면 딱 잘라서 몸값을 지불할 일은 없을 테니 맘대로 하라고 할까? 후자일 경우에는 내 발가락이 하나씩 잘려나가게 되겠지.

아마 경찰에서는 몸값 지불을 최대한 피해보려고 할 거다. 아니면 정말 가방 같은 데에 추적 장치를 달아놓거나. 돈을 전달하기로 약속한 장소에서 기습 공격을 할 수도 있다. 그런데 귀걸이도 그런 것쯤은 예상하고 있을 거다. 추적을 피할 수 있는 특별한 방법을 미리 고안해놓았을 터이다.

언젠가 영화에서 비슷한 걸 본 적이 있다. 유괴범들은 납치한 여자의 남편에게 돈이 든 서류 가방을 갖고 기차에 타라고 명령한다. 그러고서 미리 약속한 표식이 창밖에 보이면 가방을 던지라고 한다. 돈을 받을 정확한 장소는 알려주지 않는 거다. 런던에서 스코틀랜드 사이의 어디쯤일 수도 있다. 기차에 탄 남자는 알 수 없는 장소에서 빨간 스카프를 보고 창밖으로 가방을 떨어뜨린다. 그게 끝이었다.

물론 경찰이 헬리콥터를 동원해서 기차를 따라갈 수도 있었지만, 유괴범들도 머리가 있다. 헬리콥터 비슷한 것이라도 나타나면 여자를 그냥 죽여버리겠다고 미리 위협했을 거다.

나는 베니 스핑크스가 지금 뭘 하고 있을지 생각해봤다. 지금쯤이면 집에 안전하게 도착했겠지. 우리 엄마 아빠는 날 얼마나 걱정하고 있을까? 엄마는 나만 멀쩡할 수 있다면 얼마든 미련 없이 유괴범에게 넘길 테지만, 문제는 돈이 없다는 거다.

나도 모르는 사이에 잠이 들었다. 깨었을 때는 벌써 아침이었다. 창문으로 햇살이 쏟아져 내렸다. 기발한 생각이 퍼뜩 떠올랐다. 아빠가 늘 하시는 말씀이 있다.

"머리가 잘 돌아가지 않으면, 한숨 자고 일어나라."

창문까지 올라갈 방법이 생겼다. 아주 쉬운 것이었는데, 왜 어제는 생각하지 못했을까 싶었다.

나는 조심스럽게 침대를 밀어 움직였다. 1인용이라 별로 무겁지 않았다. 세로 방향으로 돌린 후 한쪽 끝을 들어 벽에 기대어 세웠다. 그랬더니 얼추 사다리 같은 모양이 되었다. 침대 바닥 부분에는 매트리스를 받쳐주는 널빤지들이 기찻길 모양으로 주르륵 박혀 있었다. 밟을 때마다 흔들거리는 게 불안하기는 했지만 올라가는 데는 큰 어려움이 없었다. 나는 사다리 침대, 혹은 침대 사다리를 타고 꼭대기까지 올라가서 만년필 클립으로 창틀에서 나사못을 하나하나 풀었다.

한참이 걸렸다. 거의 열두 번은 떨어진 것 같았다. 팔도 욱신욱신 쑤셨다. 유괴범들이 갑자기 들어올까 봐 내내 조마조마했다. 이러다 창문을 막 열려고 할 때 딱 들키면 어쩌지.

알고 보니 창문은 유리가 아니라 아크릴 수지였다. 나는 네모

난 아크릴 판을 바닥에 내려놓고 벽에 뻥 뚫린 구멍을 올려다봤다. 저기로만 나가면 이제 자유다. 침대를 기어올라서 창밖으로 나가 지붕을 타고 바닥에 안전하게 착지만 하면 끝이다.

그런데 들키면 어떻게 되는 거지? 잡히면?

그래서 난 생각을 조금 바꿨다. 나는 옷장에 들어가 숨었다. 몸을 잔뜩 웅크린 채 숨을 죽이고 가만히 앉아 있었다. 조금 있으면 누군가가 아침밥을 들고 나타날 거다.

기다리고 기다렸다. 발이 저려오더니 이어서 다리, 하반신 전체가 마비된 듯 아무 느낌도 나지 않았다. 하필이면 뒷목이 가려웠다. 하지만 감히 긁을 수가 없었다. 어차피 팔이 닿지도 않는 상황이다. 마침내 밖에서 문 열리는 소리가 들렸다.

"어이, 꼬맹이! 아침 먹어! 일찍 일어나야 새 나라의······."

비니였다. '어린이' 부분이 잘리고, 대신 접시와 컵이 바닥에 떨어져 와장창 깨지는 소리가 났다. 이어서 비니가 새된 목소리로 "없어졌어! 애가 사라졌어! 창문으로 나갔어!" 하고 소리를 질러댔다.

코뿔소 무리가 달려오는 듯 멀리서부터 땅이 쿵쿵쿵 울렸다. 다음으로 들린 것은 맑게 울려 퍼지는 "XXX XX!"였다.

귀걸이가 지시했다.

"멀리 가진 못했을 거야. 흩어져서 찾아봐. 빨리 데리고 돌아와야 해! 500만 파운드가 달려 있다고! 그걸 그냥 X같이 날려버릴 순 없잖아!"

또다시 코뿔소 한 무리가 우르르 달려 나갔다. 하지만 난 곧바로 움직이지 않았다. 저리는 다리를 주무르며 잠시 동안 가만히 있었다. 현명한 판단이었다. 아직 누군가가 떠나지 않고 남아 있었기 때문이다. 몇 분 후에 밖에서 부스럭거리는 소리가 들렸다. 아마 세워둔 침대와 뻥 뚫린 창문을 보면서 넋을 놓고 있었겠지.

"이런 XXXX 같은! 왜 미처 생각 못 했지."

뱁스 핑글이 분명하다. 여자는 그 사람뿐이니까.

그때 누군가가 밖에서 뱁스를 불렀다.

"뱁스! 뭐 해? 지금 안 오면 네 몫은 없을 줄 알아!"

뱁스가 방을 떠났다. 나는 몇 분을 더 버틴 후에야 옷장을 열었다. 비틀거리며 바닥에 쓰러진 채 다리에 감각이 돌아올 때까지 한동안 누워 있었다. 상태가 조금 나아진 뒤, 부엌으로 나와 빵을 한 조각 집어 들고 밖으로 나가는 문을 열었다.

주차된 차는 한 대도 없었다. 몇몇은 발로 뛰고, 몇몇은 차를 몰면서 나를 찾고 있겠지. 아마 유괴범들은 내가 사람 많은 곳으로 갔을 줄 알고 마을 쪽 길을 중심으로 살펴보고 있을 거다.

그래서 나는 반대로 갔다. 마당을 가르는 울타리와 가로수에 바싹 달라붙어 집 뒤의 언덕을 올랐다.

겨우 15분쯤 걸었을 텐데, 마치 몇 년이나 지난 것 같았다. 집어 온 빵은 벌써 거의 다 먹었다. 근처에 깨끗해 보이는 시냇물이 있기에 손으로 떠서 조금 마시고 세수를 했다.

그러고선 뒤를 돌아봤는데, 멀리서 나를 찾는 패거리들이 눈에 들어왔다. 그중 하나가 언덕 위를 올려다봤다. 재빨리 고개를 숙였지만 이미 늦었다. 유괴범은 나를 손가락으로 가리키며 동료들에게 뭐라고 소리를 질렀다. 유괴범들이 마구 달려왔다. 나도 뛰었다. 있는 힘껏 빠르게.

한참을 달리다 보니 길 하나가 나왔다. 한적하고 긴 시골 도로였다. 제발 차 한 대만 지나가게 해주세요, 경찰차면 더 좋고요. 간절히 기도했다. 하지만 경찰차는 고사하고 경운기나 말 한 마리조차 나타나지 않았다.

유괴범들은 거리를 꽤 좁혀왔다. 콧구멍을 뺀 나머지는 지친 기색 없이 가볍게 들판을 가로질렀다.

나는 길을 따라 뛰어가다 잠시 멈춰 서서 숨을 가다듬었다. 그때 경적 소리가 들려왔다. 뒤를 돌아보니 눈앞에는…….

믿을 수 없었다. 밴이었다. 흰색과 파란색이 섞이고, 옆구리에는 '인터네티'라는 로고가 새겨진 밴.

아빠다. 결국 이메일 추적에 성공한 거야. 역시 해낼 줄 알았어. 아이피로 위치를 알아내서 경찰 도움 없이 맨손으로 날 구하러 오신 게 분명해!

난 멈춰 선 밴을 향해 서둘러 달려갔다. 창문이 내려가며 얼굴 하나가 불쑥 나타났다.

"저기, 꼬마야. 롱 레인 쪽으로 가려면 어떻게 해야 하니? 길을 잃어서 말이야."

아빠일 거라는 기대는 내 착각이었다. 차에 탄 사람은 아빠의 직장 동료, 호러스 아저씨였다. 가끔씩 아빠랑 같이 낚시를 가기도 한다.

"빌! 여기서 뭐 해? 유괴된 줄 알았는데!"

"맞아요. 지금 도망치는 중이에요."

"어서 타. 뒷좌석에. 바닥에 숨어."

내가 차에 숨자마자 유괴범들이 길에 다다랐다. 호러스 아저씨는 액셀을 밟으며 유괴범들을 지나쳐 달렸다. 뒤에서 패거리가 친절한 척하며 잠시 멈춰달라고 소리쳤지만 아저씨는 그 말을 무시했다. 나는 창밖을 흘긋 쳐다봤다. 아무래도 유괴범들은 나를 보지 못한 것 같았다.

1킬로 남짓 달린 뒤 호러스 아저씨가 밴을 멈춰 세웠다.

"이제 앞에 와서 앉아도 돼. 안전벨트 하고."

그러면서 아저씨는 휴대폰 자판을 두드렸다.

"어디에 전화하세요?"

아저씨가 미처 대답하기도 전에 그쪽에서 전화를 받았다.

아저씨가 전화에 대고 말했다.

"경찰이죠? 맞아요. 네, 네. 긴급 상황이에요."

## 나는 나

나머지는, 뭐 굳이 말하자면, 역사가 되었다. 신문과 텔레비전에서는 온통 그 이야기뿐이었다. 유괴범 조직은 잡혔고, 베니와 내가 갇혔던 주택도 발각되었다. '꽤 오랫동안' 수감 생활을 하게 될 거란다.

사실 조금 미안한 마음도 없지 않았다. 진심으로 발가락을 자를 것 같지는 않았기 때문이다. 하지만 다시 생각해보면, 그렇게 돈에 간절한 범죄자들은 항상 어디로 튈지 모르는 법이다. 특히 500만 파운드가 걸려 있는 문제라면…….

집에 돌아온 나는 엄마, 아빠, 뎁스, 케빈 형, 엘비스 형과 상봉했다. 엘비스 형은 내 얼굴을 또 보게 생겼다며 투덜거렸다. 그건 형 나름대로 애정을 표현하는 방식일 거다.

같은 날 베니 스핑크스와 데리, 밈시 부부도 나를 보러 우리 집으로 놀러 왔다. 조가 운전하는 리무진이 집 앞에 떡하니 자리 잡자 온 동네가 난리였다. 옆집에 사는 뱅크로프트 씨는 직접 우리 집까지 행차해서 리무진이 길을 막아 자전거를 끌고 나올 수가 없다고 투덜댔다. 솔직히 말해서 그냥 데리 스핑크스를 직접 보려고 만들어낸 핑계로 보였다.

기자들도 잔뜩 왔다. 불꽃놀이라도 하는 것처럼 플래시가 번쩍번쩍 터졌다. 엄마는 가장 비싼 찻잔 세트를 꺼내 상을 차리고 주전자에 물을 올렸다. 그러면서 "아이구, 베니 엄마, 집도 제대로 못 치웠는데 이렇게 왔네요. 미안해서 어떡해요" 같은 말을 계속 중얼거렸다. 하지만 '베니 엄마'는 별로 상관하지 않는 기색이었다. 밈시는 "괜찮아요! 제가 보기에는 아주 깨끗하고 깔끔한데요! 그리고 그냥 밈시라고 편하게 불러요"라고 대답했다.

엄마는 밈시에게 케첩걸 노래를 매우 좋아하며, 집에 없는 앨범이 하나도 없을 정도라고 말했다. 특히 남편은 케첩걸 때부터 지금까지 변함없는 팬이라고 덧붙였다. 엄마가 직접 담근 마멀레이드 레시피를 알려주자, 밈시는 고맙다며 집에 돌아가면 꼭 한번 만들어보겠다고 말했다. 물론 그럴 리 없겠지만 말이다. 조리대가 어디 있는지나 알까?

한편 아빠는, 데리 스핑크스와 차나 마시고 앉아 있으면 되겠냐며, 그것보다는 철분이 듬뿍 든 수제 맥주를 맛보는 게 어떻겠냐고 제안했다. 프로 축구선수는 철분 보충이 필수라면서. 아빠는 지하실로 내려가 데리에게 직접 담근 맥주를 보여줬다. 그렇게 30분가량 지하실에 있다가 올라왔을 때, 둘은 그새 친해져서 하나도 재미없는 농담을 나누며 좋다고 웃어댔다.

베니와 나는 어른들에게 여태 있었던 일들을 죄다 털어놓았다. 귀걸이와 뱁스 핑글의 착오를 조사하는 과정에서 경찰에는 이미 알려준 내용이었다.

우리는 니카나카 초콜릿 광고 촬영장에서 처음 만났을 때부터 시작해서 바꿔치기 작전을 계획하고 실행에 옮긴 일, 그런데도 아무도 눈치채지 못한 것까지 줄줄이 밝혔다.

엘비스 형은 나인 줄 알았던 사람이 베니였다는 사실에 기절할 듯 놀랐다. 스핑크스 가족도 마찬가지 반응을 보였다.

형은 자기를 기절시킨 사람이 베니라는 사실에 풀이 죽은 듯했다. 게다가 나인 줄로만 알고 매트리스를 신나게 차대면서 못된 형 노릇을 실컷 했는데, 알고 보니 그게 베니 스핑크스였다니! 하지만 사과를 하길래 우리는 형을 용서했다.

밈시 토시는 꼭 닮은 우리 생김새에 감탄하며 어떻게 그렇게 감쪽같이 속일 수 있었는지 아직도 믿지 못하겠다고 말했다.

그동안 아빠와 데리는 지하실에서 가져온 맥주 몇 병을 따서 마셨다. 데리는 이렇게 괜찮은 맥주는 정말 오랜만이라며 맛을 칭찬했다.

엄마와 밈시가 만류했지만 아빠는 계속해서 술을 권했다. 아빠는 잠시 후에 조금 취해서는 데리에게 솔직하게 충고 한마디만 해도 되겠냐고 물었다. 데리는 "그럼요, 말씀하세요" 하고 흔쾌히 대답했다.

그래서 아빠는 축구 경기에서 보이는 데리의 약점을 몇 가지 지적했다.

"텔레비전에서 봤는데 말이죠, 왼발만 조금 더 연습하면 크로스를 더 완벽히 올릴 수 있을 것 같던데요."

데리 스핑크스는 친절한 충고 고맙다며 다음번 연습 때 코치에게 말해서 고쳐보겠다고 했다. 그리고 둘은 맥주를 조금 더 마셨다.

세계적으로 유명한 축구선수가 우리 집에 놀러 와 있다니, 정말 믿기 힘든 광경이었다. 꿈이 아닌지 볼을 꼬집어보기까지 했다. 거리에는 창문으로 안을 들여다보려는 사람들이 한가득 모여 있었다. 엄마가 커튼을 치려 하자 아빠가 말리며 소리쳤다.

"왜? 보라고 그래! 좋은 구경 하라 그러라고!"

어쨌든 그렇게 놀다 보니 금방 돌아가야 할 시간이 되었다. 다들 알다시피, 밈시와 데리가 좀 바쁜 부부인가? 이후 일정이 가득한 모양이었다. 하지만 떠나기 전, 데리가 아직 할 말이 남았다며 발걸음을 멈췄다. 밈시도 옆에서 고개를 끄덕였다.

데리가 나한테 말했다. 그들 부부는 내가 베니를 안전하게 탈출시켜줘서 말로 다할 수 없이 고맙다고 마음을 전했다. 보통 사람 같으면 그렇게까지 용감한 행동을 하지는 못했을 거라고 덧붙였다. 그런 식으로 칭찬을 받으니 머쓱했다. 용감하다는 소리를 들으려고 한 행동은 아니었는데 말이다. 생각해보라. 베니를 정말 좋은 친구로 생각한다면, 누구나 다 그렇게 하지 않았을까? 몸값이 500만 파운드나 되는 사람이 나였다면, 베니도 나를 위해 똑같은 용기를 발휘했을 거다. 문제는 내가 50파운드도 안 된다는 데 있었지만.

그쯤 되자 엄마는 감정을 주체하지 못하고 흐느꼈다. 그러면서 그냥 건강하게 돌아와준 것만으로도 감사하다고, 자식이 유괴되었을 때 그 가슴 찢어지는 슬픔은 엄마들만이 느낄 수 있을 거라고 말했다. 그러자 밈시까지 훌쩍거리며 엄마를 위로했다. 옆에 서 있던 아빠는 어이없다는 표정으로 남은 맥주를 입에 쏟아부었다.

그때 데리가 주머니에서 봉투 하나를 꺼내며 말했다.

"빌, 정말 이 고마움을 어떻게 전해야 할지 모르겠구나. 이걸로 다 갚을 수는 없겠지만, 나와 밈시, 베니 모두의 진심을 담았단다."

"맞아, 빌. 우리 가족이 선물하는 거야."

베니도 한마디 거들었다.

방금 받은 봉투를 바로 여는 건 예의가 아닌 것 같아서 나중에 속을 들여다봤더니, 예상대로 내 앞으로 된 수표 한 장이 들어 있었다.

얼마인지는 밝히지 않겠다. 하지만 한 가지 말하자면, 이 정도면 스타벅스 스무디를 평생 동안 실컷 먹어도 문제없을 것 같았다. 210살까지 살게 된다고 하더라도.

그런데 그게 다가 아니었다. 아직 중요한 게 남아 있었다.

"그리고 이번 결승전에 귀빈석 자리로 초대하고 싶습니다. 물론 괜찮으시다면요. 축구에 관심이 있으신지 모르겠지만……."

"관심 있고말고요!"

아빠와 엘비스 형, 케빈 형, 나, 엄마, 심지어 뎁스까지 동시에 외쳤다.

"그리고 오늘 이렇게 맛있는 맥주를 대접해주셔서 말이죠, 톰."

데리 스핑크스가 아빠를 보고 말했다.

"답례로 귀빈석에 앉아 경기 보시는 동안 샴페인을 보내드리겠습니다."

이어서 데리는 사인한 공과 자신이 신던 축구화를 선물로 줬다. 새 축구화면 더 좋았겠지만, 이 정도도 어디인가? 그러고도 아직 남은 게 있었다. 그럼, 여기서 끝나면 안 되지. 이제부터가 진짜다.

결승전의 시축을 내가 맡게 된 거다. 어떻게 된 건지는 모르겠지만, 데리처럼 랭킹 1위를 달리는 선수는, 축구에 관해서는 뭐든 맘대로 조정할 수 있는 모양이다.

이제 축구장으로 달려 나갈 때가 되었다. 내가! 이 빌 해리스가! 항상 무시당하고, 체육시간마다 가장 마지막으로 뽑히던 아이가! 관중들이 하늘이 무너질 듯 환호성을 질렀다. 공기는 흥분과 활기로 가득했다. 그 맛이 느껴질 정도였다.

누군가가 나를 부르자 관중들이 구호처럼 내 이름을 외쳤다. 저 사람들 모두 나를 알고 있었다. 신문에서 봤을 테니까.

"빌! 빌! 빌!"

온몸이 떨려왔다. 내가 잘할 수 있을 리 없다. 축구에는 완전 젬병인데. 분명 조준이 빗나가서 다 망치고 말 거다.

데리가 공을 중앙에 내려놓았다.

"가자, 빌. 할 수 있어. 여태까지 해온 걸 생각해봐. 마찬가지야."

관중이 한순간 조용해졌다. 경기장은 정말 어마어마했다. 한 없이 펼쳐질 것만 같았다. 나는 거리를 가늠하며 뒤로 몇 발 물러섰다. 공에 온 정신을 모았다. 나와 같은 팀이 되는 걸 피하려 애쓰던 반 아이들, 항상 마지막까지 남아야 했던 서러운 나날들을 떠올렸다. "망했다! 빌 해리스야! 또 지는 거야?" 같은 말은 귀에 박히다시피 했다.

하지만 그건 옛날 얘기다. 나는 스스로에게 말했다.

"할 수 있어, 빌. 할 수 있어. 가는 거야!"

공은 관중의 우레 같은 함성 속에서 내 발끝을 떠나 완벽한 포물선을 그리며 오후의 하늘을 가로질렀다.

"잘했어!"

데리의 목소리가 들렸다.

"나도 저렇게는 못 하겠는걸!"

베니와 나는 여전히 좋은 친구다. 종종 서로의 집에 놀러 가곤 한다. 정말 괜찮은 녀석이다. 일단 재수 없지가 않다. 말을 나누다 보면 세계에서 가장 유명한 축구선수의 아들이라는 게 믿기지 않을 정도다.

베니는 바꿔치기 작전을 하는 동안 학교에서 일어난 일을 몇 가지 말해줬다. 나도 러시아어며 럭비에 관한 이야기를 해줬다.

들은 것 중에 잊히지 않는 게 한 가지 있었다.

그날, 빌 해리스로 위장한 베니가 놀이터에 서 있는데 비키 펀스가 와서 갑자기 말을 걸었다고 한다.

"빌 해리스……."

"어?"

"요즘 좀 지켜봤는데 말이야."

"그런데?"

여기서 들킨 건 아닌가 싶어 엄청 조마조마했단다.

"너 바뀌었어."

"그래?"

"어, 달라졌어."

"뭐가?"

"예전처럼 베니 스핑크스 같아 보이지 않아."

베니가 입을 떡하니 벌렸다.

"뭐라고?"

"귀 먹었어? 이젠 베니를 닮지 않았다고."

"근데……."

"됐어. 달라진 걸 어떻게 해. 아직 비슷하긴 하지만, 예전만큼 똑같지가 않아."

"아."

베니가 실망한 목소리로, 동시에 조금은 화가 나서, 대답했다. 내가 나 같아 보이지 않는다니!

"그래서 미안하지만, 이제 끝이야."

"뭐가?"

"우리 관계. 그리고 스무디 데이트도. 처음에는 재미있었는데, 겨우 남 닮은 것 갖고 유명세 타는 아무것도 아닌 애랑 어울리기엔 시간이 아까워. 벌써 다른 남자애들한테 대시도 많이 받았고."

"아, 그래, 그럼. 무슨 말인지 알았어."

"너무 속상해하진 마. 귀찮게 굴지만 않는다면 좋은 친구로 남을 생각은 있으니까."

"그래, 비키. 그렇게 해볼게."

당연한 일이지만, 내가 학교로 돌아왔을 때는 전세가 완전히 뒤바뀌어 있었다. 비키는 자기가 차버린 인물이 지역 영웅인 동시에 유명 인사의 친구이며, 결승전에 초청되어 시축까지 한다는 걸 알고는 꼬리를 내렸다. 어떻게든 다시 함께 스무디를 먹으러 가보려고 안달을 부렸다. 심지어 사주겠다고도 했다. 하지만 난 정중히 거절했다. 예전 같은 실수를 또 할 수는 없었다.

게다가, 난 선약이 있었다. 산드라와 영화를 보러 갈 예정이었다. 교실 뒤쪽에 앉는 조용한 여학생, 놀이터에서 원래의 '빌 해리스'가 좋다고 말해준 그 아이.

산드라에게 데이트를 신청하는 데는 베니가 한몫했다.

"진짜 괜찮은 애 한 명 있던데, 빌? 완전 착하고, 그중에서 제일 예쁘던데."

처음에는 비키 펀스 얘기인 줄 알았다. 착하다는 말이 좀 어긋나긴 했지만.

"이름이 산드라 뭐였더라. 어쨌든 정말 괜찮아 보였어. 나 같으면 같이 스무디 먹으러 가자고 했을 거야."

그리고 베니는 실제로 그렇게 했다. 둘은 하루 날을 잡아 함께 스무디를 먹고 돌아왔다. 그냥 친구로서. 뭐, 난 상관없다. 그 정도는 넓은 아량으로 봐줄 수 있다.

나는 세웠던 머리를 원상태로 되돌렸다. 헤어드라이기로 말리는 것도 그만뒀다. 이제는 예전처럼 베니 스핑크스 같아 보이지 않는다. 그냥 평범한 빌. 빌 해리스. 그 이상도 이하도 아니다.

가끔씩 친구들이 말한다.

"빌, 너 베니 스핑크스가 산드라하고 그렇게 친하게 지내는 거 좀 불편하지 않아? 여자친구인데."

그럼 난 고개를 저으면서 그냥 웃는다. 그런 말은 나와 산드라의 관계를 잘 몰라서 하는 소리다.

아니, 베니 스핑크스가 좋은 친구인 건 맞는데, 솔직히 말해서 뭐가 그렇게 대단하지? 엄마 아빠가 조금 유명한 것 외에는?

반대로 나는 대단한 업적이 몇 가지 있었다. 땅콩버터로 연기를 하고, 창문을 떼어낸 후 옷장에 숨는 지혜를 발휘하고, 마지막엔 탈출에 성공해서 유괴범들을 감옥에 가뒀다.

그러니 뭐 부족한 게 있다고 베니한테 질투를 느끼겠는가? 산드라가 좋아하는 사람은 베니가 아니다. 그건 베니도 알고 산드라도 알고 나도 아는 사실이다.

베니는 좋은 녀석이다. 성격도 좋고 텔레비전을 켤 때마다 니카나카 초콜릿을 들고 나온다.

그래, 나름대로 괜찮은 구석이 있다.

하지만 그렇다고 내 대역이 될 수 있는 건 아니다.

나는 나니까.

| 옮긴이의 말

## 나를 찾는 빌의 모험

　누군가를 닮았다는 말을 들을 때 어떤 기분이 드는가? 대상에 따라서 좋을 수도 있고 싫을 수도 있을 것이다. 그런데 만약 그 대상이 세계 최고의 톱스타라면 어떨까?
　유쾌한 발상에서 출발하는 이 소설은 다소 황당한 설정에 비해 놀라울 정도로 현실과 가깝다. 현실의 많은 인물과 장치 들을 패러디 한 것도 한몫을 한다. 하지만 그보다 주목하고 싶은 것은 이야기의 전반에 걸쳐 등장하는, 시사할 만한 여러 가지 문젯거리를 던져주는 빌의 생각이다. '어째서 저 사람은 저렇게 쉽게 사는데 난 이 모양이지?' 하는 빌의 의문은 언뜻 보면 평범한 사춘기 소년의 투정처럼 느껴질 수 있지만, 동시에 살면서 너무 당연하게 여겨오던 인생의 아이러니와 삶의 부조리를 내포하고 있다.
　한때 궁금은 했겠지만 해답을 찾기에는 이미 지쳐버린 독자들을 대신해 빌은 자신보다 훨씬 나은 인생을 살고 있는 것처럼 보이는 베니 스핑크스와 하루를 바꿔 살기로 한다. 그 하루의 경험에서 빌이 얻은 것은 '원래 인생은 불공평한 거야'라는 진부한 대답이 아닌 '자아'라는 소중한 보물이었다.

　내가 남을 대신해서 살아갈 수 없는 것처럼, 남도 나를 대신할 수 없는 것. 사건의 초반에서는 사람들이 '빌'을 계속해서 베니 스핑크스라고 부르는 것에 대한 피로와 지침으로 나타나던 이 '자아'는 후반으로 갈수록 베니였다면 생각해내지 못했을 빌의 재치와 아이디어로 드러난다. 여기서 빌의 질문에 대한 답이 나온다. '어째서 저 사람은 저런데 난 이렇지?' 저 사람은 저 사람이고, 나는 나이기 때문이다.

　빌의 모험을 따라 잊고 있었던 자아를 찾아 여행을 떠나자. 중간중간 나오는 풍자적인 요소들을 찾아내는 것도 쏠쏠한 재미다. 영국에는 닮은꼴 에이전시가 실제로 존재한다고 한다.